久保田淳座談集

暁の明星

歌の流れ、歌のひろがり

笠間書院

暁の明星が、西へちろり、東へちろり、ちろり〳〵とする時は、詞あれ〳〵夜明に間もあるまじ。

（浄瑠璃・鬼一法眼三略巻）

目次

正誤表

久保田淳座談集・暁の明星

	(誤)		(正)
一五三頁・下　一一行	未完の	↓	未刊の
二九七頁　四行	冥明境を	↓	幽明境を

恐れ入りますが、ご訂正くださいますようにお願い申し上げます。

笠間書院・編集部

中扉写真・久保井妙子撮影

丸谷才一（まるや　さいいち）
大正14年８月27日、山形県生まれ。昭和25年東京大学文学部英文学科卒。作家。日本芸術院会員。大学卒業後、昭和40年まで國學院大學に勤務。小説・評論・随筆・翻訳・対談と幅広く活躍。43年芥川賞を、47年谷崎賞を、49年谷崎賞・読売文学賞を、60年野間文芸賞を、63年川端賞を、平成３年インデペンデント外国文学賞を受賞するなど受賞多数。平成23年、文化勲章受章。著書に「笹まくら」（昭41　河出書房）「丸谷才一批評集」全６巻（平７～８　文藝春秋）、「輝く日の宮」（平15　講談社）、「持ち重りする薔薇の花」（平24　新潮社）など。

岡野弘彦（おかの　ひろひこ）
大正13年、三重県生まれ。歌人・日本芸術院会員・國學院大學名誉教授。神宮皇學館普通科を経て、國學院大學国文科を卒業。折口信夫の家にあって教えを受ける。歌集「天の鶴群」（昭63　不識書院）で読売文学賞受賞。著書に、「折口信夫伝　その思想と学問」（平12　中央公論新社）、「万葉秀歌探訪」（平10　日本放送出版協会）、「神がみの座」（昭60　淡交社）など。

『新古今和歌集』——時代と文学

〈座談者〉
藤平春男
佐藤謙三
丸谷才一
岡野弘彦（司会）

藤平春男（ふじひら　はるお）
大正12年、東京府（東京都）生まれ。昭和19年早稲田大学文学部卒。国文学者、とくに新古今和歌集が専門。早稲田大学名誉教授。著書に、「新古今歌風の形成」（昭44　明治書院）、「新古今とその前後」（昭58　笠間書院）、「歌論の研究」（昭63　ぺりかん社）、「藤平春男著作集」全５巻（平９～平15　笠間書院）など。平成７年逝去。

佐藤謙三（さとう　けんぞう）
明治43年生まれ、神奈川県出身。昭和８年國學院大學国文科卒。国文学者。國學院大學元学長。角川書店で複数の「古語辞典」編纂にあたる。著書に、「平安時代文学の研究」（昭35　角川書店）、「王朝文学前後」（昭44　角川書店）、「佐藤謙三著作集」全５巻（平17　角川学芸出版）、「読み下し日本三代実録」上下巻〈復刻〉共著（平21　戎光祥出版）など。昭和50年逝去。

藤平春男 + 佐藤謙三 + 丸谷才一 + 岡野弘彦

『新古今』と現代

司会　お忙しいところをお集まりくださいましてありがとうございます。今日は『新古今和歌集』を中心にして、「時代と文学」というテーマで座談会をお願いすることになっております。藤平先生は最近『新古今歌風の形成』（一九六九刊明治書院。のち『藤平春男著作集』第一巻〈一九九七刊笠間書院〉所収）という本に、今までの労作をお纏《まと》めになったし、久保田先生も非常に細かく『新古今』の歌人たちの歌風というものをいろんな角度から見ていらっしゃいます。丸谷先生は英文学がご専攻で、作家でもいらっしゃるわけで、日本の古典文学に対してきっと斬新な視点をあてていただける予定です。佐藤先生はもちろん中世文学について、われわれの先輩の研究者として深い業績をお示しになっています。今日はいろんな角度からお話をいただけると思います。

『新古今』の時代というのはいろんな意味で、現代の私たちにとって魅力的な時代だし、その魅力的な時代の中で、日本の律文学史上、『万葉集』に次いで心ひかれることの多い律文学作品が生み出されていったのだと思います。最近、『古今和歌集』の価値の再評価ということがよく言われています。『古今集』の渋いおもしろさというものは、それはそれで非常におもしろいと思うし、日本の文学史の上の大事な問題だと思いますけれども、どうも『古今』と『新古今』と比べますと、『新古今』のほうにより多くひかれる。それから時代との関り合いという点から言えば、新古今のあの華麗さの中に、深い時代の淵をのぞき込んでいるような魅力を感じるのです。

ああいう時代の歌壇、あるいは時代と個々の歌人の関り合いというような問題について、まず藤平先生からご発言いただきたいと思います。

藤平　どういう順序で話をしていいのかわからなかったものですからよく考えていないのですけれども、國學院へ伺って思い出したのは、松永龍樹さんという方がここで助手をされていたんですが、この方の手記が『戦没学生の手記』の中に載っておりましたし、また最近、ご兄弟のノートや日記などが一冊になって出ているわけです（『戦争・文学・愛』一九七三刊　三省堂新書）。松永さんの論文は「國學院雑誌」に二編ほど載っていたと思いますけれども、それを拝見して、大変感心したと言うと潜越ですが、いい論文だなと思いました。最近になって松永さんがこういう方だということを出版された手記などで知ったんですけれども、同時に風巻景次郎（一九〇二～一九六〇）さんなどと大変親しくしておられたということもわかりました。その松永さんの手記の中に、戦争に行って、戦場で定家の歌を思い出して、定家はなんて僕の気持ちがこんなにわかるんだろうということを書いておられたんです。定家の歌というのは確かにそういうところがあるんじゃないかと思います。

今の前衛派の歌人といいますか、岡井隆とか塚本邦雄という人たち、それから私が知っている人では社会派の批評家ですけれども岩田正さんなんかも定家を高く評価されるわけです。そういう点でいまの時代と定家の生きた時代とが何か関係があるのかなと思う。それから、松永さんのように、定家の歌が、自分の心が本当にわかって、そのまま歌ってくれたような気がするということ。それは戦争中のことですけれども、定家のああいう歌、いわば芸術派の歌というものを塚本氏にしても岩田氏にしても高く評価している。そこのところに『新古今』の現代における問題があるのかなという気がいたします。それはいったいなんだろう。どういう点だろうということを考えるわけなんです。『新古今和歌集』全体から言いますと、そういう傾向がはっきり現れている歌はそれほど多いとは思わないんですけれども、その中でも特に定家、家隆、あるいは式子《しょくし》内親王《ないしんのう》や俊成を入れてもいいと思います。それから手法は違いますけれども西行の歌にもある程度共通の傾向がある。後鳥羽院の歌にもある程度ある。それが最もはっきり出ているのは定家でしょう。なにか感覚的な情景を歌い出すんですけれども、その向こうに無限といいますか、絶対といいますか、無といいますか、そういうものを追いもとめている精神のあり方が歌の中に出ている。おそらく松永さんが魅力を感じられたのもいまの塚本氏や岩田氏が評価されるのも同じ理由のように思うんです。塚本氏とか岩田氏が問題にするのは、もう一つ手法に関わってくる問題だろうと思いますが、いま現代的な問題として捉えるとそんなことではないかというふうに、私は考えているんです。

司会　この間、塚本さんの新しい歌集『感幻楽』（一九六九刊　白玉書房）が出ました。うちの短歌を作る学生達が、むさぼるようにして塚本氏の歌を読んでいます。早稲田と國學院は学生歌人の一番多い大学だろうと思うんですが、塚本氏にひかれる学生は圧倒的に多いわけですね。塚本時代と個の関わり合いというものが塚本氏などの作品の中に非常にはっきりした形で捉えられているというふうに、学生達は感じているのだと思います。そういう学生を見ていて感じることなんですが、塚本さんの歌が若者に与える魅力の中には、あの個性的な技法の吹きかける毒の魅力みたいなものが強烈にありますね。そういうものを学生たちがどう受け止めていくか。うっかりすると単なるエピゴーネン（亜流）に陥って終ってしまう。あそこからどうしても抜け出られないようになってしまう。同様の魅力を新古今時代の定家の作品から、人びとは非常に強く受けたにちがいありません。これは新古今歌壇の大きな問題でもあるだろうと思います。さて、さっきのお話の松永さんが学生でいられたころは佐藤先生は助手でいらして、いろいろな指導をなさったと伺っていますが。

佐藤　だいぶいじめられたほうで……。年が幾つも変わらないわけです。兄貴の茂雄君と一緒に入ってきましたからね。兄貴の茂雄君とは私は三つか四つしか違わないし、向こうのほうがよっぽどできていましたからね。龍樹君なんかと『新古今』の話はあまりしなかったですけれども、『明月記』とか『続日本紀《しよくにほんぎ》』なんかはよく読んでいましたね。『万葉』では家持を読んでいたけれども、自分じゃ歌を作るなんていうことはあんまり言わないんですよ。残ったものを見ても詩とか、そういうものを作っているけれども、短歌の作というのはどうも、『新古今』の歌は風巻さんなんかとよくしていたんじゃないかと思うんですけれども。

藤平　龍樹さんのノートに、佐藤先生のお名前がだいぶ出ていますね。

佐藤　だいぶいじめられて……。こっちは何も知らないんで……。いまのお話のように、いまの歌というか、学生の歌とか短歌の作者というか、そういう人たちのことはあんまり考えていなかった。むしろ詩を作るほうの堀（辰雄）さんだとか、建築の立原（道造）さんとか、ああいう人たちの……。

藤平　論文はいわゆるアカデミックな研究ですね。その方面ではあの時期とすれば、かなり優れたものだと思いますね。ただ戦争中戦場で松永さんはさっき言ったように書いておられるわけですが、それと現在の昭和元禄の時期とは時代として違うにもかかわらず、いまそういう『新古今』の歌あるいは芸術派的立場を評価するような前衛派の歌人の歌が、一部の学生にかもしれませんけれども、かなり強い影響を与えている。雑誌「短歌」に『新古今集』の特集がありますけれども、春日井建、その他何人かの人が書いておられて、共通して関心を示しているのは定家の「見渡せば花も紅葉もなかりけり」という歌でした。僕はあの評価の仕方には賛成ではないんですけれども。

丸谷　あれは典型的に『新古今』の歌ですね。つまり、歌わないということで、あることを表現する。あるいは逆に言って、無そのものを歌う。そういうところが典型的に新古今風だと思うんです。だから、現代人が虚無というもの、あるいは無というものを意識している時に、『新古今』が非常に好まれるのは、むしろ当然みたいな感じもするんです。

司会　『新古今』のまっただ中へ話が進んできましたね。

丸谷　いきなり定家論ですね。結局、『新古今』の話というのはこうなりますね。

戦後の新古今受容

司会　久保田先生は、非常に細かく新古今歌人の歌風をご覧になっていらっしゃいますが、『新古今』の定家は、定家の全体の歌風の中で非常に特殊な時期というふうに見ていっていいわけでしょうか。

久保田　定家の歌風が変わったのか生涯変わらなかったのか、変わらないけれども、年と共に創作力というか、イマジネーションが減退してきて、晩年は平淡な歌風になったのか、いろいろ議論があるわけですが、私は、『新古今』ができるまでの一時期というのは非常に詩的創造力の高揚した時期で、それに比べると、のちはやいなはり変わっているだろうと思うのです。そしてどこからそういうエネルギーが出てきたかということがまだわかったようでわかっていないんじゃないかと思いますので、表現の面からそれを探りたいと今思っているのです。

ちょっと話が戻りますけれども、藤平さんのおっしゃったように現代の『新古今』の受け容れ方というのも非常におもしろい問題をもっていると思います。大体、『新古今』に限らず中世文学の受け取り方というのがずいぶん世代によって違っているんじゃないか。まず戦争体験がある人たちとない人たちでは、かなり違ったものを中世として考えているんじゃないかと思うのです。私個人の場合で申しますと、その頃は小学生でしたから完全な体験ではないんですけれども、空襲なんかも見ているし、かすった程度の体験はあるわけで、そういうところから『平《へい》家《け》』でも『方丈記』でも見ますと非常にわかるような気がするのです。ほんとうにわかっているかどうかわかりませんけれども、そういうようなものが、今のもっと若い人たちにはないわけなんで、そういう人たちが中世をどう受け止めるかということをいつもおもしろいと思っているのです。戦争直後は『新古今』が大体において国文学でも日の目を見ないというか、軽視されていて、むしろ否定されかけたような傾向があったと思います。この頃は研究者もふえておりますけれども……。私は、ある女子大で一般教養として『新古今』と『万葉』を半年ばかり読んでみたんですが、案外、『万葉』よりも『新古今』にひかれる学生が多いのですね。それがどういうひかれ方をしているか、その辺をまだ突っ込んで考えていないんですが、これはおもしろい問題だと見ているのです。戦後の研究ですと、今言いましたように『新古今』は初めは否定的な見方をされ、どちらかというと『平家』

のようなものが中世を代表する文学であるというような主張がかなり強力になされてきていたわけです。

しかし、そういうふうに『平家』と『新古今』とを対立的に考えることが、実は問題なんじゃないか。中世文学全体を考えた時に、裏表の関係で、この両者は切っても切れないんじゃないかという気が、この頃いたしまして、定家の歌風というものも、結局、『平家』に書かれているような時代と、はっきりした形じゃないけれども、非常に密接な繋りをもっているんじゃないかという気がしているんです。これも性急に結びつけると危険な結果になると思いますが、やはりどこかで繋がっているものがあるんじゃないかという気がするのです。

佐藤　戦後の『新古今』ですけれども、僕の覚えているのでは、正宗(敦夫)さんが編集した四六判くらいの大きさの本が早く出ましたが、案外学生が読んでいたんじゃないですか。終戦近くでテキストが出ない時分でしたがね。

久保田　実は私が『新古今集』を読んだのはその本なんです。その時は中学生になっていたんですが、中学の図書館に「日本古典全集」がありまして、その中の『新古今集』をパラパラと、まあ読んだうちには入らないと思いますけれども、見たのが『新古今集』に接した最初なんです。その頃の国文関係の雑誌を見ますと、たとえば一条徹さんという人の論文などでは『新古今』は否定されるべきものとしてあがっていますね。

丸谷　それは左翼的な立場がかなり強いんじゃないですか。

久保田　それは強いんです。

丸谷　単純な左翼文学理論からいけば『新古今』はいけないに決まっていますよ。あんなに綺麗なものはいけない（笑）。

鬼面人を驚かす定家

藤平　話が元に戻りますけれども「花も紅葉も……」の歌を、さきほど挙げたような歌人の方たちはずいぶん高く評価されるんですけれども、僕はあんまり高く評価していないんです。というのは単純すぎると思うんです。新古今的な原型みたいなものがかなりはっきり出ているんですね。その点でわかりやすいんだと思います、ほかと違う特色がはっきり出ているという点で。それはどういうことかというと、「花も紅葉もなかりけり」というところで源氏物語的世界を提示しているわけですね。自分の生きている日常的世界と遮断して、源氏物語的世界に連れていく、これは『源氏物語』を題材にして読んだということとは違うんです。源氏物語的世界に読者を引きずっていくということ。そこでああいう夢幻的場面が現出するという、手法としては非常に単純だと思います。それがわかりやすいから評判がいいんだと思いますがね。

久保田　あの歌はある意味じゃ深読みされているんじゃないかという気もちょっとするんです。藤平さんが買わないとおっしゃるのもその点かもしれませんが、あれを持ち上げたのはお茶の本の『南坊録《なんぽうろく》』ですけれども、そのときすでに、定家が思いもかけなかったような深い意味がかなり加えられているんじゃないか。それがずうっと続いているんじゃないかという気もちょっとするんです。というのはあの時の定家というのは鬼面人を驚かす表現が大好きで、いわゆる新風和歌はそういうところから出発してくるわけですけれども、なんか人の意表をつく表現を好んでやっているのですね。大体十七歳の定家の歌というのが、『別雷社歌合《わけいかづちしやうたあわせ》』に残っているのですけれども、その花を詠んだ歌に

桜花また立並ぶものぞなきたれまがひけん

　峰の白雲

というのがあります。それからのちに『新勅撰集』に自分で入れた歌で、『初学百首』の一首だったと思いますけれども

　天の原思へばかはる色もなし秋こそ月の光
　　なりけれ

という歌があります。これは両方とも桜を白雲に譬《たと》えたり、また雪に譬えたりという比喩が何度も使い古されていたんで、それをあえて逆に出て、「また立並ぶものぞなき」と正攻法でいったところが、当時の和歌的な常識には反するわけなんです。それから「天の原思へばかはる色もなし」というのも、「天の原」というと、何か変ったことを言いそうなもんだけれども、「思へばかはる色もなし」とやって、それから「秋こそ月の光なりけれ」と続く。そういうように人の常識の逆をいくような言い方をしているんです。あれも「見渡せば花も紅葉も」と言ってきて、「なかりけり」と、パッと落としちゃうようなところが、案外、定家の一番の狙いというか、その辺で人を驚かせてやろうという気があったんじゃないかと思います。それを「なかりけり」にだんだん深い意味を加えていったというのは、もちろんこの歌の場合、そういう解釈が可能であるからだと思いますが、ちょっと深読みしすぎているんじゃないかという気もするんです。

丸谷　それはそうなんですけれどもね（笑）。つまり定家が思ったとおりの解釈というのは正しい解釈だという立場でしょう、その考え方は。

久保田　はい。

丸谷　ところが僕は文学というものの場合、正しい解釈というのは別に作者が考えたとおりの解釈が正しいとは限らないと思うんです。そういう立場があり得ると思いますよ。古典というものが現代に生きることが可能である一つの理

由は、要するに深読みが可能だからですよね。

久保田　それは確かにそうだと思います。去来の「岩鼻や爰《ここ》にもひとり月の客」みたいなもんでして、そういう可能性をもっている作品だということは言えると思います。そこがまた定家のおもしろいところなんでしょうね。

藤平　ただ手法から言うと、あれはかなりはっきりした原型をなすものだと思います。

丸谷　僕がさっき『新古今』の代表作と言ったのは、そういう気持ちなんです。原型というのは非常にうまい言い方で、褒《ほ》めても貶《けな》してもどっちにも使える言い方なんで、非常に正確だと思います。

藤平　短歌はその置かれた場でいろんな読み方ができるというところが、曖昧だけれども良さですね。それはどう読んでもいいもので、そういうところに良さがあるんだと思います。それは一向に差し支えないと思いますが、生まれた場、つまり『新古今』の中に置いてみると、さっき言ったようなものだと思うんです。

丸谷　それはそうかもしれないという気がします。

佐藤　大体、茶人なんかは、ああいうふうに、三夕《さんせき》とかなんとか言うんでしょう。そして軸にしたり絵を入れたりして、いろんなことを言ったんだろうね。

久保田　あれに限らず、いろいろそういう解釈の可能な歌があるようですね。

　駒とめて袖うち払ふかげもなし佐野のわた
　りの雪の夕暮

これも、世阿弥の伝書のどこかで引いていますね。そしてこれが最上の能の境地だということを言っておりますけれども、確かにそういうふうに解釈できる歌でもあるんですね。定家が考えたのはもちろんそんなもんじゃないと思いますけれども、それが可能だというところがおもしろいですね。

丸谷　今の「佐野のわたり」も「なし」でいくんですね。だから虚無感というのか喪失感というのに非常に具合が良くなっていくわけですね。

連歌師の解釈

司会　連歌師達の書いた『新古今』の注釈書を見ると、新古今の世界を自分たちの新しい連歌・俳諧の世界へ展開させてゆくために非常にしたたかな解釈が『新古今』の上に開かれてきていますね。必ずしも悪い意味ではなくて、ああいうものが、後のわれわれの『新古今』の見方の上に大きく影響しているわけでしょうね。

丸谷　そうでしょうね。それで連歌というのは、さっきの解釈論の問題になっちゃうけれども、作った当人が果たしてどこまでその真意を把まえているかわからないわけでしょう。付合によって変わってしまうわけですから。だからそういうおもしろさ、つまり解釈の多様に縺《もつ》れるおもしろさを新古今時代の歌人たちはすでに知っていた、という面がかなりあるんじゃないか、と思いますよ。

久保田　それは確かに言えると思います。『新古今』が連歌と違って、三句切れだという形態的なことから言いますけれども、形態的なものの以前に、そういうような気分的なものがあったと思います。大体、男でありながら女になり代わって詠む。または俊成卿女《しゆんぜいきようのむすめ》は女でありながら男の立場でも詠んでいるということを折口（信夫）先生は、「新古今前後」で書いていらっしゃいますけれども、そういうこともそうなんでしょうね。いろんな解釈が可能だし、そこがおもしろいんじゃないかと思います。だから『新古今』の歌を現代語訳すると身もふたもないことになっちゃうんですね。まあ、教室じゃそういうことをやっているわけですけれども。

司会　「鶏の毛をむしったようになってしまう。」というのが、折口先生の歎きの口癖でしたね（笑）。

久保田　連歌師の解釈というのは、かなり新古今時代の歌人の気持ちをそのまま受け継いでいるんじゃないかという気もするんです。だから連歌の古註などに引かれた『新古今』の解釈を見ますと、私どもハッとすることがあるんです。そしてわかったような気がします。それが江戸時代にくると、かなり自分のほうに何かあって、自分の理念なり思想なりに引き付けた解釈をしているのではないか。芭蕉なんかもそうなっているんじゃないでしょうか。

佐藤　江戸時代でいうと、初めと終わりじゃずいぶん違ってきてこう引張ってきてずいぶんおもしろいのがあるけれども、連歌師の註というのは数は少ないけれどもおもしろいでしょうね。

久保田　やっぱり一つの言葉のもつイメージをよく捉えていると思います。私たちは仕方がないですから『国歌大観』なんか引きまして、用例から帰納して、たぶんこの言葉には、あるいはこの歌枕にはこんなイメージが纏《まつ》わりついていたんだろうなということを探ぐってゆくのですけれども、連歌師はピタッと経験的に知っているわけですね。その辺が違うと思います。

佐藤　だから『源氏』だとか『伊勢』だとか、ああいう中に使われている言葉なんかにもかなり共通した知識があって、連歌なんか作ったり、こういう言葉にはこれを付けろと決めたようなあれがあってね。だから『新古今』には、われわれにはちょっとわからないけれども、共通の言葉があり、その言葉はこういうふうに伝統的に解釈するんだとか、そういうのがあるのかもしれませんね。

司会　歌の解釈というか鑑賞のツボがピタッと押さえられている感じにさせられることがありますね。

藤平　『新古今』にはあきらかな古典があって、これは風巻さんが繰返し言われたことですが、その古典を連歌師はかなり忠実に受け継いでいる。共通の古典の基礎の上に立っていますから、そこでかなり『新古今』の当時の境地に近い境地に至りうるということになるんじゃないでしょうか。

佐藤　『新古今』の作家たちが『伊勢』とか『源氏』を使って巧みに転換させているのは、僕はそれだけじゃなくて、ほんとうにそうかどうかわからないけれども、定家が『松浦宮』ですか物語を……、われわれが言うと実にくだらないものだと思うけれども、ああいうものを作るということが、平安期なら平安期の物語の世界に自分で入っていく練習みたいなもんじゃないかと思うんですね。作っているうちに自然に歌詠みであれば当然、部分部分に歌のイメージが出てくるという感じで、あれは、ただいわゆる技巧の物語で、真似したくて作っているんじゃなくて、そういう歌で作る上での体験というか錬磨する一つの練習じゃないでしょうかね。そうじゃないと定家ほどの歌の上手な人があんなくだらないものをと思うけど（笑）、どうでしょうかね。

藤平　それは賛成ですね。桑原博史さんが最近出された本（『中世物語の基礎的研究』一九六九刊　風間書房）の初めに、藤原隆房のことを書いておられるんです。『艶詞《えんし》』『隆房集』とか『安元御賀記《あんげんおんがのき》』とかを取り上げていますが、つまりその点に関連してだと思います。たとえば『艶詞』などもそういう性格をもっています。現実自体を物語化していく、そして古典と現実との繋りをつける。現実自体をフィクションにしていくんです。

『安元御賀記』なんていうのは記録だけれども、その記録を一種の物語に化していくわけですね。先生がおっしゃったのと共通の試みだと思うんです。

佐藤　それともう一つは定家ではちょっとわからないんだけれども『新古今』の、たとえば神を歌っていくのを見ていくと、託宣《たくせん》形式の歌がありますね。神が呼びかけてくるような、しかも、これからお詣りしようか、あるいはお詣りもいやになっちゃった。やれやれ出てこいというような言い方は、やっぱり一方的じゃなく、いつも人と神との対話があるというか、一つ一つの歌が、みんな今の連歌で言えば一座の空気のようなもので、たとえば歌を作るのに、一人で火箸かなんか叩いて歌った、呻吟して歌ったというのは嘘で、むしろ『新古今』の歌人たちは共通の場でやるほうが得意じゃないかと思うんです。神の歌でさえ一人ではなくて一緒になってやる。『古今集』のお祭の歌なんかとは違うところがあるんです。一方通行じゃないんですすね。なんかそういう感じがしているんですけれども。これは後白河院が、例の今様《いまよう》を歌わせたりなんかしてて、その歌い方を習って、今度は自分の周りの者に歌わせたり練習させたりしている。ああいう空気がもし後鳥羽院のあれであれば、それはそれしきになっちゃったって、しまいには『新古今』特有の切り継ぎとか切り出し、とかいうようなあれで、みんなが寄ってたかっていじくり回してとんでもないものが出てきちゃうという感じがするんです。要するに、なんか形になると一人なんだけれども、そうじゃなくて大勢でいて、また一人一人がその場に出るまでには、いろんな練習をしている。人知れぬ苦労をしてきて、それでアッというようなことをその場で言う。あの時代の戦争とか陰惨とかいうものから遊離した、その時にはそういうことを忘れてお互いに楽しむというところがあるんじゃないかな。

文芸サロンと言葉

藤平 先生のおっしゃったこととちょっと違うことになるかもしれませんけれども、僕なりに言い直すと、日常の言葉の世界と違う文学の言葉を共有する世界があった。そこでの交流があったということになるんじゃないかと思います。

佐藤 俳諧仲間に一つの俳諧用語があって入っていく。それで芭蕉流のいわゆる「俗談平話」(俗語や日常の話しことば)というようなところへいかないで、「さび」とかなんとかいっている時分の空気じゃないかと思うんですけれどもね。

藤平 文学語を日常語と区別している。そういう文学語を創り出しているのが、古典の世界だと思うんです。新古今時代は、それが一定の範囲を持った一つの伝統としてできあがった時期でしょう。

佐藤 あの時代としても、やはりその世界というのは一種異様というとおかしいけれども、少なくとも、その場では普段の空気と違うんじゃないでしょうか。たとえば語学教室で外国語ばかりでしゃべっているというような練習をやっていたのかもしれないね。その時は、約束で……。

久保田 新古今歌壇なんていうと、とっても賑やかな幅の広いものを連想しますが、そういう意味で歌壇という言葉はある程度、警戒を要すると思いますが、意外に狭い世界だったと思うんです。狭い中で、今先生がおっしゃったように非常に交流が盛んで、一人が気の利いた表現をすると、すぐまねる者がおりますね。飛鳥井雅経なんていう人は特にまねばっかりしていたので、そう非難されているんですが、そんなわけで小さな池のようなものを連想するんです。そこに一つの小石を投ずるとパーッと波紋が広がってしまう。しかしそれは小さな池ですからそれ以外に出ないという、そんなグループじゃなかったんじゃないかと思います。そういうものは確かに日常的なものとは違うわけです。ですから後鳥羽院が承久の変を計画した時、討幕を計画した時は、そのメンバーは全然入ってこない。慈円《じえん》なんかすらも直接に入っていけないで、外でハラハラしている形だったろうと思うんです。そういうのが後鳥羽院を中心にしてあったし、かつては後白河院の近臣ですか、今様グループみたいなのがあった。ああいうのが幾つもあるという点は古代的なんでしょうか。そういう意味じゃ古い形態だと思うんですが……。

佐藤　いまの慈円の歌がかなり数が多い。あれはなにかわけがあるんでしょうか。

久保田　やっぱり慈円の歌は思想的ですね、『新古今』の歌の中では。ああいうものが案外、好まれてきているんじゃないかという気もするんです。慈円もそうですし、それから良経の歌がやはり為政者的な発想の歌がかなり多いと思うんですが、そういうものを採っているということは、貴族政治の立場ですけれども、政治というものに、かなり関心を持ち始めた時代の傾向が文学に現れているんじゃないか。そうなりますと、『新古今』は花鳥風月的に捉えられていた傾向があると思いますけれども、それに対する別の見方が必要になってくるんじゃないかと思います。

藤平　『玉葉集《ぎよくよう》』などでも、歌は古代から伝わってきたもので、それと天皇の存在と結びついている。だからそういうものとして、崩れていく現実にかかわらず、安心して歌えるというところがあってできたのではないかと思います。そうでないと、『玉葉』、『風雅《ふうが》』というものがちょっと出てきにくいんじゃないでしょうか。同じようにして『新古今』にも共通点があるように思います。

久保田　前にちょっと考えた問題なんですが、『新古今』は普通とは逆の意味で政治的だという気がするんです。それは『新古今』が成立する前に確かに政治的な歌が詠まれているんですけれども、それを極力入れないようにしているんですね。さっき言いました良経や慈円の為政者的な歌というのは政治のあるべき姿を歌っているような歌で、そういうのは入ってくるんですけれども、時の政治に批判的な歌は入ってこない。入ってこないけれども現に存在しているのです。例の建久七年の建久の政変というのがありまして、それをきっかけに九条家の良経と、それに連なる慈円が冷飯を食うわけですけれども、その間に詠んだ歌というのは、かなり激烈な調子で時の政治を批判しているのです。そういう歌は絶対に入ってこない。そういった逆の形で、政治的配慮というものがかなり強いわけですね。そういう点がまたおもしろいと思うんです。

後鳥羽と定家

司会　少し違った意味で、定家と良経にからんでくる問題ですが『後鳥羽院御口伝《ごくでん》』の定家評の中で後鳥羽院は良経を立てて、そして定家を非難いたしますね。大内の桜の花を贈るについての、院と良経との間の贈答歌を例にあげ、その同じ時の定家の歌を引いて、歌を考えるについて定家は「いささかも事により折によるといふ事なし」として定家の態度を後鳥羽院が非難するわけです。あそこの問題が私にはまだよくわからないところがあって、おもしろいと思うのです。あそこで言っている後鳥羽院の定家に対する不満にもかかわらず、われわれから見れば定家は非常に純粋な芸術家というような感じの態度で歌を作っている。結び題というようなものも軽く見ている。それも後鳥羽院から見ると気に入らない。そういう態度が後鳥羽院には飽き足りなくて、良経のように歌の作られた背景を重んじ、いわば由ある歌としてのおもしろさを知っていることを非常に高く後鳥羽院は評価している。これは『新古今』の歌の世界を見ていく上に非常に重要な要《かなめ》の問題だと思うんです。私の考えを批判していただくとありがたいと思うんですけれども、非常に古風な日本の歌の伝統からいくと、歌というのは『古事記』のあたりから見ても、いつどこで誰がどういうわけで、この歌を作ってどうなったかという形で、いわば来歴を包んだ歌というものを伝えていくわけですね。それが歌物語というふうなものの発生の一番大きな原因になってくるだろうと思うんです。それがあんなふうに『古今』以後、歌が非常に繊細化、そして技巧的にも細かくなってきて、歌の題も漢詩なんかの影響を受けて、まるで謎々のような題になってきてもなおかつ後鳥羽院の心の中では、歌というのは、広い背景との関連の上で見ていくべきものなんだ、その背景がつまらなければ、その歌が一首独立して作品としてはいかにおもしろかろうと、やはりそれは割り引かれなきゃならないんだと考えている。そこのところが定家と大変違っているところなんですね。たしかに定家への個人的感情ももちろんあの中にはあるでしょうけれども、非常におもしろい問題だし、そこのところが正岡子規の歌に対する態度のいささか荒っぽすぎる点にもひっかかってくると思うんです。歌というのはそういう背景をもって見るべきものなのか、一種独立した形で題なども全部捨て去り、詞書《ことばがき》というふうなものとの兼合いのおもしろさも捨て去って考えるべきものなのかという問題になるんです。後鳥羽院と定家のこの問題についてはいかがでしょうか。

藤平　われわれのほうは、どうもその辺の解釈についていままでの常識みたいなものができあがっていますから丸谷さんから……。

丸谷　一般的に言ってパトロンと芸術家をおけば、パトロンの趣味のほうが古いものでしょう(笑)。そうだと思うんですよ。だから秀吉と利休の話にしたところで、利休より秀吉のほうが趣味が古かったと思うんです。それから代表的なパトロンというのは夏目成美《なつめせいび》(一七四九～一八一六)と一茶(一七六三～一八二七)の場合、一茶の趣味に比べて成美のほうが古くて洗練されています。

だから逆に言うと、一茶のほうが前衛的です。一茶が前衛的というとおかしいですけれど。だから後鳥羽院のほうが定家より趣味が保守的だったということは、なんか言えそうな気がするんです。今の日本というのはパトロンというのがないわけですから、もしパトロンがあるとすると、なんか前衛芸術に金を出す変な金持ちというのしか頭にないわけですね。だからパトロンというと前衛的な感じがしてしまうんですよ。でも一般的に言ってパトロンというのはそういう保守的な面があるんじゃないですか。それを言えば後鳥羽院と定家の関係というのは実に簡単にわかってしまうでしょう。ただ、これは難しい問題なんですけど、本当に後鳥羽院と定家と二人比べて、芸術的な求め方の激しさはともかくどっちが趣味がいいかということになると、これは問題ですね。どうも僕は後鳥羽院のほうが趣味がいいような気がする時があります。僕にはどうも、定家のああいう歌の作り方というのがうるさいという感じになる時はありますね。そしてわれわれが後鳥羽院と定家の歌と二つ比べてうるさいと思うとすれば、後鳥羽院自身が、定家の才能を認めながらも、うるさいと感じたことはもっとはなはだしかったろうと思うんです。そこのところがとても微妙な問題になってしまう。

久保田　その趣味がいいというのは帝王風《ぶり》ということでは……。

丸谷　それとも関係しますけれども、うるさくないですよね、後鳥羽院の歌というのは。われわれが定家の歌の、ちょっとうまい例がないですけれども、『拾遺愚草《しゅういぐそう》』にいくらでも出てくる、でき損ないの歌があるでしょう。そういうのを見ると、ほんとに嫌になってしまう時がありますよね。あれをしょっちゅうそばで見ていれば、げんなりするでしょう。つまり『拾遺愚草』に載っていない歌がたくさんあると思うんです、定家のでき損ないの歌が。そういうのをいっぱい見ていると、ずいぶん嫌気がさすんじゃないか。

久保田　安田章生《あやお》（一九一七〜一九七九　歌人・国文学者）さんは、正統と異端という問題で綺麗にこれを割り切るわけですね。結局、後鳥羽院のほうが正統なんで定家は異端なんだということに。言い換えれば主情的と、観念的ということでしょうか。

藤平　そこを問題にすると、歌は一種の生活装飾になっている、あるいは挨拶になっているということで、生活の中に生きている。生活に潤いを与えるという働きをしているんですね。これはかなり伝統的にそういう役割を果たしている。後鳥羽院もそれを楽しんでいる面がありますね。ところが俊成から定家というところで、そうじゃないものを作り出している。そこで歌の本質ということにからんでくると思う。生活と歌というものは、いわば生活実感の表現であるのか、それとももう少し上澄みの層で、生活装飾的な役割を果たすものか、こちらのほうは、さらに独立した、一つの完成した芸術品として生きうるものになる場合もあるでしょう。歌が生活に結びついているといっても、いわゆる生活実感を歌っていく、歌わないじゃいられないものを溜息のように歌っていくものもあるし、美しい装いを加えたり、あるいは社交語として歌って生活の潤滑油としていくというものもあるし……。いわゆる生活の歌、実情の歌と芸術派の歌というふうに分けた場合、境が明確でないのは、社交語としての歌や生活装飾として歌があるからですね。『後鳥羽院御口伝』に出てくる良経の歌、後鳥羽院が良経のところへ花の枝をもたせてやり良経がお礼の歌を詠んだという あの歌は、挨拶と申しますか生活装飾という面がありますね。それから前に出てくる定家の歌もそうなんですね。あれを梅原猛さんは、ああいう歌を詠んじゃったので、定家は自分で自分の卑屈さが嫌になって、だから入れたくないと言ったのだと解釈してますけれども、それは読みすぎだろうと思います。後鳥羽院はそういうものも認めていた。同時に独立した芸術品になっているものも褒めたということになるんだろうと思いますが、定家の悪口をうんと言っているようですが、あれは認めているから悪口を言っているんで、前面的に否定して定家と割れちゃったということではないと思うんです。後鳥羽院は、あんまり神経質にならないで、歌のいろんな面を楽しんでそれぞれ評価しているというところで、ちゃんとそういう評価ができる人だったんだろうと思うんです。定家はそういう方向をとらないんで、非常に厳しい。歌が自分の現実と結びついたら、あれは大変な俗人ですから、自分の醜いものがどんどん歌の中に流れ込んでくる。そんな歌は作れないから見るに耐えなかったんでしょうね。そこのところで後鳥羽院との違いが出てくるんで、ただ定家と後鳥羽院とどちらがいいかという評価の問題になってくると、一体短歌の本質は何かということに関わってくるので、簡単には言えないという気がします。

丸谷　あの悪口はやっぱり認めているからですよね。

藤平　それでなきゃあんなに『御口伝』の定家評にスペースを採っていないと思うんですね。

丸谷　あれは背後に絶賛を秘めた感じですね。

藤平　後鳥羽院は隠岐に行ってから定家と家隆の五十首ずつの、「定家家隆両卿撰歌合《りょうきょうせんかあわせ》」というのをやっていますね。ですから決して定家を否定していたわけじゃない。

司会　後鳥羽院というのは確かにそういう広さをもっていられた方ですね。

久保田　その広さがやっぱり帝王だからじゃないんでしょうか。すべてを包括したようなものがあると思うんですが……。

『新古今』から『玉葉』『風雅』へ

藤平　和歌の流れからいって定家的なものがだんだん強まってくることは事実だと思うんです。そうなりますと安田さんのように、正統と異端とちょっと割り切れないと思うんです。『玉葉』、『風雅』に『新古今』が展開していくわけなんですが、『玉葉』、『風雅』に至って、いよいよ芸術品が多くなって、生活実感や生活装飾の歌が極度に減るわけですから、流れとして、やはり定家の流れのほうが中世の末まで主流になっているんだと思います。ただ出来具合はだんだん下落していくけれども。

その点で『玉葉』、『風雅』の歌ですけれども、われわれ朝でも夕方でも庭をふっと見ていると、「ああ、いいな。」と思っても、そのまま忘れてしまう。そういうところを摑まえるのには短歌という形式は非常に適していると思うんです。それを現在へもってくると、末梢化するというと悪口になるからいけないけれども、虚子（一八七四〜一九五九）のような俳句に繋がる。短詩形文学というのはそういうところを掴まえるのに非常に適していると思うんです。そういうところを掴まえたものが『新古今』にほとんどないんじゃないかという気がするんです。だから『新古今』に出てきた可能性だけでは短歌の本質は考えにくいところがあると思うんです。そういうところが『玉葉』、『風雅』には出てくる。大きく『新古今』が中世にどう流れていくかというと、美意識といいますか、精神的な志向性という面から言えば『新古今』に出たものが、中世文学のいろんな面に、違った現れ方をしているといえる。ただ、短歌史ということから言うと、『新古今』に無いものを『玉葉』、『風雅』は生み出しているという気がするんです。

久保田　作品で言いますと、これも折口先生の『新古今前後』に引かれて、かなり高く評価しておられる歌ですけれども、

　あふちさくそともの木かげ露落ちて五月雨
　　はるる風わたるなり

というのがありますね。あんなものが大体『玉葉』、『風雅』に流れていくんじゃないでしょうか。ただ、あれは『新古今』の中じゃ非常に変わった歌だという気もするんです。あれは確かに『新古今』には入ったけれども、同時代の人にはそんなに評価されなかった歌なんじゃないかと思います。選者が選んだ歌じゃないようですね。後鳥羽院がおそらく切継ぎの段階で押し込んだ歌じゃないかと思われますし、定家が選んだ『定家八代抄』（『二四代集《にしだいしゅう》』）にも、この歌は入っていないですね。その辺がたしかに『新古今』ではかなり抜けているんで、そういうものが『玉葉』、『風雅』あたりから出てくるとい

うことは言えると思います。

司会　確かに『新古今』の中で、ああいう非常にすっきりした、透明な叙景というものはまだ非常に少ないのですね。『玉葉』、『風雅』の発生はこういうところにあるといって引いている例としては確かに適切だけれども、『新古今』から見れば、ごくわずかの歌ですね。

久保田　のちの『玉葉』、『風雅』に展開するようなものを、若い時期に定家や家隆、特に家隆はその傾向が強いと思いますが、詠んではいるんです。しかし、それが『新古今』には採られないで、のちの歌集、『玉葉』、『風雅』の中に入ってきているという点がおもしろいと思います。ですから年号でいいますと、文治・建久期というのは中世和歌の可能性が全部出ていた時期じゃないかと、――あるいはこれは過大評価かもしれませんけれども――そういう気がしているんです。そのうちの極彩色みたいなものだけが、まず『新古今』に採られて、それ以外のものは、のちにだんだんに吸収されていったんじゃないかと思います。

藤平　その可能性をもう少し挙げると、もっと雑駁《ざっぱく》な形で出てきた時期は、やっぱり『堀河百首』じゃないでしょうか。

久保田　『堀河百首』、歌人で言えば俊頼あたりでしょうね。俊頼の影響は強いですね。ただ俊頼が経験しなかった乱世の経験が定家、家隆にあるわけで、その辺でかなり突き抜けているものがあるんじゃないかと思うんですけれども、これは思うだけで、どこがどうだといわれても困りますが、まず初句切れとかなんとか、句切れが細かくなっている、ああいう声の調子というのが乱世の響きじゃないんでしょうか。

それから『玉葉』、『風雅』になっちゃうんですけれども、特に『風雅』なんかで非常に天象《てんしょう》の激しい状態を、動的に捉えますね。あれもたぶん、時代的なものがあるんじゃないかと思いますけれども、その前に『新古今』では、そういう小刻みな調べ、ブツブツ切れる、息の短い調べというものが見られる、これは時代的なものがあるような気がしているんです。

あの時代の人たちの音楽は雅楽ですから、声に宮・商・角・徴《チ》・羽といった音階、中国伝来の音の理論（五音《イン》）にかなり詳しいですね。それですぐ乱世の響きがあるとか言うわけですけれども、そういうことはある程度感じているんじゃないでしょうか。

藤平　文脈を整序させると、古典語なら安定した古典的世界、口語なら現実の世界を思わせる響きをもってくるということはあるんじゃないでしょうか。だから意識的に文脈を乱していく。これが音とからみあって……。

佐藤　謡いものの世界の今様の謡い方なんかに、一つの転換期が来た時代じゃないんでしょうかね。それと、『玉葉』、『風雅』の情景の、いまの非常に激しい季節の移りなど自然の、『新古今』にないね、これはいわゆる支那の宋時代の絵とか、詩とかの影響というのは、なんかないんですかね。そういうことは言われたことがあったんじゃないですか。

久保田　小西甚一さん（一九一五〜二〇〇七）。

佐藤　それとそれだけじゃなくて宋風の絵ですね。なんか徽宗《きそう》皇帝（一〇八二〜一一三五　中国、北宋八代皇帝）かなんかの、ああいう非常に丹念な色の使い方ね、ああいうようなものを見ているんじゃないか。つまり『源氏物語絵巻』みたいなものを見ている人たちから生まれてくる歌の風というのは『新古今』にも出てくるかもしれないんだけれども、ああいう貴族的な、ぜいたくな雰囲気から生まれた絵というものとか、宋の詩人の詩の世界が『玉葉』と『風雅』にはかなりあるんじゃないかと思うんです。花園院の日記を見ていますと、ずいぶん出てきますね、小西さんが言われていると思いますけれども。

藤平　あの時期にはもう一つ、花園院の歌集か光厳《こうごん》院の歌集かの問題になって、最近では光厳院ということに落ち着いてきたようですけれども、その中に、ともしびと向かい合っている歌があるんです。これは『光厳院御集』の終りに出てくる六首の連作ですが、そのともしびを見ている自分の心、ともしびと向かい合っているもう一人の内側の自分を見詰めて、両方を歌っていく連作です。これは非常に思想的といいますか、観念的といいますか……。

佐藤　それは何か例の『三教指帰《さんごうしいき》』とか、あんなようなものの……。

藤平　『文鏡秘府論《ぶんきょうひふろん》』を為兼《ためかね》は読んでいて影響を受けているわけですから、あるいは光厳院にも直接の影響があるかもしれません。花園院は大変な学者で、宋学、仏教の両方に詳しかったのですから光厳院はその影響を受けたのでしょう。だけど花園院の歌には光厳院ほどはっきり出てこないように思えます。

佐藤　生活の問題というとわからないことばかり出てくるんですけれども、後鳥羽院の宮廷と、花園院、光厳院時代の宮廷の生活といったものを、何かそういう特色のある歌を出す、そういう生活とかなんとかで共通するようなものは出てきますかね。

藤平　さっき問題になった『古今集』の序に言われているような歌というものは、皇室の伝統と結びついて伝統としての価値を持つものだという意義づけをして、風雅の世界を現実から切り離して自由に歌えるという意識を持ったところは両方共通しているんじゃないでしょうか。それを支える現実の基盤が『玉葉』、『風雅』になると、かなり稀薄になります。玉葉・風雅歌壇というのは非常に層の薄い歌壇ですね。だからじきに消滅してしまう。関連して歌の世界もかなり幅が狭いし、底が浅いということはあるんじゃないか。

佐藤　『古今』の序にあるような帝王風《ぶり》というか皇室中心主義というか、そういう大歌《おおうた》的なものがしばしば回帰するように出てきて、その一つの山が『新古今』の時代にあって、そしてやや稀薄であり弱いけれども、玉葉・風雅時代に出てくるというようなことになるわけですからね。

藤平　僕はそんなふうに考えるんですがね。

芭蕉・蕪村・晶子など

佐藤　そういう気風をまき起こす一つの機縁に、その戦国乱世みたいな、宮廷の存立に関するような大きな動乱が出てきているということになりますかね。時代のあれとしては、先ほどのお話のように、今度の戦争のあとで、やや時をおいて『新古今』のそういうものが評価されてくる。全然時代は違うけれども、明治の『明星』ですね、あのころの歌に『新古今』というのは、よっぽど影響があったんですか。与謝野晶子なんていう人たちが特に評価したということがあるのかしら。

丸谷　安田章生さんの『藤原定家研究』(一九六七刊至文堂)の本に、確かに明治以後の新古今的歌風の代表として晶子が挙げてあったような気がしますね。そして晶子しか挙げてなかったような気がするんですが、僕は晶子が『新古今』かな?と思った。どうも非常に疑わしい。と思ったんですけれども。北原白秋の晩年の歌がまだしも新古今風かなと思ったけれども、あれはむしろ『玉葉』みたいなところがありますね。だから近代の有名歌人の歌で、新古今風といえる人はちょっといないんじゃないですかね。

佐藤　蕪村なんかに興味を感じているような面

があるのかな。蕪村なんかの世界と『新古今』みたいな世界とは全然無縁ですかね。

久保田　表現の上で、ちょっと似ているけれども、本質的にはずいぶん違うんじゃないでしょうか。

佐藤　変なことばかり言うけれども、芭蕉、蕪村、と俳諧が繋がっていきますね。そうすると芭蕉には西行の風があるといわれているけれども、『新古今』はどうかというと、まるっきり離れている。つまり、俳諧が連歌からくるというようなことをいうでしょう。ある時期の連歌、あるいは連歌師の間には非常に影響があったろうし、読まれていたけれども、そこから出てきた俳諧の世界になってくると、新古今的なものというのは、どこから出てくるかしら。それから蕪村なんかに案外、新古今的なところがありそうな気がするけれども、すぐパーッと出てくるものは……。それで与謝野晶子なんかは蕪村なんかに興味を持っているわけでしょう。ところが全然今のお話では短歌の面では、さあと首をかしげるような……。そうするとどっかで俳諧と連歌がずうっと持ってきた新古今的なものが、どっかで切れちゃっているんじゃないかな。

久保田　切れているんだと思います。

佐藤　どうしてそれが切れてしまって……。

久保田　芭蕉が自分の先達として仰いでいるのは西行や釈阿《しゃくあ》（俊成）であって、『新古今集』という形じゃないんじゃないかと思うんです。

佐藤　西行は西行にしても、『新古今』に入っているような西行の歌じゃなくて、『山家集《さんかしゅう》』の中に入っているようなものを喜んでいるんですね。

丸谷　それはありますね。

久保田　西行の場合、西行の生き方でしょうし、釈阿の場合には、叙情性はある程度、涙過剰のところを芭蕉は受け継いでいるんじゃないでしようか。新古今的なところを押さえているんじゃないと思います。晶子も『新古今』の華麗な表現面だけをかすっているんで、本質的なところとはむしろ無縁なんじゃないでしょうか。

佐藤　いま『新古今』が一つ纏まり、『玉葉』、『風雅』が纏まるという時点で、宮廷の存立に関するような事件があったわけですね。ところが芭蕉の時代には、そんなものが無いんじゃないでしょうかね。こじつけみたいだけれども日本の歌の伝統というか、本質を守るというのが宮廷であるとすると、そういうものを擁護している公卿《くぎょう》社会というものに問題がなく、フワァーッとしている時期には新古今的なものというものは、いかなる天才がいても出てこないんじゃないか。芭蕉の時代にしても蕪村の時代にしても。

司会　なんといってもあんな共通の知識の基盤がありませんね。定家の歌のように『源氏』という背景があって、作者と読者の間に二重、三重のイメージの共有できる世界、それはどうしたって近代にはありませんね。晶子の中には、新古今的な臭いのものはいくらかあるけれども、どうしても違うのはその問題ですね。塚本氏なんかはたとえばバイブルのような世界に依って、そういう世界を創り出そうとするわけですけれども、現代においてはもうそういう共通の基盤、あるいは感情の共有みたいなものは不可能な問題でしょうからね。

藤平　だからその点で言うと、『新古今』は芭蕉に繋がる面もあると思うんです。それは美意識のといいますか、精神的な志向性と言ったほうがいいと思いますけれども、さっきから言われている絶対的な無への志向ですね。これは共通してあると思うんです。それが西行にも定家にもある。ところが定家の『新古今』の線では古典に支えられているわけですね。古典というものは皇室と結びついて形成された王朝古典ですね。これの伝統は江戸へ入ってくると切れる。ところがもう一つ、西行のほうはなんの支えがあったかというと、意志的に造ったサロン生活という生活のスタイルがあったと思います。これが支えだった。これは日常の無秩序の生活そのものじゃないんで、意志的に造り上げた文学的なスタイルを持った生活ですね。これが中世を貫いて草庵的生活様式として生きている。その伝統を芭蕉は受け継いでいるんだと思います。その中で中世的な美意識、精神的志向を受け継いでいるわけですね。その点は繋がるんじゃないでしょうか。

　ただ蕪村や晶子になると、古典を媒介にしたりして、美化した世界を造り出す。そしてそこに陶酔するという点で、『新古今』と似たような点もあるけれども、そこに自足しているんですね。安定して自足し陶酔している。それを突き抜けていこうという志向性は、あまりないような気がするんです。蕪村もロマンチストで広がりのある世界をもとめているし、晶子にもそれがあると思いますけれども、『新古今』の定家などのほうが、あるいは西行にしてももっと強烈なものがあった。芭蕉ならばなおさらだと思います。その点では蕪村や晶子と『新古今』とは違うという気がいたします。

丸谷　さっき言ったどなたかの本には、確か、ロマンチックなところが『新古今』を思わせると書いてあったような気がするんですよ。僕は、華やかだったり、ロマンチックだったりするところが『新古今』だと言うんだったら、話がずいぶん簡単でいいなと思った。『新古今』に有って晶子に無いもの、要するに『新古今』の頽廃《たいはい》ですね。晶子はむしろ健全そのものであって、そこのところが一番僕に首をかしげさせるところだと思うんです。芭蕉にはずいぶん頽廃がありますね。

司会　晶子の歌はちょっと見ると頽廃があるように見えるけれども、なんといったって「君死にたまふこと勿《なか》れ」（「明星」一九〇四・九）とか、議会を非難した詩の作れる人だから、これは頽廃じゃないですよ。

丸谷　健康優良児みたいな人でしょう（笑）。ただ、ああいう人だと、世間の常識に反抗していることがなんか頽廃みたいな感じにもなったかもしれませんけれども。今から見れば健全ですね。

久保田　明治文化全体が健康なんじゃないでしょうか。梅原猛さんがそんなことを言っておられますね。だからその時代においては『古今集』は否定されて『万葉』のようなものが非常に高く評価された。富国強兵政策と（笑）『歌よみに与ふる書』などを結びつけて言っておられますけれども、確かにそういう面があると思います。となりますと、明治時代というのは全体的に『新古今』が理解されにくい時代だと思うんです。晶子は式子内親王を自分のお姉さんみたいだと歌っているわけですが、そういう理解の仕方というのは、かなり表面的なものじゃないでしょうか。それが大正から昭和にくるとずいぶん本質的な理解が進んでいるような気がするんです。だから朔太郎の『新古今』の理解というのはちょっと私たちが考えると妙なとり方だと思うところもあるんですけれども、かなり本質的なものになってきているような気がするんです。

丸谷　僕もそう思います。学問的にいえば朔太郎の新古今解釈というのは、僕なんかが見てもでたらめなことがよくわかるけれども、そういうことは別として、もっと大事なところで『新古今』を非常によく押えているような感じがしますね。

佐藤　同じ朔太郎が蕪村もやっているけれども、これはどうですか。
久保田　やはり蕪村のああいうところを捉えているんじゃないでしょうか。
佐藤　蕪村の捉え方はまさにピタッと的を射ている。『新古今』は見当違いだろうということになればおもしろいんだけれども。
藤平　正岡子規は蕪村は客観的だと言っていますね。そして朔太郎は主観的だと言っています。だから捉える面が違うんです。子規の場合は、蕪村の美意識は非常に気宇壮大《きうそうだい》で芭蕉のようにいいみみっちくない。これからの日本は気宇壮大でなきゃいかんというところで評価するんですね。もう一つは表現の客観性ですね。そこで、子規は蕪村は客観的であると言う。朔太郎が主観的だと言っているのは捉える面が違うんで、蕪村の持っている、いわゆるロマンチシズムや、美意識の面を言っているんじゃないでしょうか。
久保田　朔太郎が『新古今』をうまく捉えたのは朔太郎の主観がある程度、『新古今』に共通するものがあったからだと思うんです。あれは『月に吠える』の序文でしたか、詩は病人を慰める優しい看護婦みたいなものであるというようなことを言っております。ああいう詩に対する考え方はある程度、『新古今』の歌にもあてはまるものなんじゃないかと思います。大体、あの時期の連中は病んでいたわけなんで、ある意味では病める神経のための慰安のような面が歌にも確かにあると思います。定家のような場合、特にそういう気がするんです。定家に比べると家隆はやっぱり健康優良児のほうかもしれません（笑）。
丸谷　要するに朔太郎の喧嘩した相手というのは明治以後の近代文学の主流である自然主義と私《わたくし》小説と、それによって代表されるリアリズムというんですか、そういうようなものですよね。その喧嘩のための材料を日本文学から引っ張り出してきて、それを楯に使ってやるわけです。その場合に僕は与謝蕪村よりは『新古今』などを論じたもののほうができがいいような感じがしましたけれど。それはなぜなのかというと、やっぱり蕪村は子規がかついでいるものでしょう。明治以後の日本文学の代表的な評価というのを、たった一人あげると、正岡子規になってしまいますね。だから朔太郎の当面の敵が持ち上げた蕪村をやるときには話が込み入って具合が悪かったという点があるんじゃないでしょうか。

現代における『新古今』の復活

佐藤　一番初めの話に戻っていくけれども、現代の短歌の作家とか——僕は全然知らないけれども——これからも『新古今』のそういうものが伸びる可能性はあるんですかね。

司会　短歌の世界だけに限って言えば、いろんな限界が短歌をめぐって、十重二十重にあるんで、それを幾らかでもぶち破ろうとするためには、時代の動きが大きい背景でしょうけれども、結局は非常に強烈な個性の出現という以外には望みがない。そういう強烈な個性が出てくれれば僅かでもまだ伸ばせると思いますが。さっきの安田章生さんの言葉をお借りすれば「正統的な地位」をもう一度短歌が獲得できるとは考えられない。僅かに個性の強烈さに期待するよりない。大変悲観的で申しわけないけれども（笑）。

丸谷　単に短歌の領域だけで、新古今的なものを考えるんじゃなくて、もっと幅の広い、文学一般の形で新古今的なものを考えるとか、あるいは日本文化全体の中で考えるとかしていけば、そういう形で新古今的なものが生き、甦ることは非常にありうるんじゃないでしょうか。

司会　たしかに、広く考えれば、あらゆる短歌的なものは、日本人の心の中に非常に強烈な形で無意識のうちに、気味悪いほど延々と残るだろうと思います。狭く考えてしまうと『新古今』と現代とが結びつくわけはないけれども、もっと広く考えれば、意外な形で意外な時に甦ることがあるという感じがするんです。

久保田　外国の人たちに対する日本文学のアピールの仕方はいろいろ問題になると思うんですけれども、その時新古今的なものはどうなんでしょう。新古今的なものと、一応万葉的なものという対立で考えますと、どちらがわかりやすいでしょうか。

丸谷　僕自身、『新古今』びいきですからしょうがないんですけれども(笑)、つまり二十世紀のヨーロッパの文学というのは新古今的なんですよ、簡単に云ってしまえば。一番簡単なのはジョイス（一八八二～一九四一）の『ユリシーズ』（一九二二刊）という小説とか、トーマス・マン（一八七五～一九五五）の『ファウスト博士』（一九四七刊）とかを見ればわかるんですが、何か古い伝説の枠組を使って、それにとりかかって書くという態度ですね。そういうのは、まあ、大まかに言えば新古今的態度ですね。それから言葉の遊びが非常に多くなってきているということですね。「アンチ・テアトル」という妙な芝居があるでしょう。その「アンチ・テアトル」のイヨネスコ（一九一二～一九九四）の芝居とかベケット（一九〇六～一九八九）の芝居なんかは第二次大戦後なんですが、非常に言葉遊びが多いんです。そしてイヨネスコやベケットは特に露骨な例ですけれども、二十世紀の西洋文学には言葉の遊びがとても多いわけです。それを戦前の日本の翻訳者は、そういう面を非常に軽視して翻訳したという面があると思うんです。なぜそういう面を軽視して翻訳したかというと、明治以後、われわれの意識を縛っていた日本近代文学の文学観の影響のもとに翻訳をし、紹介をするからです。

司会 それは大変考えさせられることだと思います。国文学の上にも、大きな問題としてそれはあるわけです。明治以後の文学意識によって形づくられた物指《ものさ》しで『新古今』を断ち切ってゆくということはどうしたって免れない。そういう物指しから非常にはみ出る部分がいろいろあるわけですよ。そういうものを、文学でないと言っていいのかどうかということを自分一人でもフッと反省することがあるわけですよ。われわれの物指しというのも、かなり歪《いびつ》なところがあるということですね。

丸谷 あると思いますね。正岡子規の文学観に従ってジョイスを翻訳したところで、どうもうまくゆかないわけです。それくらいなら、定家の文学観に従ってジョイスを翻訳するほうが僕は正しいと思うんですよ。結局、翻訳とか紹介とかいうものは自分のわかることを主にしてやるもんでしょう。わからないでなんとなく伝えてしまうこともあるでしょうけれども、やっぱり意識的操作の部分がかなりの部分を占めてしまうから、そうなるんじゃないですかね。堀口大学のフランス語の詩の翻訳がありますね。

久保田 『月下の一群』。

丸谷 『月下の一群』とかなんとか。堀口大学のフランス語の詩の翻訳にはとても遊びみたいなのが多いですね。ああいうのはなんとなく邪道みたいな、おふざけでないよという感じで見られてきたと思うんですよ。しかし文学にはこういう面があるんだということを堀口大学は主張し続けたわけでしょう。その点、時代に逆らってやり続けた勇気というのはえらいと思うんです。堀口大学が『新古今』だというんじゃないけれども、なんかアララギ的、あるいは私小説的、あるいはホトトギス的、なんでもいいですけれども、そういう文学観と対立するものがあると思うんですよ。アララギから私小説に至る文学観というのは、やっぱり西洋の十九世紀の文学観の日本への移植みたいなところが非常に強いと思うんです。ところが、あれが日本に移植されてほんのちょっと経った頃に、ヨーロッパの文学はガラリと変わったでしょう。その変わり方を前の文学観で、つまり正岡子規に始まる文学観で受け止めていた傾向がありますね。（了）

気分は『新古今』

〈対談者〉佐佐木幸綱

佐佐木幸綱（ささき　ゆきつな）

昭和13年、東京都生まれ。歌人・国文学者。早稲田大学名誉教授。「心の花」主宰。雑誌「文芸」編集長をつとめたのち、早稲田大学政経学部で長く教鞭をとる。歌集に「百年の船」（平17　角川書店）、「ムーンウォーク」（平23　ながらみ書房）、評論集に「柿本人麻呂ノート」（昭57　青土社）など多数。

佐佐木幸綱

酒食の歌のありなしについて

久保田　七月十日でしたか、「佐佐木幸綱を囲み、語り、飲む会」（一九九〇年七月十日。於、アルカディア市谷）は本当に盛況でしたね。あとの二次会、三次会でも飲みかつ語りたかったんですけど、翌日野暮用が入っていたので、最初だけで失礼しました。あの時、馬場あき子さんが佐佐木さんはカツ丼がお好きだとおっしゃってましたけど（笑）、この最新歌集『金色《こんじき》の獅子《しし》』（一九八九刊　雁書館）を拝見すると、カツライスの歌がありますよね。

　はつ夏の学生食堂、カツライス、学生と食うソース濃くかけて

この歌のことを馬場さんはおっしゃったんですか。

佐佐木　いや、カツ丼の歌が昔あるんです。

　生きのびて恥ふやしゆく　日常は眼前のカツ丼のみだらさ美しさ

三十代の作です。

久保田　カツライスのほうは比較的新しいお作ですね。

佐佐木　そうです。

久保田　いわば日次《ひなみ》の歌のような形式で詠っていらっしゃる。日記のように毎日一首詠っていらっしゃる。これは五月の歌でしたか。カツライスのその次には、

　馬場あき子、小池光にはさまれてぬるき紅茶をまずは飲んでいる

というのがありますが、この『金色の獅子』を拝見しますと、そのほかにもいろいろと、食べ物の歌が多いですね。

佐佐木　はあ、そうですね。

久保田　このことに興味を持ちました。食いしん坊なものですから、食い物には非常に関心があります。

生《なま》なる言葉熟せる言葉眼前の夜明けの色の
ローストビーフ
っていうの（笑）、これなんかとてもおいしそうな歌だなあと思ったのですが。あと、
ひかりものを好める我にならいつつこのごろ妻もそを握らする
球磨《くま》川の鮎のうるかよ惜しみつつ食いてしまいぬ年の夜更けて
とか、いろいろ詠っていらっしゃいますね。
ところで、この歌はちょっとわからなかったんですよ、佐佐木さんから直接説明していただきたいんですけど。
ナカソネが総理を辞めし日の歌の野菜ぎらいの高野公彦

佐佐木　高野公彦という歌人がいまして、彼がこの歌の通りに野菜ぎらいの歌を詠っているんです。

久保田　ああ、そうですか。

佐佐木　何て言うんでしょうか、わからない人がいていい。一種の座の文学というんでしょうか、ある小グループの人にしかわからなくてもしょうがないというかたちで作り上げた歌です。

久保田　たまたま高野さんは知らないわけでもないので、おもしろいなと思ったんです。すると僕も座の周縁にはいることになるのかもしれない。
こういう食べ物は、歌の素材、広く詩の素材として実におもしろいというか、豊かなイメージを喚起するものですが、『新古今』の歌人にはまず、食べ物の歌はないですね。『万葉集』ではまあ有名な鰻《うなぎ》の歌なんかがありますが、『新古今』に限らず、一般に、平安以降から中世の歌人の間には、だいたい食べ物とか酒なんかは詠わないという、暗黙の約束みたいなものができている。僕はそれを非常に残念に思うんです。

自分が食いしん坊であり、お酒も嫌いではないからということもあるんですが、それだけじゃなくて何か、いまさら言ってもしょうがないんですけど、日本の歌をある時期非常に狭めてきた一つの原因ではないかという気がするんですよ。そういう意識が一つのネックになっているんじゃないか。

佐佐木　あと詠われないものとして人間の肉体の部分ですね。髪とか、手とか、限られたものしか出てこない。

久保田　そのことを前にもちょっと考えたことがあるんです(『花のもの言う』のうち、「雲のはてにものぞ思ふ、身体」、初出「國文學」昭54・12臨時増刊号、「百人一首あらかると」)。どうもそういう食べ物や酒を詠わないということと、肉体を詠わないということには、共通する意識があると思います。

佐佐木　そうですね。会話でもそうですけど、食べ物や肉体はあまり品のよくない話題だ、詠いたくないことだというのがあったのでしょう。

久保田　いろいろあるでしょうね。でもこれは残念ですね。

佐佐木　残念ですね。酒の歌も少ないんじゃないですか。酒の場の歌は多くても、酒そのものの歌は少ない。

久保田　非常に少ないですね。酒そのものは勅撰集にはほとんど出てこないでしょう。

佐佐木　『古今六帖』はどうでしたかね。

久保田　勅撰集には酒の歌は入らないんでしょうね。せいぜい「竹の葉をこそ傾くれ」という言い方で、わずかに『新拾遺集』に源経信《つねのぶ》の長歌が載っていますが。『古今六帖』にもないと思います。

佐佐木　五山《ござん》文学の漢詩なんかでは、松茸が出てきたり、比較的食べ物もたくさん出てきますけれどね。和歌の世界ではやはりカットしてしまったみたいですね。

久保田　ただ、新古今時代の歌人でも、勅撰集に採られないような場ではいくらかは詠っているようです。慈円には瓜を歌った歌がある。

佐佐木　魚の名前とか、食べ物の名前は出てきますか。ただ食事として出てくるという感じではないですけど。

久保田　西行はその中ではそういうのを詠っているほうでしょうね。前にお書きになった「旅の歌」（『詩歌日本の抒情』5、一九八五刊　講談社）でも、たしか引いていらっしゃいました、旅行をした時の西行の歌。

　おなじくはかきをぞ刺して乾しもすべき蛤よりは名もたよりあり

　小鯛引く網のうけ縄寄り来めり憂き仕業ある塩崎の浦

　霞敷く波の初花をりかけて桜鯛釣る沖の海《あ》士《ま》舟

　海士人のいそしく帰るひじきものはこにし蛤がうなしただみ

　ここには魚介類がぞろぞろ出てきます。でも西行自身はやはり食べなかったんでしょうね（笑）。

佐佐木　ああ、やっぱりそうでしょうか。

久保田　戒律に触れるわけですから。あそこの歌でも、そういう漁師の営みを罪として詠っていますから。

佐佐木　はみ出ることを規制する力は、ずいぶん強いようですね。

久保田　強かったんでしょうね。

佐佐木　やはり読者が想定されているからでしょうか。それとも歌というものに対する考え方がそうだったのでしょうか。

久保田　考え方による規制力が強かったんじゃないですか。

古歌を覚えること

佐佐木　特に『新古今』の人たちは、本歌取《ほんかど》りをはじめとして、前の時代の歌を大事にしますね。覚える能力もあったし、たくさん覚えていたわけでしょう。歌を作ることは、とにかくたくさん覚えるということだと考えていたくらいでしょう。後鳥羽院の記憶力といいますか、歌の覚え方はすごかったという話がありますね。

久保田　そうですね。『新古今集』を選ばせている間に、選歌をどんどん覚えてしまったと『源家長《いえなが》日記』に言っていますね。あれは嘘じゃなかっただろうと思います。もっともあまり他に読むものがなかった時代ですから(笑)。いや、そんなこともないでしょうね。やはり帝王としてはいろいろなものを見なくてはいけないだろうし。

佐佐木　現代人は、索引がいっぱいできているから、記憶しなくてもいいということで、記憶しなくなったんじゃないでしょうか。そして、記憶できなくなってしまった。昔の人たちはとにかく暗記した。

久保田　本当にそうだと思いますよ。便利になると、だんだん記憶力が駄目になりますね。実はわれわれもみんなの記憶力を駄目にするような努力をしているのかもしれない。『新編国歌大観』などというものができますと、あらゆる句から、それが何句目にあっても、どの歌も引けますから(笑)。

佐佐木　そうですね。

久保田　何も苦労して覚えなくてもいいことになってしまう。

佐佐木　佐佐木信綱の若い時代は何人か集まると、歌で尻取りをしたといいます。終わり三字目なら三字目と決めておいて、その終わりから三字目の字を次の頭にする。当然古歌ですね。

百人一首は誰でもが知っているからこれは駄目で、百人一首以外の古歌でやった。

久保田　そうですか。そういう一種のお遊びで覚えた……。

佐佐木　遊びですが、しかし競争意識はあります。負けると次の回には負けまいということで覚える。川田順（一八八二〜一九六六　歌人・実業家）という人は八代集を全部暗記していたんだそうです。

久保田　それはすごい。

佐佐木　順はたいへん忙しい人だったのですが、原稿を書く時にいちいち原作を参照しないで書いちゃうんです。

久保田　銀行勤めだったでしょう。

佐佐木　住友コンツェルンの常務理事です。書き上げた原稿を渡す時に、たとえば『後撰集』から引いたのなら『後撰集』を持って来て、編集者に一応突き合わせてくれと言う。それがほとんど間違いがなかったという伝説が残っています（笑）。

久保田　すごいですねえ。

佐佐木　彼の時代まで、まあ、歌を作るということが、覚えるということと重なっていたといいましょうか。本歌取があれだけ網羅されている中世の歌の世界では本当にそれじゃないととてもやっていけませんね。

久保田　いや、川田さんのあの冨山房百科文庫に入っている『全註金槐《きんかい》和歌集』は、みごとだと思うんです。実朝《さねとも》の歌は、みなさんも言っておられるように、ほとんど古歌の切り継ぎみたいなものですね。それでいてところどころに実朝でなきゃ決して詠めないような歌があるんですけど。実朝の一首の歌に対して、五首、六首という古歌を、本歌には限らない、本歌とは決定できない歌までも参考歌などとして、それぞれ掲げている。名著だと思います。じゃあ、川田さんはそういうのを大部分は記憶でやっているんですね。

佐佐木　そういう話ですね。これからコンピュータが出てきて、検索の仕事がずいぶん変わってくると思います。やはり暗記の時代の最後の人たちが、あの近代の人たちですね。

久保田　コンピュータに対しては僕自身は非常に懐疑的なんです。前にも言ったように自分たちでも便利さに奉仕するようなことをやっているんですけど、こんなに便利になって研究者が歌を覚えない、覚えなくてもいいんだというふうになるのは、やはり堕落ではないかと思うんだけど、どうでしょうか。実際の歌詠みとして、歌人としてはいかがですか。

佐佐木　歌人もまた歌を覚えなくなったようですね。

久保田　そうですか。

佐佐木　いつも怒るんですけど、時々僕なんかのことを先生、先生と言う若い奴がいるんです。先生と言うんだったら俺の歌を五十首言ってみろって言うんですけどね、全然言えない(笑)。で、そう言われると悔しがって、次に会う時には少しは覚えてきます。歌を覚えるという習慣がないんですね。振り返って『新古今』の時代を考えてみると、歌を作る前提として、少なくともそのベースに歌をたくさん覚えるということがあったはずですね。

久保田　そうだと思いますね。

佐佐木　文法なんか知らなくたって、古歌を整理して記憶していればわかる。そういう面と、もう一つさっき最初のお話に出た食べ物の歌のように、こんなこと記憶にはないぞ、記憶からはみ出すぞという規制力にもなった。マイナス面もあるんだと思います。

久保田　なるほどね。

佐佐木　プラス面では、言葉に対する行き届いた神経みたいなものが、覚えているうちに生まれてくる。

久保田　やはり覚えなくちゃ駄目でしょうね。そういう神経も生まれつきのものというより、やはり後天的なもので、ある程度たくさん読んで覚えているうちに自ずと身に付いてくるものなんでしょう。

オノマトペ、声調

佐佐木　川田順のようにたくさん覚えられる人と、僕らみたいに頑張ってもなかなか覚えられない者とでは、やっぱり先天的な差があるのかもしれませんがね。音感というか、言葉の音楽に対して敏感な人はよく覚えるんじゃないでしょうかね。

久保田　でも佐佐木さんのお歌を拝見しますと、非常に音楽的だと思います。『金色の獅子』で気がついたことは、オノマトペを非常に効果的に使っていらっしゃいますね。

しわしわの心を巻きて赤銅の夕日の坂の風漕ぎ帰る

なんて歌があります。それから、

暗き日をなおも小暗き書庫に入りぐにゃぐにゃのわが心を鞣《なめ》す

こういう擬態語といいますか、オノマトペの使い方がおもしろいと思った。それから促音についても詠っていらっしゃる。「日本語の促音やよし」という歌がありますね。

佐佐木　これはバングラディシュのダッカで自作を朗読した時（笑）の感じを言ったのです。

久保田　それは、

日本語の促音やよしわが短歌《うた》をわが朗読《よ》み
ゆきて不意に思えり

こういう歌を拝見しますと、やはり言葉に出して読んだ場合の効果を考えていらっしゃるんでしょう。

佐佐木　ええ、そう。一時期は発表する前に自分の歌をテープに入れて聞くという、そういうことをやっていました。つい一か月ほど前ですが、谷川俊太郎さんと大岡信さんが世話人で、銕仙《てっせん》会能楽堂で朗読会があって、そこで粟津則雄さんと野村万之丞さんと三人で自作を朗読するという試みをやりました。いま、オノマトペのことを言ってくださいましたけど、オノマトペもやはり短歌の歴史を見わたすと、『万葉集』にいくつかあるとはいえ、勅撰集時代になるとぐっと減りますね。

久保田　ええ。これもさきほどの食べ物を詠わない、それから肉体の部分、特に鼻とか口なんて器官を詠わない、そういうことと近いものがあるんでしょうか。オノマトペは、人間の動物的な、生き物としての動態を表現することが多い言葉だから、避けるのかなあ。使われることが少ないと思います。

佐佐木　少ないですね。日常語から遠ざかろうという意志じゃないですか。

久保田　そうでしょうね。

佐佐木　食べ物のことを言わないのも、歌というものは日常にあまり近づいてはいけないという考えがあったのかもしれないですね。僕はオノマトペをずっと気にしてまして、古典などもその目で読んできました。すると日本文学史の中でオノマトペの一番の天才はやはり一茶《いっさ》なんですね。一茶には多いですし、またいいんです。日常に近づいていく、詩と日常の距離を近づけた人なんですね。そういうふうに考えると、やはり日常から遠ざかろうという意志がオノマトペを排除したのではないですか。

久保田　僕自身は『新古今』の研究者なんですけど、『新古今』が絶対だとは思っていないんです。ですから佐佐木さんのおっしゃること、わかるような気がします。

いまの短歌の世界では、僕は全然知らないのですけど、実際に発表の時にはやはり、声に出して読むのですか。句会なんかだったら読むようですが……。

佐佐木　いえ、歌会ではほとんど読みません。ただ批評する人が読む、あるいは司会者が読む場合があります。自作を自分で読むというケースは非常に少ない。

久保田　そうですか。そうするとああいうふうに読むのは、伝統的な歌会、御会《ごかい》くらいのものですか。

佐佐木　ええ、そうですね。福島泰樹《やすき》が短歌絶叫コンサートというのをやっています。これはジャズの人たちや、あるいは尺八の人などと一緒に、ライブハウスみたいな、五十人、百人くらいの小さな劇場で定期的にやっているんです。それなどが珍しい。

久保田　そうですか。そういう現代歌人としての立場から、『新古今』の歌を御覧になって、いわゆる『新古今』の声調なんかはどうお考えですか。

佐佐木　さきほどちょっとお話しした鋏仙会での集まりで、自作をいくつか読んだんですけど、『小倉百人一首』も読みました。現代詩ふうの僕の口語訳を読んだのです。朗読の後で大岡信さんと対談をしました。

その時に大岡信さんが「君は自分の短歌を読む時はどうもつっかえつっかえで、それに比べると百人一首の歌を読むときは非常になだらかに読んでいる」（笑）と言っていました。谷川俊太郎さんもそういうふうにおっしゃる。一つは、「百人一首」は僕は何度も読んで暗記しているけれども、自分の歌はそんなに読んでいないということもあります。でもそれだけではなくて、自ずから内蔵しているリズムが違う。「百人一首」では、定家の時代の言葉意識に添って、流れる、切れない、そういう選択があったんじゃないかと思います。

現在の僕たちはスタッカートなものや意識的に流れを堰《せ》き止める気合に対して、おもしろいと感じる。そこに興味を持っている。現在と比べると『新古今』の調べでも非常におおらかに流れているという感じですね。

久保田　平安の和歌からずうっと見ていくと、定家《ていか》あたりの時代の和歌になって、ぶつぶつ切れる感じになってきた。初句切れが目立ってきたり、三句切れが多くなったり、また句の中で切れるというか、割れたりして、声調が細かになっているように思いますけど、それでもやっぱり今から見ると流れているということになるんでしょうか。

佐佐木　『新古今』の時代の人たちは意識的に体言止めなどを使って、流れを堰き止めるという試みをしたんでしょうがね。

久保田　初句切れの使い方なんかはかなり意識的だと思いますね。まず最初に「さもあらばあれ」なんて言ったり、他にもいろいろあると思います。「またや見む」なんていうのもそうでしょうね。

またや見む交野《かたの》のみ野のさくらがり花の雪散る春のあけぼの

これはやはり初句で切れます。

忘れじな難波の秋のよはの空異浦《ことうら》にすむ月は見るとも

佐佐木　当時の人としては、読んでみて「おっ」という感じですか。

久保田　まあこの頃になると、みんながやっていたかもしれませんけれど、でもやはり出てきた頃は新しかったのではないでしょうか。

聞くやいかにうはの空なる風だにも松に音するならひありとは

くもれかしながむるからにかなしきは月に

おぼゆる人の面影

なんていうのがあります。やはりあの時代は必ず披講したでしょうから、耳で聞くと「おやっ」と思ったのではないでしょうか。

今では流れる声調に対しては、拒否反応みたいなもの、むしろ流れては困るのだというのがないですか。

佐佐木　自分の歌に関してはあります。ただ声に出して読んでみると気持ち悪いですね。

久保田　ああ、そうですか。

佐佐木　特に能楽堂というところは独特の響き方をします。マイクなんかなくてもすっと声が通っていくような、独特の感じがある。そういうところで古典の洗練された言葉の流れるような響き、あれは大変読み手として気持ちいいですね。やはり日本語の洗練された文というのはいいですね。

久保田　ただ、現代短歌ではもはやそういう時代ではないということですか。

佐佐木　ええ、やはり何というか、洗練された美しさや安定感、純粋さに身をまかせていくと、ちょっと怖くなってしまうところがある。夾雑《きょうざつ》物を入れてやらないと、現代音楽なんかもそうですが、不協和音をわざと入れてやったりする。そういう混沌《こんとん》がないと僕たちはちょっと不安になってしまう。

不協和音の歌人、慈円

久保田　そうでしょうね。おっしゃることとよくわかるような気がします。僕は『新古今』やその周辺を研究してきていますから、今まではどっちかというと美の上澄みばかりを追いかけていたような気がしてならない。でも一方では、それだけじゃいけないという気がしています。それで古典の和歌の中にも、そういうむしろ不協和音みたいなものがないかなと思って探っているんです。

そうしますとやはり西行とか、それから新古今時代の歌人だと、慈円なんかがそういう不協和音的な歌をたくさん残しているんです。慈円は新古今歌人ではたぶん三位くらいですか。いや、二位でした。歌数の多い順で言いますと、西行、慈円、良経《よしつね》になります。だから『新古今』の代表歌人です。そこで採られている歌はみなさっきから言っているような、周囲に抵抗感を与えないような歌です。けれども、家集『拾玉集』を見るとそうではないものが多い。そのへんをもっと一つ一つ丁寧に読んでみたいなという気がしています。なにしろ数が多いから大変ですが。

佐佐木　そうですね。慈円と、これは時代が下りますが、正徹《しょうてつ》はもう多くて大変です。

久保田　ええ、本当に往生します。でも、慈円は実に率直に自分の心を表白していますね。慈円は坊さんと言っても、いわば後鳥羽院の護持僧であり、天台座主《てんだいざす》を四回もやっている坊さんだから、まあ政治家ですよね。

佐佐木　そうですね。

久保田　その政治家としての苦悩や、自分の理想と現実の狭間で苦しんでいる感情がその時々にストレートに出ている。だから慈円の歌を見ますと、これは現代の歌人の方々と共鳴するところがあるんじゃないでしょうか。

佐佐木　われわれが読むと、伝記と作品とを重ね合わせて読めないから、なかなかおっしゃるようなところが読み取れないのです。

久保田　いや、われわれもまだ十分重ね合わせが済んでいないと思います。なにしろ数が多いですから。

佐佐木　多いですね。

久保田　日付がないでしょう。ですから、いろんなところから傍証を求めて、日付からまず決めていくのですね。それが大変なのです。

佐佐木　西行はなさっていらっしゃいますね。

久保田　西行歌の日付はもう頭打ちで、これ以上決まらないと思います（笑）。

佐佐木　慈円はそれよりはわかりますか。

久保田　ええ、慈円は少しはいけそうな気がします。ついこの間もそんな作業をやっていたのですけど。

佐佐木　そういう読みが読めてくるとずいぶん違ってきますね。

久保田　慈円と後鳥羽院との関係は非常に微妙でしょう。それで大方の研究者が一致している点は、後鳥羽院の討幕の企てには慈円は反対で、それを諫止《かんし》しようとしてついにできないうちに、承久の乱になってしまったということ。それで慈円は失意のうちに生涯を終るわけです。

その後鳥羽院と慈円とのそういう精神的な訣別がいつ頃かというのは難しい問題です。歌のほうからはっきりと言えるかどうかを検討して考えているのですけど。そういう精神的葛藤はきっと歌に出てくるはずと思うのですが。

佐佐木　いつだかわからないということなんですね。

久保田　ええ、なかなかわかりません。

佐佐木　『万葉集』には年次が入っていますね。勅撰集や私家集はそういうのを全部無にしてしまった。日付と作品、個人の次元で若い時代の作品と中年、老年の作品との違い、そういうものに対する興味が、出てくる余地がなかったのでしょうか。

久保田　興味と言いますと？

佐佐木　たとえば春の歌が三首あるとすると、青春の春の歌、中年の春の歌、老年の春の歌（笑）と注記をして入れておく興味みたいなもの。

久保田　ああ、慈円の場合にはあの『拾玉集』は残念ながらはるか後代の人間が編集しているのです。だからその辺がわからなくなっているのだろうと思うんです。やっぱり作者自身としては、いつ自分が詠んだかということには、本来こだわるものじゃないですか。

佐佐木 そのへんがよくわからないのですね。現代歌人は、実作者としてはやはりこだわります。

久保田 昔の人もやはりこだわったと思うのです。定家なんかは非常にこだわっている。だから本人はかなり正確に記録しているのではないかと思うのですけど、それが後世に十分伝わらないんだろうと思う。定家の場合はほとんどの歌の年次がつきとめられます。けれど慈円の場合は、ただ詠草の形で一括されていたのを、はるか後の南北朝くらいに編纂《へんさん》したので、その編纂の過程でわからなくなっているのです。彼の『愚管抄《ぐかんしょう》』なんかに表れる歴史観や国家観、制度に対する考え方というのは、歌にもろに出ているように思います。歌としてはおもしろくないのかもしれないけれども、現代の歌人だったらこれまた政治の問題も避けられないだろうということもありますから、慈円は現代もっともっと論及されていいのではないかという気がします。すでに若い研究者が何人かやっています。

佐佐木家三代と中世和歌

久保田 ところで、佐佐木さんと『万葉集』、特に東歌《あずまうた》との関係は、この歌集を拝見してもよくわかるんですけど、強いですね。東歌についての一連の歌がありますね。

鶏《とり》が啼く東《あずま》の国の東歌、古代は風も太々と吹く

これはいいですね。それからこれもいいと思った。

へリに乗って高度三百石《いし》踏まず空ゆと来ぬよ赤城山まで

この他にも古典的な表現がうまく合って、私などつい感心してしまうのですけど、たまに枕詞《まくらことば》を使った歌がありますね。

佐佐木　はい。

久保田　たとえば

ぬばたまの夜のフライトあかねさすスチュワーデスは毛布運び来

「ぬばたまの」それから「あかねさす」、それからこれは身につまされるのですが、

出たくなき電話もありて卯の花の憂き中年の貌《かお》の一日

前書きに「原稿締切、あい継ぐ」とある（笑）。本当にそういう気持ちはよくわかる。そうだそうだと言いたくなります。

古典の中ではまず『万葉集』だろうと思いますけど、信綱《のぶつな》先生は『万葉集』に限らず日本の和歌史を通して見ておられた方で、ここに岩波文庫の『新古今和歌集』と『山家集《さんかしゅう》』を持っているんですけど、この他にも非常にお世話になったのは『藤原定家歌集』、やはり岩波文庫で、あれはいつでしたか、岩波文庫『新古今和歌集』は第一刷が昭和四年、『山家集』はもっと前で昭和三年です。『藤原定家歌集』はもうちょっと遅れたかと思いますが（注、第一刷は昭和六年）、中世和歌についてもたくさんの仕事を残されていらっしゃる。それから治綱《はるつな》先生は『玉葉集』、京極派和歌の研究をなさった。著書に『永福門院』（一九四三刊　生活社）がありますね。

佐佐木　そうですね。

久保田　あれは生活社の発行ですか。あの本も、もう今では本当に珍しい貴重な本になりましたけど、僕持っているんです。そういうお祖父様やお父様の膝下にお育ちになって、中世和歌についてはどんなふうにお考えですか。

佐佐木　僕は桜楓社（現、おうふう）の「短歌シリーズ・人と作品」で『佐佐木信綱』（一九八二刊）

という一冊の本を書いたのですけど､その中で、信綱は和歌史をあれだけ読んでいて、結局一番敬愛していたのは西行だったということを書きました。自分が歌で曲がり角に来た時には必ず西行を思い出しているのです。信綱についてのこの考えはいまでも変わりません。

久保田　ああ、やはり西行なのですね。

佐佐木　ええ、基本は西行なんだと思います。人間としての生き方、文学と生活の関係、自然との対し方、あるいは日本文学の他のジャンルと歌との距離のとり方、それから古典との繋がりや伝統との関係を考えて、西行が理想形だと見ていたようですね。僕などはそういう信綱の西行論から中世和歌に入った。もう一つはやはり『小倉百人一首』ですね。

久保田　そうでしょうね。

『新古今』の「気分」

佐佐木　ところで、今日お話を伺おうと思ってきたのは、昭和四十年代、高度成長期以降、日本の若者たちがずいぶん変わってきている。端的に言ってしまうと、『古今集』や『新古今集』がわかる時代になってきたと思うのですが、どうでしょうか。『古今集』は遊び心がありますでしょう。

久保田　ええ、あります。

佐佐木　若い人たちにやっと、文学というのは学校の勉強ではなくて遊びだという考えがずいぶん出てきている。『古今集』がまずわかります。『新古今集』については、基本的に『新古今集』の新しさおもしろさは､「気分の文学」というか、それだと思うのです。それが今の若者にはわかる。村上春樹から吉本ばななまで読まれている気分、現象、気分なのですね。そこに流れている気分、

『新古今』の持っている気分としか言いようのないもの、それがわかるようになってきているのではないでしょうか。僕自身のことを考えても、遊びとか気分というものが身近にわかりはじめたのが十年、十五年くらい前の感じがします。

久保田 その点ではお若いですね（笑）。いや、僕なんかは本当に遅れていると思いますよ。やっぱり自分も気分で入ったのかなあ。そうではないと思おうとしているのですけど。なぜ自分が『新古今』に入ったのかを考えると、何となしに入ったという感じなんです。

佐佐木 最初は定家でいらっしゃるのですか。

久保田 いや、家隆《いえたか》です。最初は定家ではないのですよ。だから『新古今』の中でも最も流れる調べのほうで（笑）、今から考えてみると、やっぱり気分なんでしょうか。今頃になって、それだけではいけないいなんて思い出して、どうも時代に遅れてますね（笑）。

佐佐木 たとえば、学生たちにこういう言い方で言います。余情妖艶の醍醐味なんていうのは、要するに気分なんだ。気分としか言いようのない現実に出合ったり、場面に出合ったりする、それをどう言葉化するかということに彼らは情熱を賭けたんだ、と言うとわかるんです。だから、

　思ひあまりそなたの空をながむれば霞を分けて春雨ぞ降る

なんていう、すごいデリケートな世界を発見できる。こういうふうな言い方をすると、最近の学生はよくわかる。「霞を分けて春雨ぞ降る」、これはすごい言葉ですね。

久保田 俊成《しゅんぜい》だったかな。

佐佐木 ええ、俊成ですね。

久保田 恋の歌ですね。あれはいい歌だ。恋女房に贈った歌でしょうね。

佐佐木 春雨だから、降ってくるのもぼうっと

降ってくるわけで、しかも霞のようなものを分けて降ってくる。これは日本の雨でないと駄目なんですね。スコールが降ってくるような大陸では駄目。こういうデリケートな気象状態を、デリケートな言葉で表現しているということは、すごいと思うんです。

久保田 ああ、そういう感覚は今の若い人にわかるでしょうか。

佐佐木 こういう気分というのは、わかるようになりました。

久保田 それは頼もしいですね。ただ研究者はどうかな、わかっているのかなあ(笑)。同業者に対してそういうことを言うと、これは天に唾するようで自分に返ってくるのですけど、さっきから話題になっている索引や、さらにコンピュータ全盛の時代だと、ただ検索すればデータがどんどん出てきてしまうので、そういう気分はわかってくれないのではないかという心配が出てくるのです。

佐佐木 今は、ポエムに意味を求めるとか、生命力や昇っていくものを求めるとかではなくて、何だかわからないけれど何かふわっとした曖昧なもの、無いのではなくて何かあるのだけど別に意味も無い、あってどうってことないのだけど有る、そういうものがおもしろいという感じはずいぶんわかってきた。

久保田 ああ、そうですか。

佐佐木 『新古今』の人たちはそうでしょう。未来に対して何か展望が開けているわけではないし、現在発掘すべき何かがあるのでもない。しかし無常感にいくのでもなくて、何かがふわっとあるんだという感じですね。それを形象化できればという、非常に高度な感性があったのだと思うのです。

たとえばこの歌は、寂蓮《じゃくれん》法師ですけれども、

暮れてゆく春のみなとはしらねども霞に落

つる宇治の柴舟

和歌的な美意識、

ほのぼのと明石の浦の朝霧に島隠れ行く船をしぞ思ふ　（『古今集』）

と同じような美意識と言えるかもしれないけれど、「落つる」という言い方が、これはちょっと違う感じ、何か異郷に消えていくというようなものではなく、もっと違う趣がある。

久保田　僕もこの歌好きなんです。「霞に落つる」というのは、ずーっと消えていくのじゃなくて、ぽっと視界から消えてしまう感じ、「あれっ、消えちゃった」という感じですね。

佐佐木　そう、だからどうだというのではない。意味はいらないのです。

久保田　今まで目の前にあったのが、ぽっと消えちゃった。

佐佐木　それが無常感にいくとか、異郷に臨んだとか、そういう大袈裟なものじゃない。

久保田　それはわかります。

佐佐木　そういう無意味のおもしろさみたいなものが、現在いろいろな形で見えてきはじめた。

久保田　そうするとこの歌なんていうのは、現代非常にわかる。

佐佐木　新しいのではないかと思います。

久保田　なるほどね。この歌は前から好きだったんだけど、その良さというのはそういうところにあったんだ。

佐佐木　ええ、気分というものが、僕らの世代とは違うような形で、若い人たちにわかりはじめたというのが実感ですね。

アララギの人たちが『万葉集』を見たり、ある規範として古典を見るというような見方、あるいはポエムは今日有用の詩なりというように、意味を伝える、意味が大事だみたいなことではなくて、たいした意味が無くても、だからこそ作るのだという感じがわかってきた。

久保田　その一つの典型が俵万智ですか。

佐佐木　そうだと思いますね。意味がなくておもしろい。俵万智がそうだというのではなくて、俵万智の売れ方がそうです。

久保田　ええ、俵万智をそういうふうに受け止めるということですね。なるほど。それはそれでいいわけですね。作品というのは、できあがった段階で作者を離れて一人歩きするのだから、それでいいのですね。

佐佐木　そうだと思いますね。僕は、『万葉集』は一種の気合で、『新古今』は気分だと思います。

過ぎゆく時の流れへのこだわり

久保田　佐佐木さん御自身は、気分ではあまり詠えないでしょう。そうでもないですか？

佐佐木　いや、今度の新しい歌集では日付入りの歌があって、そこでは少しそういうことをやってみようとした。僕なんか毎日何も大した意味もなく生きているわけですから（笑）。

久保田　これは本当におもしろい試みだと思いますね。中世歌人もやっているのです。完全な形では残っていないので、『夫木和歌抄《ふぼく》』に採録されている程度ですけれど、あの定家の子息の為家《ためいえ》ですが、やはり一日一首というのをやってたようです。どのくらい続けたかわかりませんけれど、一日一首、毎日必ず一首は詠む。あの人たちは歌を詠み出したら一首ではすまないはずですけど、それとは別に日記のような歌を一首ずつ詠んでいったのでしょうね。それが『夫木抄』に相当載っています。

おもしろいなという気がしたのですが、自分自身のことを考えると、僕はまったく歌も俳句もできないし日記もつけない（笑）。日記はつけないのですけれど、忘れっぽいものですから、今日何をやったかという仕事のメモだけは手帳に書いておきます。それがちょっと経ってみると、もうほんのちょっと経った段階で、まったく実用的なメモなんだけど、自分自身にとっては大事なものに思えてきたりします。歌にもあるいはそういう機能があるんでしょうか。もちろんそれがすべてではないと思いますけれど。

佐佐木　もちろん事実に触発される歌と、まったく想像で作る歌と両方あるわけですね。事実から触発された歌でそこには事実は出てこないけれど、個人的には思い出があるという歌がありますね。たとえば燕が飛んでいるという歌だけど、これは実は誰かとデートした時の歌であるとか（笑）。

久保田　結局個人の思い出というのはその個人にとっての過ぎ去った時間ですね、その時間に対するいとおしみみたいなものだろうと思うのです。だからそれはやはり個々の事実は個人的なものであるけれども、必ずしもプライベートなものだけではなくて、過ぎた時間に対するいとおしみということで普遍性を持ちうる。そういう過ぎゆく時の流れへのこだわりが昔の人にもあったんでしょうか。

佐佐木　あった人もいたはずですね。中世歌人たちはコンスタントに一日一首以上作っていた感じですか。

久保田　為家はどうもそうらしいのです。定家の場合はそうではないと思う。

佐佐木　集中して作った。

久保田　集中して作っていったというよりは、定家の場合はどうも作らされているのではないかという気がする。残っているものはほとんどすべて応制《おうせい》和歌ですか、後鳥羽院から百首歌を詠進しろとか、今度の歌合《うたあわせ》に歌を出せなどと言われて、それで詠んでいる。それしか残っていないのです。まったく自発的に詠んだ歌というのは、あんまり無いのではないかと思います。そのあたりは親子だけれども定家と為家の歌の詠み方は違っていると考えられます。

佐佐木　現代の歌人でもいろんな人がいます。コンスタントに作っている人、まさに締切りに追われて作る人（笑）といろいろなタイプの人がいます。

久保田　まず締切りがないと駄目でしょう。

佐佐木　普通は駄目ですね（笑）。

久保田　われわれも原稿の締切りがないとなかなか書かない（笑）。

佐佐木　題詠が主流になってくると、いわゆる消息のための歌や、「殯宮《ひんきゅう》の時に……」と詠うのとは違いますね。ああいう『万葉集』の挽歌は、発表する時期が決まっていて、それまでに仕上げないといけない。

久保田　あれも一首の応制和歌ですね。人麻呂なんかはそうやって作ったのでしょうね。

佐佐木　人麻呂の恋歌も宮廷サロンのために締切りに追われて作ったものがかなりあるでしょう。

題詠今昔

久保田　それで伺いたいのですが、題詠についてはどうお考えですか。われわれがやっている研究対象、平安から中世の歌というのはほとんど題詠なんです。平安はそれでもまだいわゆる「褻《け》」の歌、贈答歌が相当ありますけど、中世和歌になるともうほとんど九十パーセント以上題詠歌だろうと思う。これについては現代歌人としてはどんなふうにお考えになりますか。

佐佐木　僕は題詠復活派なんです。

久保田　あ、そうですか。

佐佐木　短歌のほうの雑誌で藤平春男さんをお招きして題詠に関する座談会をやりました。題詠がすべてだとは思いませんけれど、題詠の持っていた機能は現代でも十分活用すべきだと考えています。僕のやっている「心の花」という雑誌では毎月題詠の欄があるのです。

去年は名詞だったんです。三月はおひな様ですから「人形」、一月は「凧」。そういう名詞で出しました。今年は「飛ぶ」「泳ぐ」というような動詞で題詠をやっている。そうすると時々おもしろいのが出るのです。

久保田　そうですか。

佐佐木　やはり若い人はそういう挑戦を試みることで脱皮することがあるのですね。つまり言葉に触発されて自分を発見する。

久保田　なるほど。

佐佐木　これは定型詩の大事な問題です。

久保田　アララギなどではどうなんですか。

佐佐木　今はやってないと思います。ただ、僕のところがやりはじめて四年くらいになるんです。最近はいろいろな雑誌が真似しはじめまして、現代歌壇ではかなりやっていますね。

久保田　そうですか。それはおもしろいなあ。題詠は確かに功罪半ばというか、弊害もあるでしょうけれど、相当功績もあると思うのです、古典和歌の場合は。

佐佐木　そう思いますね。たとえば（北原）白秋の『桐の花』の巻頭の

　春の鳥な鳴きそ鳴きそあかあかと外の面の
　　草に日の入る夕

あれは観潮楼《かんちょうろう》歌会の題詠の歌です。

久保田　あれは題詠の歌だったんですか。

佐佐木　近代短歌の中にもそういう歌がいくつかあります。観潮楼歌会は断固題詠なんですね。

久保田　おもしろいですね。題詠も古典の場合には、等しなみに言えない。和泉式部なんかは、相当題詠をやっていると思いますけど、和泉式部の題詠と、中世和歌の題詠とは、また何か違うのではないかという気がします。和泉式部は自分が男に捨てられて、それで一人のつれづれに歌を詠む。ただ思い付いたのをそのままずー

っと詠んでいくのもあるのでしょうけれど、ぽつんと一人になっている時に「夜中の寝覚」「夕べの眺め」などの言葉をまず書き出しておいて、それを詠んでいく。だからまず自分の心の中でもやもや動いているものを、簡潔な、最も核心的な言葉の形に書き出して、それを表現化していく。そういうことをやっているのじゃないかな。

佐佐木　それは現代歌人と同じですね。

久保田　そうですか。

佐佐木　現代歌人などもそういうあることばを核にして作っていく。たとえば斎藤茂吉の手帳を見ますと、使いたい言葉をノートしてある。それで歌を作っている。十二月になるとその年使えなかった言葉を新しい手帳に書き写している。古典歌人たちももちろん、与えられた題、たとえば「逢ひて逢はざる恋」をはじめとして公の題がありますが、そういうものでなくてもっと私的な言葉に自分の感性を絡めていったのでしょうね。

久保田　やっぱり言葉そのものに対する興味ですね。貪欲な表現意欲みたいなものが、纏《まつ》わりついている言葉というのがありますね。それを提示して、表現化していく。

佐佐木　自身に題を出すわけですね。

久保田　形の上では題詠になってしまうのだけれど、その場合の題詠というのは実に生き生きとしている。他人から与えられて仕方なしに詠む題詠とは、まったく違うと思いますね。

佐佐木　題詠の題が固定してくると、四字題、五字題というようにたくさんになってくる。一種遊戯的な側面が強くなってくるんですね。

久保田　それはまたそれで、こういう難しい題に挑戦しようという高度な遊びですね。遊びの中にもやはり表現で勝負するという一つの賭けがあるんではないでしょうか。

佐佐木　「心の花」（主宰・佐佐木幸綱）では全国大会を毎年やりまして、今年も来週やるのですけど、だいたい二百人弱集まります。題詠をやります。一首ずつ出詠します。たとえば今年は佐佐木信綱の故郷、鈴鹿でやるんです。だから「ふるさと」という題を出す。そうすると「ふるさと」とじっと考えて、たぶんこういうのは誰かが作るだろうと（笑）、相手の手の内を読むみたいなことが起こるわけです。

久保田　そういうのを避けるわけですか。

佐佐木　そうです。やはりそれはありますね。類型に埋没したくない。古典でもこの題ならこうだというパターンがある。これは駄目だなとか考える。

久保田　それはすごくわかります。まず同時代人の真似をしてはいけないのです。古歌のいいものは本歌取だからむしろ積極的に取り込むべきだけれど、同時代人の表現を真似すると指弾《しだん》される。新古今時代では、飛鳥井雅経《あすかいまさつね》がよく仲間の言葉を盗むというので非難されています。藤原隆信《たかのぶ》なんていう人は、新古今時代、後鳥羽院の最盛期にはもう老いぼれて、少し惚けていて、人の歌を自分の歌と思い込んでしまって出す。これはどうも盗作ではなく、その意識がないらしいのです。それこそさっきの話だけど、人の歌をたくさん読んで覚えてしまうから、自分と他人の区別がつかなくなってしまうのでしょうね（笑）。

佐佐木　悪意ではなくてね。

久保田　いまでもありますか。

佐佐木　ある（笑）。

久保田　そういう現象も僕はおもしろいと思うのです。

佐佐木　たまたまメモしておいたのが、自分の歌だか他人の歌だかわからなくなってしまう。

久保田　そういうこともあるでしょうね。

佐佐木　たとえば「ふるさと」という時に、あかとんぼの歌がありますでしょう。「ふるさと」という題を出されたときに、あかとんぼを出したらこれはまずい。いまおっしゃったように現代のものは避けて、他人がどういうものを作るかを考える。多少将棋や碁と同じだと思う。

久保田　他人が詠うだろうという手の内を読んで。

佐佐木　そう、そして自分の独自性を出そうと考える。たぶんそういう作り方をしていたと思います。

久保田　そうでしょうね。

佐佐木　題詠は今でもやはりそうです。題詠でなければそんなに詠めないですよ。題が決まらないと情景がまず浮かばないですから。題詠にはそのおもしろさがあるのです。ですからたぶん題詠の時は、特に歌合の時なんかはもう絶対に「読み」だと思います。相手がどう読んでくるのだろうかという、作る側からすれば、文学とは別の、将棋や碁のさしで勝負をするのと同じでしょう。お相撲さんなんかが相手が明日どういう立ち会いをするかと考えて眠れなくなるそうですけど、それと同じようにずいぶん考えるのではないでしょうか。

久保田　考えるでしょうね。

佐佐木　ですから「春のあけぼの」という題だったら、相手は山で来るか、海で来るか、となる。同じ山同士でぶつかってしまうとこれは具合が悪い。

久保田　それで最近流行の句はもう使うななんてことを言い出したのですね。そういうことは現代では無いのですか。

佐佐木　無いですけど、題詠の時は考えます。

久保田　でも決まったパターンの表現はどうしてもよく出てくるでしょう。それは避けますか。

佐佐木　そうですね。「ふるさと」では、トリッキーなことをやる人と、素直にやった人に分かれたみたいですね。
久保田 そうですか。
佐佐木 母の胎内を詠ったり、宇宙のことを詠ったり、いろいろ人の詠わないことを詠う人と、ただもう素直に自分の故郷を詠う人とに分かれましたね。
久保田 おもしろいな。
佐佐木 はい。

技巧について

久保田 技巧も等しなみに言えないようですね。和泉式部は、これは有名な作品群ですが、

身を観ずれば岸の額に根を離れたる草、命を論ずれば江の頭《ほとり》に繋がざる舟

という『和漢朗詠集』の詩句を訓読したものの一字一字を歌頭に読み入れて詠うということをした。だから最初が「み」で始まる歌、次は「を」、それから「観」で始まる歌を詠んでいく、そういう連作があります。これも技巧といえば技巧なんですけど、これはやはり和泉式部の本質的なものに根ざしているのではないかと思うのです。まず詠み入れる句は、「身を観ずれば」という無常の句ですから、そういうのを単に遊びの歌とは言えないはずです。

ところがこれが『新古今』の時代になると、確かに遊びになってきます。同じく必ず最初に詠み入れる字を勒字などといって決めておきます。たとえば、定家にも伊呂波《いろは》四十七首というのがあります。まず、最初は「い」で始まる歌を詠む。それから「ろ」で始まる歌を詠む。その次には「は」で始まる歌という具合で、これは一種の尻取りみたいなものです。この伊呂波四十七首と、それから和泉式部の「身を観ずれば」の歌群とは、ともに勒字という手法では同じだけれど、全然違うような感じがしますね。

佐佐木　そうですね。与謝野鉄幹が死んで、五十七日に、漢詩人吉田学軒《がっけん》（一八六六〜一九四二）が与謝野鉄幹追悼の漢詩を送った。全部で五十六字だったでしょうか。与謝野晶子がその五十六字を一首ずつに詠み込んだ五十六首を作っていいます。遊びではないですね。心を尽くして漢詩人が鉄幹に捧げた詩を自分の短歌に詠み込んで五十六首、追悼のために作った。

久保田　遊びと紙一重なんですね。これはおもしろいと思います。和泉式部や定家にしたって、人生の最も深刻な場合の歌、たとえば和泉式部の場合だと娘の小式部《こしきぶ》に死なれた時、それから定家の場合はお母さんが亡くなったすぐ後の歌ですね。それが非常に縁語や掛詞を駆使した技巧的な歌です。これは定家の場合ですけど、ある中世文学研究者が、こんな技巧的な歌を詠んでいるのだからこれは悲しんでいない、悲しみの気持ちがちっとも伝わってこないと言い、だから定家は駄目なんだって否定する。

どうなんでしょう、実作者として、本当のところは本人に聞いてみないとわからないのですが、技巧として、その時は意識されていないんじゃないですか。いかがですか。

佐佐木　いや、僕は意識していると思います。それでいいと思うのです。

久保田　それでいいんですか。

佐佐木　たとえば人にものを贈る時に、今ラッピングが流行っていますが、同じものを贈るのでも複雑な結び方をして贈る、複雑な結び方の中に相手に対する思いを込めるということがあるのでしょう。そういう心の込め方みたいなものが、歌の技巧にもあるのだということですね。

久保田　定家に、

　たまゆらの露も涙もとどまらずなき人恋ふ
　　る宿の秋風

という歌がありますが、本当に母の死を悲しんでいたらどうしてこんな歌を詠めるのかと言う人がいる。僕はそういう人は所詮歌というものがわからない人なのだと思うのです。悲しいからこそ詠めるのではないでしょうか。

佐佐木　文学表現の心の込め方というのが、単純にストレートに泣けばいいということもありますが、もっといろいろあると思うのです。それもやはり最近ここ十年くらいで、日本人の考え方が変わってきたのではないか。とり澄ましているように見えて、しかしそれが本当の心の尽くし方なんだと考える考え方もわかるようになってきた。

だから本当に今、時代は、『古今集』も『新古今』もわかってくるようになったのではないでしょうか。『万葉集』がわかる時代というのは、簡単に言えば富国強兵の時代でね(笑)。有用な単純なものが立派なんだという……。

久保田　それに対して『新古今』はやっぱり高度成長期のもの、いや高度成長に影がさしてきた現在のものですか(笑)。

佐佐木　基本はやはり貴族的精神のものでしょう。貴族的な精神というのは僕はそういうものだと思う。ストレートにものを言うのはむしろ失礼なんで、言わない。あるいは婉曲に、ぐるっと巡っていくと、それが一つの思いのやり方になる。親の死に対してもそうです。ストレートに悲しいと言うのではなくて、普通の人が見たら悲しんでいないように見える言い方が本当の悲しみの表現だ。そういうことが、今になってやっとわかりはじめたのではないでしょうか。まあ、僕自身はちょっと違いますが、それがわかるのだなということはわかりますね。

久保田　今後の『新古今集』の研究については、本当を言うと僕なんかはかなり悲観的なんです。研究状況を見てますと。

佐佐木　この頃増えているのではないですか。

久保田　非常に分析的に精緻になってきているけれど、歌の、それこそ一番大事な勘どころに気がつかないままに、ただがむしゃらに分析すればいいんだというようになっているのではないか。そうでもないですか（笑）。

佐佐木　そうではないと思いますね。おそらくこれからしばらくは『新古今』だけではなく、日本文学全般、外国文学も含めて、コンピュータを駆使した新しい検索の方法によって、文体の癖とか技巧とか、そういう研究がいっぱい出てくるのではないか。僕はそういうのは徹底的にやったほうがいいと思います。その先端まで行き着いて、やっぱり人間の感性の問題にまたもう一回揺り返して戻ってくるのではないでしょうか。

久保田　ええ、戻ってくれば文句ないんですよ。

佐佐木　それはもう絶対戻ってきますよ。

久保田　結局は人間の感性に戻ってくれないと、みんなコンピュータに行きっきりでは困ります（笑）。

佐佐木　戻るでしょう。かならず。

（了）

河添房江（かわぞえ　ふさえ）
昭和28年生まれ。東京大学大学院博士課程単位取得退学。博士（文学）。東京学芸大学教授、東京大学大学院客員教授、一橋大学大学院連携教授。著書に、『源氏物語表現史』（平10　翰林書房）、『性と文化の源氏物語』（平10　筑摩書房）、『源氏物語時空論』（平17　東京大学出版会）、『源氏物語と東アジア世界』（平19　NHKブックス）など。

八代集の伝統と創意

〈座談者〉

川村晃生
兼築信行
河添房江

川村晃生（かわむら　てるお）
昭和21年、山梨県生まれ。慶應義塾大学文学部教授。「みどり・山梨」「全国自然保護連合」代表。古典文学の研究から、自然環境や環境問題に関心が移り、現在人文学の立場から環境問題を考える環境人文学を構想中。編著書に『摂関期和歌史の研究』（平３　三弥井書店）、『後拾遺和歌集』（平３　和泉書院）、『日本文学から「自然」を読む』（平16　勉誠出版）など。

兼築信行（かねちく　のぶゆき）
昭和31年、島根県生まれ。昭和60年、早稲田大学院文学研究科博士課程後期中退。早稲田大学文学学術院教授。専門は日本古典文学（和歌）。和歌文学会常任委員。中世文学会委員。共編著に『和歌を歴史から読む』（平14　笠間書院）、編著に『中世百首歌集』（平14　トランスアート）、『変体仮名速習帳』（平15　トランスアート）、『一週間で読めるくずし字』（平18　淡交社）など。

はじめに――八代集の見直し

久保田　八代集全体の見直しというものが行われつつあるように思います。そのきっかけをなすものはいろいろあるのでしょうけれど、まず『新編国歌大観』の刊行というのが一つの大きなきっかけでしょうし、昨年（一九八三年）、しばらく切れていた岩波文庫の『後撰和歌集』から『詞《し》花《か》和歌集』まで、古い文庫本が一遍に再刊されたというようなことも、あるいは、八代集の再検討という学界の課題に出版界がある程度敏感に反応しているのではないかという気もします。それから『古今和歌集』と『新古今和歌集』との間の各集の注釈、総索引や校本の作成といったたぐいの研究がこの頃比較的活発に進んでいるという事実が確かにあるわけです。こういう時に、本誌（「国文学解釈と鑑賞」）が『古今和歌集』と『新古今和歌集』とか、「百人一首」というのではなくて、「八代集」としてその世界の総体を考えようとしているのは、どなたのアイデアだか知りませんが、大変いい着眼だと思います。

　ただ、八代集について問うということは、結局は勅撰集とは何かということにならざるを得ないし、さらにそれを広げていくと、和歌とは何かという一番根本的な問題、その和歌における伝統と創意とは何かというようなことに逢着せざるを得ないだろうと思うんです。しかし、まず、この特集は八代集の世界を考えるということらしいので、「八代集の伝統と創意」というのが与えられたテーマですから、一応八代集の個々の集を取り上げながら、その都度、それらの集が抱えていた問題、その集が前から受け継ぎまた新たに作り出したものを考えていくということで話を進めようと思います。僕はいわば狂言廻しのつもりで気軽に出て参りましたので、お三人の気鋭の研究者に縦横に論じていただきたいと思います。

ご紹介するまでもありませんが、川村さんは主として平安中期、今までは『後拾遺和歌集』あたりが研究の中心だったのだと思いますが、しかし「僧正遍照《そうじょうへんじょう》論」を初め、『古今和歌集』についても非常に深い関心をお持ちだし、兼築さんは『新古今和歌集』の時代、特に藤原定家の研究で非常に着実な仕事をしていらっしゃるわけですけれど、恐らく『新古今和歌集』を考えておられるからにはずっと遡って、王朝和歌のことを絶えず念頭に置かれているだろうと思うわけです。河添さんは物語の研究者でつい最近も『竹取物語』の御論文がおありな方ですけれど(「源氏物語の内なる竹取物語」「国語と国文学」昭和59年7月)、どうしても和歌の研究者というのはやはりすべて(これは当然ですけれど)、和歌を軸に考えているので、特に僕としては河添さんには、それだけでは見えない和歌の特質なり、限界なりをちょっと外側から意地悪く見て、和歌研究者の盲点をついていただけたらというような気持ちがありまして、こういうお三人に話していただくのがいいんじゃないかと考えたわけです。

僕自身はもはや自分の古くさい和歌観からなかなか脱却できませんので、どうか新しい観点からいろんなことを縦横におっしゃっていただきたいと思います。

日本文学の言葉が立ったということ

八代集の最初ということで、もうあまりにも言い古されたような気もするわけですが、『古今和歌集』あたりから、『古今和歌集』の意義というものをあまりにも常識的な文学史ということではなくて、何か言えないでしょうか。いかがでしょうか。

ここに来る前に、ちょっと古いものですが、昭和五十七年九月の「現代思想」の臨時増刊号「日本人の心の歴史」というのに、大岡信《まこと》さんと竹西寛子さんの「対話『古今集』と『新古今集』」というのがありまして、そこで竹西さんが『古今和歌集』についてこう言っておられます。「『万葉集』の歌と『古今集』の歌との違いは、といっても、万葉末期の大伴家持あたりだと古今の人たちと区別がつかないような歌もあるぐらいなのに、やっぱり違います。日本のことば、それも文学としてのことばは『古今集』にいたってようやく立ったという違い、これは理屈で言えといわれても、ちょっと言いようがない、ただ、『万葉集』を読んだ感じと『古今集』を読んだ感じ、そしてそのあとに『新古今集』という歌の群団を自分なりに読んだときに、なにかがあそこではっきり立ったという感じは動かせないんですね。日本語が立ったとはわたしよう言わないんです。あえてそれは日本の文学のことばと言いたい。」――日本の文学の言葉が『古今集』で立ったと言われるんですね。このことなんか、どうお考えでしょうか。結局、歌の言葉として歌語（?）が『古今集』で立った、〝御飯が立つ〟という言い方と似た感じがあるんですけれど。

川村　それは「発明した」という言葉に置き換えられませんか？「変化した」というふうに言ったほうがいいですか。つまり『古今』の歌を眺めていると、基本的には『万葉』からつながっているものはたくさんあるわけで、それとの比較の上で言うと、特に古今撰者時代の歌人たちが歌語を意図的に作ろうとしているというところが見えるのではないかと思うんですけれど。それはやはりどうしても『万葉』というものが基本にあって、同時にそこで、よく言われていることですけれど、『古今』前夜の漢詩の流行というのがあって、そのあたりの表現にヒントを得つつ、やはり作って行ったというふうに。「立った」というのは「独立した」というようなことですか。

久保田　そうなんでしょうね。歌語といっても当然、日常次元で使っている言葉と同じものがあると思います。つまり「言葉が立った」と竹西さんが言ったのは、恐らく「鶴を田鶴という」とか「馬を駒という」というような、そういう歌語の問題じゃないと思います。まったく普通の動詞なり、形容詞なりが歌に置かれた場合には、それが日常語であって、しかも和歌の言葉である、詩の言葉になっているというようなことなのかなと感じるんです。そうすると、そこで一体『古今集』の作者たちはまたそれをどこまで自覚しているのか。今、漢詩全盛の時代を経て『古今集』が出てくると言われたのはその通りだろうと思うのですけれど、貫之《つらゆき》とか、躬《み》恒《つね》とか、素性《そせい》とか、そういったいわゆるベテランの歌人は別として、そうではない「詠《よ》み人《びと》知らず」の歌がたくさんあるわけで、そういう作品群ではどうなのか。おそらく竹西さんはそれらを全部含めて、やはり『古今集』の無名の人の作でも、後から見ると言葉が立っているというような受け取り方をしておられるのではないかと、想像するんです。そのような言葉の問題について『古今集』の作者達がどこまで自覚的なのか。貫之はかなり自覚的だろうと思うのですけれど。

古今集歌人の自覚とは

川村　僕も貫之は自覚的だと思います。貫之の歌を読んでいると、どうしても発想や表現の上で『万葉集』を抜け切れないところが端々にあると思います。その『万葉集』を抜け切れないところを基本的拠《よりどころ》としながら、それに貫之流の個性的表現をどこかでしているのではないか。そこのところが『古今集』の新しいところだというふうに評価される。

たとえば、著名な歌で言えば『古今集』の

桜花散りぬる風の名残には水なき空に波ぞたちける

これは花を波に見立てたもので、表現としては極めて一般的であるし、その点では全然特徴がないわけですが、この歌が生きるのは「水なき空」という表現による部分が多いのだろうと思います。それから

桜散る木の下風は寒からで空にしられぬ雪ぞ降りける

これは『古今集』の歌ではありませんけれど貫之の歌。これも桜と雪という譬喩を基本的な関係として詠んで、そこのところに「空にしられぬ」という貫之流の表現というものを持ってくる。そういうところで歌の新しい方向、つまり一つの基本類型に基づきながら、新たな文学的表現の可能性を考えていくということ、古今集歌人の自覚というのは、だいたいそういうところにあるのではないかという気がするんです。それが受容されてくる経験の中でいうと、そういう表現が目立つわけで、そのことは結局、竹西さんの言う「立つ」ということに関係するのではないかと思います。

久保田　兼築さん、いかがですか。

兼築　貫之や撰者たちが、すぐその後に来る時代の和歌の類型のもとを与えて行くという指摘がありますが、そういう意味では、創造者としての位置が非常に強くあったし、それを自覚していたことが大きいのではないかという気がするんです。また、勅撰集という新しい形式の歌集を案出していく上でどのような意識があったかという問題があるわけですけれど、そのあた

りが気になるところです。

河添　その新しい形式の歌集を案出する意図というものはどこら辺に求められるのでしょうか。『古今集』という勅撰集の意図というのは、和歌の権威化、格上げといえばいいのか、晴《はれ》の歌として、新しい歌語を創造していかなければならなかったのか。それとも貴族社会の現実として、すでに言葉と物とが切れ始めている、そういう中で両者の新しい接点をもう一度見いだす作業が必要だったのか、つまり新たに共通理解を作る作業が必要になっていたのか、どちらの要素から編み出されたのでしょうか。

物と言葉の関係――譬喩《ひゆ》

久保田　今言われたことですが言葉と物との関係はもうすでに切り離されているのですか。

河添　言葉と物が以前とは違った位置関係にあるのではないかということです。切り離されたという言い方が適当かどうかはわかりませんが。

久保田　ということは現代生活に引きつけて言うと、王朝時代において都市生活が進行したというか、自然と相当断絶していたのではないかというような見方ですか。

河添　それも、関係はあると思いますが。

久保田　その辺で、わからないので、感じだけで言うんですけれど、『万葉集』の時代だって平城京の貴族の生活というのはかなり都会的だったのではないかと思うんです。だから、僕は『万葉』の貴族たちの生活と、王朝貴族の生活とは、そんなに違わないいじゃないかという気もするんですけど。

川村　貴族の生活のレベルとしてはそんなに変わらないと思います。僕もそのほうが立ちたい立場です。今の物と言葉の問題で言うと、言葉によっていかに物をさらによく表現しうるかということになってくるのではないかと思うんです。つまり言葉というものが物に対してどれだけ有効か、物を言葉がどれだけ表現しうるのかということなんじゃないかと思います。だから『古今集』の時代に譬喩表現が非常に盛んになるというのは、そういうことなのではないだろうか。すべての歌が雪と桜のような譬喩表現ばかりだという、そういう流行というのは、そういうふうに譬喩することによって、本来物の持っている特性というものをよく表現しうる、可能だという前提が彼らの中にあるのではないか。

河添　譬喩という形式が『古今集』の中において非常に自覚化されているという気がするのですけれど。

川村　そうだと思います。

河添　たとえば『万葉集』ですと、もちろん譬喩歌や寄物陳思《きぶつちんし》とかあるわけですけれど、その問題というものはそれほど顕著に自覚されていたかどうか。やはり『古今集』の仮名序を見ましても、歌の姿の六つの分類がありますが、六義《りくぎ》の影響があるにしても、なずらえ歌、たとえ歌と譬喩の表現形式が二つ出されているのは貴重だと思います。何か、言葉を使っていく歴史が積み上がってくると、ある時期で物と言葉の距離感がはっきりと自覚されてくる、そんな問題が『古今集』にはあるのではないでしょうか。

久保田　物と言葉の問題というのは、本当にずっと古くからあるでしょうね。確かに『万葉集』では物と言葉とが近いんだろうな。近いからこそ自然に出てくる譬喩と、遠いからそれを近づけようとしてとる技法というものとあるんでしょうね。

川村　後の勅撰集との問題でいうと、『古今集』というのはいろんな要素を持っていると思います。つまり後の七代集に受け継がれて発展していく様々な要素をほとんど『古今集』が持っているのではないかと思うんですが。

物名歌・誹諧歌と勅撰集の歴史

久保田　『長明《ちょうめい》無名抄《むみょうしょう》』でも言っていますね、すべてのものは『古今集』にある、典雅な歌から、誹諧《はいかい》歌の類まで何から何まで『古今集』にはあるんだということを言っていて、だからやはり『竹取物語』が物語の親なら『古今集』は古人にとっては歌の親だったわけですよね。

譬喩とか、物と言葉の関係というのが出たところで、たとえば、「物名歌《ぶつめいか》」の伝統などというのを考えてみたいのですが、物名歌というのは、これは物と言葉の関係ではどう説明したらいいんでしょう。これは物と言葉との距離が近いから自然に出てくる譬喩では当然ない、遠いから埋めようというのでもない。

川村　物名歌は物と心ないし言葉という問題ではなくて、むしろ言葉自体の問題なのではないかと思うんです。

久保田　言葉自体の問題かもしれないけれど、やはり言葉は意味を持っているわけでしょう。

川村　ええ。ただ、この時代によくはやってくる縁語や掛詞《かけことば》のような、詞をいかに駆使するかということ、それの一つの行き着いた点が物名歌なのではないかと思うんです。これなんか見てると、漢詩によく遊戯半分の詩がありますが、ああいうもの（回文詩、離合詩）の類、

兼築　だまし絵みたいなもの……。

久保田　言葉遊び……。

兼築　角度を変えて見ることによって全然関係のないものが浮き上がってくるという、その構造自体に一つの達成の目的を置いているということになるわけですね。

久保田　極めて近代的な手法でもあるわけですよね。それが『古今集』で早くも二十巻中一巻を占めている。それからご承知のように『拾遺

集』に多いわけです。けれどもそれがその後はどちらかというとはやらないで、雑体のうちの極く一部に押し込められてしまい、『千載集』にあるけれども、『新古今集』に至っては一切抹殺されてしまう。こういうことの意味はどう捉えたらいいでしょうか。

川村　難しいですね。難しいけれど勅撰集の中で物名歌が死に絶えてしまうことと、それと勅撰集の発展していく方向というのは関係あるわけで、つまり物名歌的でないものを勅撰集は目指したと言えるわけです。たとえば、物名歌で題があって、その題を物名歌に詠み込む時に求められるものは、いかに題がその歌に詠み込まれているかということを気付かれないように詠むか、いかにあらわでないかということが物名歌の一番の技巧性なんですから、そういう点で言えば、どうしてもこれは言語遊戯のものでしかないのではないかという気がするんです。そしてそういうものの流行期というものを考えていくと、たとえば、『拾遺集』の時代に（藤原）輔相《すけみ》（通称「藤六《とうろく》」）のような専門的に物名歌を作ってくる歌人が出てくるわけがわかる。ただそれはある時期、勅撰集を構成する歌として必要とされたのだけれど、結局、それは勅撰集の方向に沿うものにはなり得なかったということなんじゃないだろうか。一時的な流行に終わったというふうなことだろうと思うんです。

久保田　そうやって「物名歌」、それから「誹諧歌」が問題になると思うのですが、物名歌や誹諧歌を結局締め出す方向に勅撰集の歴史というのは進んできますが、それが果たして日本の詩歌全体にとって幸福であったのかどうか、さらに言えば詩全体にとってプラスであったのかどうかということは、やはり一応考えてみる必要があると思います。

川村　それは勅撰集のレベルで言うとなくなっ

てしまいますけれど、歌人はやはりそういうことを楽しんでいるわけですよね。

久保田　楽しんでいますよね。

川村　つまりそれはもっと極論すると、晴か褻《け》かということにまでなると思うんです。定家がいろは頭韻和歌や

　いまこむといひしばかりに長月の有明の月
　を待ちいでつるかな

の歌を歌頭に一字おいて詠むということを、自分の作品の中ではやるわけです。あれも物名歌と技術的には同じようなものなので、そういう技法は、生き残ることは生き残るんだけれど、勅撰集の中には結局不要になる。

河添　今「晴と褻」と言われましたが、それはどういう意味でおっしゃったのでしょうか。

「晴」と「褻」――勅撰集と私家集

川村　つまり勅撰集を「晴」だとして、私家集を「褻」だというふうに簡単に考えたんです。極く簡単な構造の中で考えたんですけれど、私家集の中ではそういうものがよく残る。たとえば源　順《したごう》の双六盤歌だって出てくるだろうし、（曾禰）好忠《よしただ》のつらね歌のようなものもあるし、様々なものが残るわけですが、結局それは勅撰集の中には入ってこないんです。勅撰集というのはそういうことで言うと、『古今集』があるところでつかまえ始めた、要するに、文学表現の美みたいなものを究極的にどう突き詰めていくかということに進んでいったのではないかという気がするんです。

久保田　「晴と褻」という言葉が出たところで、勅撰集の中にも「褻」をかなり内包している集ということで、『後撰集』がしばしば挙げられますね。それから『拾遺集』も捉えようによってはそういう面があるかもしれないと思うのだけれど、その辺、どうですか。川村さんのお考え

だとやはり『後撰集』の歌もやはりみな「晴」と見るわけですか。

川村　だいたい『後撰集』という歌集自体が変な勅撰集で未定稿説さえあるような勅撰集ですから一概に現存する『後撰集』をもって『後撰集』だというふうに論ずるのはやや危険かもしれないんですけれど、確かに昔から『後撰集』は「褻」の歌集だと言われていて、たとえば、「褻」の歌の代表とされるような物語的な恋の歌の贈答歌があります。ああいうものは、ある状況下での、元来歌が持っている機能というものは十分に果たしていて、物名歌のような単なる言葉の遊戯とは性質を異にしているわけです。そういう意味ではやはり勅撰集に拾われてしかるべき歌であるというふうに考えられるんです。また、『後撰集』は全体の問題で言うと、やはり『古今集』のある部分を受け継いだ点が大きいのであって、独創性という点で言うと、今、述べたような男女の恋歌の贈答のあたりに時代を反映したというふうなことや、それから『後撰集』の冬の部を見ますと、「時雨」と「雪」ばかりなんです。あれ、特色といえば特色だろうけど、決して『古今集』の持っている冬の部の良さというものを発展させてはいないと思うんです。ですから『後撰集』はやはり『古今集』のある部分を受け継ごうとしたけれど、うまく受け継ぎ得なかった……。

久保田　受け継ごうとしたのかな。

兼築　継承というふうに捉えるけれど、僕の関心からすると、むしろ配列の問題が重要だと思います。風巻景次郎が「八代集」の四季部を考察するにあたって、『後撰集』は外してしまっているわけです。

川村　確かに全体の構成や部立《ぶたて》のような問題でいえば、理解し難い点があったり、また『後撰集』自身が特異な新しいところを出そうとしたという意見は認められるんですけれど、ただやはり歌人がほとんど古今集時代の歌人であるわけだし、当然、歌の内容としては『古今集』からそんなに多く抜け出ていないのではないか、むしろその点では『拾遺集』のほうが、遥かに新しい方向を目指していて、後代に受け継がれ発展するものを持っているというふうに評価すべきではないかと思います。

河添　『後撰集』を研究する際に、やはり皆さん『後撰集』は『古今集』の何を受け継いだかということをある程度苦労して捜し出している部分があるように感じます。『古今集』の後に『後撰集』が出てきたということで、どうも何か進歩的な文学史観の上で、どこが発展したかということを問題にされるのですけれど、物語などやっている立場から考えますと、『古今集』が取り落としたものを『後撰集』が拾い上げ、拾ったもののほうが案外古い形を示しているとか、そういったことはないですか。「晴と褻」という言葉を使えば、「晴」の歌を『古今集』が志向した中でとり落とされた「褻」の世界のひろがりを掘り起こし、そういう意味ではむしろ『古今集』より表現位相の古いものが『後撰集』に出てきているとか、表現史における逆転現象として捉えられないものかと。たとえば、『後撰集』の表現は『古今集』の撰者時代の歌を手本にしたというふうに、ギリギリのところで繋げられるようですが、果たしてそれが全てなのでしょうか。

物語の中の歌とは何か
——和歌の対人性

久保田　そこでちょっと連想したのは「国語と国文学」が「和歌とは何か」という特集を昨年(一九八三)五月に試みたのですが、そこで鈴木日出男さんが「和歌の対人性——求婚の歌と物語」

という論文で、和歌の対人的な性格というものを『万葉集』の贈答から説き起こしているわけです。それが物語においてはっきりされる、非常に効果的に発揮されるということを言っておられるのですが。最後に「物語は初めからそうした和歌の対人的な本性を方法化していたのである。」というふうに結ばれているのですが、このような見方からすると、やはり『後撰集』というのは『古今集』を目指して及ばなかったというのではなくて、和歌そのものの本来の機能、しかも『古今集』が完全に取り込めなかったものをフルに取り込もうとしたというふうな見方は出来ないだろうかということを考えるんですが……。ただ、同じ特集には藤井貞和氏の「物語における和歌――源氏物語・浮舟の作歌をめぐり」という論文がありまして、そこでは浮舟の歌を逐一挙げて、それが結局は贈答的なものから独詠的なものに変わってきているということを非常に具体的に、説得力ある言い方で述べておられたと思いますが……。

川村　和歌の独立性という……。

久保田　「贈答歌の片割れのような独詠ではなくて真の独詠たり得ている」という、この見方、鈴木さんの論と藤井さんの論などを組み合わせて、結局「物語の中の歌とは何か」「物語と歌とは何か」などということを、これはおもしろい問題だと思いながら僕なりにいろいろ考えるのですが、僕の手には余るんです。その辺、どうでしょうか、河添さん。

河添　和歌の対人性、伝達機能というものは多分、時枝学《ときえだ》（国語学者時枝誠記の学問）に端を発していると思います。物語の出来はじめの祖の『竹取物語』から和歌の対人性は確かめられ、『源氏物語』の贈歌などにも、和歌の対人性を武器として色好みの世界を広げようとする光源氏像がうち出されていると。しかし、歌というものは、伝達性を核にしながら、そもそも伝達性自体、相手との距離が前提になっているわけですから、最終的に相手に伝達しえない絶望のようなものを当然抱え込んでいくと思います。そうだとすると、伝達しえない絶望というものが一番端的な形で現れてくるのが、やはり独詠歌の問題になるように思います。おそらく物語史は他者への伝達を志向しながら伝達に絶望していくのでしょうが、それはちょうど『竹取物語』から『源氏物語』へという物語史の流れの中でいわゆる贈答の歌が主流で、やがてそれが『源氏物語』の特に第三部では孤の心を詠い上げる独詠らしい独詠が増えてきて、後期物語の時代には独詠が圧倒的になって、唱和歌が消滅するという現象と軌を一にし、和歌史とも重なる部分があるのではないかと。歌の伝達性への絶望のようなものが、また勅撰集レベルではどう出ているのかというのは、私にとっても非常に興味ある問題ですが。

久保田　本当に『源氏物語』の歌が和歌史の展開を先取りしているような気もするんです。和歌史ではやはり明らかに贈答歌がどんどん減っていって独詠歌になり、また、題詠の世界に行くわけです。兼築さんどうですか、その辺のこと。たとえば『新古今集』でも定家でもいいわけですけれど、平安後期から中世にかけての題詠や独詠歌と贈答歌の問題。贈答歌はやはり絶滅することはないですよね。

兼築　もちろん、そうです。今の河添さんのお話から連想したのですが、伝達機能にいわば絶望するというような形で独詠歌が出てくるということと並行するように、定数歌的な詠み方が発生してくるのが随分大きいのだろうと思います。これは川村さんが「重之《しげゆき》百首」の問題を細かくおやりになっているので、よくお考えだと思うのですが、述懐性を持ったあるまとまった歌を詠む初期百首が成立してくるという現象。これは別の次元で伝達性を志向しているということはあるでしょうし、それが長く百首の伝統として息づいていくことにもなってきますが、結局まとまった数であることがどんな意味を持つのか。どうも僕は一首の歌を読むよりも大雑把な全体の成立ち・構造に目がいってしまうのですが、百首歌などというものが出てくることについてはどうなのでしょうか。川村さんにお伺いしてみたいと思います。

久保田　意外に古いわけですよね。盛んになるのは平安後期だけれども。

川村　そうなんです。『堀河百首』に行き着くまで百年以上あるんです。その間一時、百首歌というのが途絶えるんですが、それはなぜなのかと言われても困るんですけれど。

八代集における詩型の問題
——長歌・百首歌など

久保田　僕はこれはやはり詩型の問題で、非常に素朴に考えれば、もう短詩型では盛り切れない、だけど長歌は衰えている、だから長歌に代わるものが百首だと思います。

川村　そこで問題になるのはたぶん源順《したごう》だと思います。順は自分の沈淪《ちんりん》（ひどくおちぶれること。零落）をまず長歌（「疲れたる馬の詩」に加へたる長歌）で訴えています。なぜ順が長歌という形式をとったのかということを考えていたのですが、もちろん、短歌形式で盛り切れないんだということを言われれば、そうなんですけれど、僕は憶良の「貧窮問答歌《ひんきゅうもんどうか》」を思い出すんです。憶良の「貧窮問答歌」には一番最後のところに「山上憶良、頓首《とんしゅ》謹上す」とあって、上部に訴えているということになっている。そうすると我が身の不遇なり、沈淪というものを長歌で訴える形式があるのだということを、順は『万葉』古点の段階で学んだのではないかと思うのです。そういうふうに考えていくと、あそこで順が自らの身分の上がらないことや、それからまた子供との死別を、『万葉集』にある沙弥満誓《さみまんぜい》の

世の中をなににたとへん朝ぼらけこぎゆく
舟のあとの白波（『拾遺集』の形ですが）

の上二句をふまえた十首を詠んで、ちょうど『万葉』の歌を使っているように、そういった心情表白、我が身の心情を訴える方法としての『万葉』の読み直しとか再利用ということを評価しなくてはいけないのではないか、この点では『毎月集』（『曾禰好忠集』の「三百六十首和歌」）の長歌もそうなんですが、そのままで考えてみて、それと同時に、では長歌や連作のほかにどんな形式があるかといったところで出てきたのが、定数歌という形式ではなかったかと思うのです。

河添　その段階でもうすでに短歌形式というのは心情表白の具にそれのみでは成りえなかったということでしょうか。

川村　いや、成りうるか成りえないかよりも、むしろどちらが有効かという選択ではないかと思うんです。ですから、『古今集』以後、（大江）千里《ちさと》やなんか、業平《なりひら》だって自分の沈淪や卑官を和歌（短歌）で訴えるという方法があるわけで、そういうことは元来あるのだけれど、それだけではやはり不十分で、さきほど久保田先生が言われたように、盛り切れないということ、つまりいかに自分の境遇をよく説明するかというところから長いものを目指したのだと考えるわけです。

久保田　やはり女房のほうは遅れるんですかね。『蜻蛉日記《かげろう》』の作者（藤原道綱母）の場合は長歌であって、和泉式部・相模《さがみ》になるともう百首

になる。

兼築　ただ、百首にはもう一つの側面があって、部立があるわけです。百首歌ではありませんが曾丹《そたん》（曾禰好忠）の『毎月集』の場合でも、一日一首宛の組織をもっている（一月から十二月まで、毎月を上・中・下旬各十首、計三十首、一年で三百六十首を歌暦ふうに詠む）わけですが、単に思いを述べるために歌をずらずら並べていく、群作をするというのではなくて、整然と組織だったもの、一種のコスモスというか、これは勅撰集の構造などともかなりアナロジカルだと思うのですが、そんなものをつくり出していくところに問題があるような気がするんです。

川村　たとえば『毎月集』の問題でも決して全部が全部沈淪ではないわけで、叙景歌として非常に優れたものも出てくる、ただ基本的トーンとして、各部立の前ごとに置かれている。長歌では常に沈淪を詠んでいくという方向なんです。それはたとえば『重之百首』でも同じで、全部が全部沈淪ではないわけで、ごく一部、一番最後と恨のところなんかで沈淪を訴える。もちろん全体沈淪だと却って目立たなくなるのであって、ある部分にそういうものを置いていくことによって訴嘆《そたん》が有効に働くというふうに解釈できます。

兼築　勅撰集の歌でもそういう関係ですね。

久保田　（源）俊頼《としより》の「恨躬恥運《みをうらみうんをはづる》雑歌百首」は全部沈淪、俊成《しゅんぜい》の「述懐《じゅっかい》百首」もそうですから、だんだんやはり量でいかないと効かないと思うのかもしれないけれど。

兼築　百首歌はまとまっていることに意味があった。僕は定家の家集を調べてきた関係で、そういう軸で見たことがあります。百首歌の、私家集における収載形態に注意してみるとおもしろいことには、初期百首は家集の末尾にそのまま付けられているものが多いのですが、組題《くみだい》が成立する『堀河百首』以降では、私家集に入れられる時に解体されてしまうのです。俊頼の家集をみれば一目瞭然です。それは百首歌の性格の変遷にも関係してくると思います。ところが、解体されてしまったものが、またしばらくすると、百首そのままの形で収録される時代がやってきて、しかもそれまではいわば歌集本体の末尾に添え物のように付けられる形式が多かったものが、堂々と巻頭に置かれてくる。おそらく百首歌の地位が変化していったことの反映なのだろうと乱暴に考えています。その解体期が、逆にいうと組織が完成し、述懐を相対化してしまった時期になっているのは興味深いのですけれど。

川村　ただ、初期百首がすべて沈淪というイメージで受け継がれたかどうかはかなり疑問で、たとえば『和泉百首』だとか『相模百首』というのはまったく違うわけです。そういった沈淪の趣というのが乏しい。

久保田　沈淪ではないけれども、なにか愁訴《しゅうそ》とかはあるわけでしょう。祈願とか。

川村　そうですが、むしろそれよりも和泉なんかが受け継いだ百首歌の傾向からいうと、物を訴えるというよりも、叙景歌の方向において叙景の方法を学んだのではないかという気がします。初期百首の時点で叙景の方法が非常に新しいものになってくるということはたぶん言えると思いますが、それはおそらく屏風歌の長い歴史というものが支えになっているように思えるんです。屏風歌で自然というものをどう捉えて詠んでいくかということが、かなり長い間、歌人の間に訓練されてきているということはあるでしょう。

兼築　それは本意の確立につながっていくということになるわけでしょう。

久保田　月次屏風ですね。そうするとやはり結局は時間意識の問題だろうと思うのですけれど、さっき兼築さんも言われた、確かに百首歌というのは一つのコスモスであって、そのコスモスを支配するものはやはり時間なんじゃないですか。

そうすると、また物語の中の歌ですが、『源氏物語』の「幻の巻」の歌群だって時間を追って哀傷するわけです。

川村　『和泉式部集』の中に一日を時間で追っていく題詠歌群がありますが、あれは『毎月集』の一日版を作ったのではないかという気がするんです。昼忍ぶ、夕の眺め、宵の思ひ、夜中の寝覚、暁の恋というふうに、昼から夕暮にいき、宵、暁にいくという彼女の一日のサイクルを恋をテーマとして各十首くらい詠んでいくというの、いい歌が多いのですが、『毎月集』の時間意識と百首のような定数歌の方法というものを合体させたところに出来上がってくるものです。和泉式部は『拾遺集』から『後拾遺集』にかかる女流歌人ではかなり男性歌人っぽい方法を、基本的には身につけたというふうに見ていいと思います。

『古今集』の四季部立

久保田　やはりそういう時間というものを打ち出したのは『古今集』の春、夏、秋、冬の部立でしょうからこの意味は何といっても大きいでしょう。これは『万葉』にはないわけです。一応、春の相聞《そうもん》とか、春の雑歌《ぞうか》というのはあるけれども、『古今集』みたいに整然としているのはないわけで、この意義は実に大きいですね。

ただ、それですまなくなるところがやはり『後撰集』『拾遺集』のおもしろさだろうと思います。『拾遺集』で雑の春、秋、賀、恋などというふうに組み合わせざるを得なかったというところがおもしろいと思うのですけれど……。

僕は『拾遺集』というのは随分へんてこな歌が入っているような気がするんです。

　人も見ぬところにむかしきみとわがせぬわざわざをせしぞ恋しき

源公忠《きんただ》、これよく『宇津保物語』が引くんです。この「せぬわざわざ」というのは、たぶんままごとみたいなことなんだろうというふうに考えるんですけれど、この類の歌というのは後の勅撰集だと消えてしまうでしょう。一つのサンプルですが、そういうものを温存させている『拾遺集』というものをどう捉えたらいいのか。そこで僕が連想するのは、遥かのちですが、俊成は『拾遺抄』を重んじた、「集」はあまりよく言わなかったので定家は親に隠れて読んだと言ってるんですね。『三代集之間事』で後鳥羽《ごとば》院も「集」はおもしろいと言った、自分も「集」はいいと思う、自分と後鳥羽院が『拾遺集』のおもしろさを再発見したんだみたいなことを言っていますが、その辺のことをどう考えたらいいのか。

　まずこの時代の少し後のことで考えると、僕はやはり『古今集』『後撰集』『拾遺集』を三代集とまとめていろいろ云々するわけですけれど、それはそれだけの意味があると思います。だからわれわれは『古今集』は…、『後撰集』は…、『拾遺集』は…、と一つずつ切り離して考えるけれど、一条朝時代の連中なんかにとっては、少なくとも『後拾遺和歌集』かその前ぐらいの歌人にとっては、やはり三代集としての捉え方をしていたのではないか、その三代集の世界という時はこういうへんてこな歌をも内包するものだった。ところがだんだんそれが、以下の勅撰集では消えてしまうんです。

川村　歌の分類でいうと「褻」の歌。

久保田　褻の歌が『後撰集』『拾遺集』などにはあるのではないか。『古今集』だって誹諧歌や物名歌に焦点を合わせれば「褻」があるんでしょうけれど、それはある程度まとめられているわけですね。『後撰集』『拾遺集』にはそれが拡散しているかもしれない。

川村　でも結局それは、勅撰集の本流にはならなかったんですね。

久保田　本流にはならなかったというのが、そういうものを切り捨てることによって和歌を衰弱させていったのではないのかという気もします。

河添　たとえば物語ですと、三代集を頻繁に引歌表現に使うのですけれど、その中でもやはりいま言われたような褻の歌を引くんです。平安物語全体の引歌表現では、『古今集』の雑下の歌

世の憂きめ見えぬ山路に入らむには思ふ人こそ絆なりけれ

という歌が断然トップです。二十七例ぐらいのうち『源氏物語』が十七、『狭衣《さごろも》物語』が七、『夜《よ》半の寝覚《ねざめ》』が二、『浜松中納言物語』が一。二位は恋の歌で、『古今集』の

須磨のあまの塩やく煙風をいたみ思はぬ方にたなびきにけり

だいたい引歌表現というと恋とか、雑の歌であって『勅撰集』の根幹をなす四季の歌というのはむしろ少ないわけです。そうしますと三代集以降、勅撰集が捨象《しやしよう》していった褻の世界の豊饒《ほうじよう》を物語側が引き受けていくという部分があって、もし勅撰集が純化されつつ、ある面で衰弱せざるをえない方向にいったとすると、そうした三代集以降の勅撰集と、そうではない何かを三代集の褻の歌から汲み上げていった物語史という、ふたすじの道に分かれているような印象を受けるわけです。

久保田　「伊行釈《これゆきしやく》」とか「奥入《おくいり》」などが引いている歌もへんてこな歌が多いです。

桜咲く桜の山の桜花咲く桜あれば散る桜あ

り
　まったく子どもみたいな歌が引歌とされていますね。そういうものが物語を豊かにする上には有効なんです。やはり歌の上から言ったら、これは夾雑物《きょうざつぶつ》なんですかね。
川村　前の『拾遺集』の公忠の歌で言うと「せぬわざわざ」はいったい何なのかということが具体的にわからないんです。そこのところはやはり『後撰集』の物語性と同じで、地の文で説明がないと歌が元来持っている機能を果たさないんです。したがって、こういうものは勅撰集の中に一首おかれたところで、歌としての元来持っている表現機能というものを十分に果たし得ないということになる。そうすると結局、こういう歌は物語の中で生きていくしかないのであって、つまりは、勅撰集はそれを切り捨てていかなければいけない。
久保田　果たし得ないのかな。だけど、あるいはどうとってもいいという、そんな意図的なことはないのですか。どうとでもとれる。どうとってもいいのだというような……。
川村　ただ撰者の撰集態度の問題で言えば、この歌はたぶんわかっているのではないかという気がします。どういう場で作られて……。
久保田　僕らもわかっているんだろうということを前提にして、注釈をする時は、わかろうとするのだけれど……。
川村　ただ勅撰集の成り立ち自体が、二十世紀のわれわれが読むことよりも、当時の貴族なり歌人なりに読まれることを目的としているものです。そうすると、共有の体験としてこの歌はその時代にはたぶんわかっているのではないか。ただ、これが百年も二百年もすると、「題しらず」であることによって、その成立事情、あるいは歌の意図がわからなくなってくる。従ってこういう歌は結局、勅撰集には生き残り難いということになるのだろうと思います。そういう点でいうと、逆に四季の歌のような一首としての独立性の高いもののほうが、歌人によって多く詠まれる、勅撰集の中で重要な位置を占めるようになっていくことになるのではないか。

勅撰集的和歌の確立——公任の役割

久保田　僕は勅撰集的な確立、いわゆる「晴」的なものが共通理解として認識されるようになるのにはやはり藤原公任《きんとう》の果たした役割が非常に大きいと思います。公任がこういうへんてこな歌を、『和歌九品《くほん》』や『新撰髄脳《しんせんずいのう》』などで締め出し、逆に秀歌とはということで歌論を打ち立てる、あの彼の役割が、だから純正な和歌という点からいくと非常に貢献した人であろうとは思いますが、また日本の詩歌の豊饒性ということからいくと、あるいはブレーキをかけた張本《ちょうほん》かなというような気もしています。公任あたりをどう考えますか。

川村　公任の歌論というのは多分《たぶん》彼の実作と切り離した上で考えないといけないという気がします。公任は和歌はああいう形で整然と整理して理解を示しながら、一方で彼が作った歌を読むと、なかなか彼が『和歌九品』で上品上に評価したような歌を詠んでいないんです。むしろ彼が詠んでいるのは褻的な歌が多くて、特に表現論の問題でいうと、『古今集』以降のものを決して新しく抜け出てはいないだろうと思います。ですからたぶん、公任という人は歌人としてはかなり限界がある歌人ではなかったかと思います。それと対極的にいえば、曾禰好忠は非常に豊かな可能性を持った歌人であったということになる。その好忠が目指した方向がたぶん『後拾遺集』以降のものにかなりのところで受け継がれていくのではないかという気がします。『古今集』と『新古今集』とをどこで結びつけるかはとても難しい問題ですけれど、たとえば、叙景歌なんかでいうと、『古今集』の持っていたような一見なんでもないたいして技巧も凝らさないようなものが、再び好忠あたりの歌の中で生き返ってくるのではないかと考えます。つまり「詠み人知らず」的な歌、ああいうものが再び復活してくる。それが早いところでは女房層にも浸透したし、それから六人党（和歌六人党、藤原範永・源頼実ら、後一条～後冷泉朝の六人の歌人グループ）あたりにも流れただろうし、『後拾遺集』の一番の根本は好忠の歌を学んだ点にあると思います。そしてたぶん好忠だけではなくて、彼が付き合った梨壺の五人（源順ら『後撰集』の五人の撰者。『万葉集』の訓読も試みた）の連中のような、公任とは生き方を異にする人々や、それからまた河原院《かわらのいん》（河原左大臣源融が営んだ、都の六条河原近くの豪邸跡の寺院）の歌人という連中の役割はかなり大きいと思います。

久保田　川村さんの前ですが、僕もある所で平安文学史をやらされて、苦し紛れに能因《のういん》の話か何かしているんですが、犬養廉《いぬかいきよし》さんや川村さんのご論文を改めて拝見すると、本当に河原院グループは大事です。恵慶《えぎょう》、安法《あんぽう》法師、……あまり技巧らしい技巧はないと思います。能因もどちらかといえば技巧はないですよね。

川村　技巧を凝らすというようなところもありますけれど、あまりない。だから『後拾遺集』の歌で公任が褒めた藤原範永《のりなが》の

　棲む人もなき山里の秋の夜は月の光もさびしかりけり

の歌なんかについて言うと、公任は確かにいいというのだけれど公任自身はああいう作品は詠まない。公任は同一の上二句を持った歌を詠んでいるのですが、

　棲む人もなき山里に菊の花秋のみ咲きてただに過ぎける

という故人を偲ぶ人事詠なんです。「棲む人もなき山里の秋の夜は月の光もさびしかりけり」、これはよく考えてみると『古今集』に出てくる山里の寂寥《せきりょう》感を詠んだ詠歌に近いだろうと思います。公任の詠んでいる山里詠には、こういうものはない。公任の山里については小町谷照彦さんの分析にかなり詳しいのがあって、小町谷さんは公任に山里の歌が多いということを指摘されているのだけれど、どうも『古今集』に詠まれている山里の歌とうまく結び付かないと思います。『古今集』に詠まれている山里の寂しさのようなものをもう一回、『拾遺集』から『後拾遺集』の段階で評価し始めてくる。そこでの山里の問題というのは、どうも好忠や河原院の歌人たちが見つけてきたテーマだったという気がします。それは結局は河原院という荒廃した場を詠むのと同じ立場であって、具体的な例で言えばそういう方向を一つの方向として『後拾遺集』が目指し始めた。『古今集』がいろんなものを内包しているというふうにさきほど言ったのは、もう一回、平安中期に新たに評価され直すものを『古今集』自体は持っていたのだけれど、『後撰集』なんかではそれが伸びなかったということになるのではないかと思います。

河添　お話を伺いながらおもしろいと思いましたのは、物語史のほうでも時代が下ると山里が主要な舞台になってくるわけです。最初『源氏物語』などは『古今集』の山里の歌を引歌しながら、舞台としての山里のイメージ作りをしていく、それを受け継ぐ形で後期物語が現れるのですが、その受け継ぎ方が『後拾遺集』の位相と近いような気がします。たとえば『夜の寝覚』は広沢(洛西、広沢の池のある地域)が主要な舞台ですが、さきほどの範永の歌にしても、広沢が月の名所として固定されるのは確かこの歌によってですね。広沢が月の名所として、月に因縁深い『夜の寝覚』という作品の中で大きな役割を果たすという事実から見れば、物語史における山里というテーマでも『後拾遺集』的状況、変容というのは確実に辿れるように思います。

川村　たぶん屈折点が『拾遺集』から『後拾遺集』の段階でいいと思います。俊成が『古来風《こらいふう》体抄《ていしょう》』の中で『後拾遺集』について「聞き近い」という捉え方をしています。つまり三代集は逆に彼には「聞き遠い」わけで、『後拾遺集』からは自らの世代にかなり近くなったという認識を示しているんです。だから『後拾遺集』が打ち出した方向というのは、やはり『千載集』『新古今集』に受け継がれていったものだというふうに考えていいと思います。

久保田　彼らはそうは言わないんです。「撰者の好む筋やひとへにをかしき風体なりけん」と俊成がけちをつけ（『古来風体抄』）長明《ちょうめい》も「後拾遺姿」と言われたとおとしめる（『無名抄』）わけです。

川村　もちろん『後拾遺』を高く評価しているとは思わないのですけれど、俊成が「聞き近い」といったことはやはり注意すべきだと思います。彼らにとっていいか悪いかではなくて理解しやすいということになるわけですから。その分、歌というものが彼の世代の詠み方に近づいてきたというふうに言えると思います。

秀歌とは何か――歌人の美意識

兼築　そうすると、そういうのも、美意識のレベルに関係してくるのでしょう。

川村　だから、さきほど晴と褻の話のところで言いましたように、何が美か、美をどう詠むかということに歌が向かっていったのではないかという気がします。

兼築　それは秀歌がいわば論理化されていくことと結び付いていく、そこから始まってきているのではないかと思います。

川村　それもあると思います。それは結局はいい歌を詠むという意識です。

久保田　何が秀歌かということを公任はしきりに言うので、秀歌という意識が一方にあったことは確かですが、意識だけでは歌は詠めないので、公任の秀歌意識をはっきりと継承しながら、しかし、感覚としては『古今集』の詠み人知らずから繋がってきているもの、『後拾遺集』といったところを受け継ぐんですかね。

兼築　もっとも一方で場の問題があります。山里の問題に関してもやはり詩人たちや歌人たちが、実際に郊外に出掛けていって即事詠をしたり、そういったような……。

川村　場の問題でいえば、山里についていうと、たとえば、藤原道雅《みちまさ》の山荘の障子絵合のようなものがありますが、あれは場自体が既に山里なのであって、歌を詠む主題そのものが山里だというふうに決められている。その中で詠むということは、山里という場についての概念、つまり彼らにとっての山里の意味はかなり明確化してきているということが言えると思います。その明確化されてきている山里の中で彼らが歌をどう詠むかということ、それはやはり美意識の問題とそこでも重なってくるのだろうと思います。

久保田　その山里を女房たちはどう捉えるのですかね。その道雅の娘、上東門院《じようとうもん》中将もしきりに長楽寺（洛東、東山の麓）にいって山里の寂しさを訴えています。僕にはあの辺がおもしろいんです。

川村　そうなんです。女房歌人というものは、宮廷サロンの中で歌の贈答をしていたのだというふうな考え方だけでは決して理解できないと思います。たとえば、『後拾遺集』の冬を見ますと、和泉式部の歌で

寂しさにけぶりをだにもたたじとや柴折りくぶる冬の山里
こりつみてまきの炭やくけをぬるみ大原山の雪のむらぎえ

などの歌があって、これはおよそ女房社会とは無縁な世界で、たぶんこれらはいずれも好忠から影響を受けている歌だろうと思うのですが、和泉式部は逸速《いちはや》くこういうものに敏感なんです。大原の炭焼といい、冬の山里といい、こんなものは西行の歌だといって出しても、たぶん作者名が隠されていればわからないであろうというふうな、そういう歌を女房層が詠み出したと言えると思います。

兼築　それは「層」という言い方ができるのですか。和泉式部独自の問題ではなく。

川村　それは、上東門院中将の問題でもそうだろうと思うんで、もちろん女房全体がというふうには言い切れないと思いますが、女房の中でもそういうものに注目する歌人が出てくるというのは、かなり歌人の美意識というものが高まってきているということを示しているのではないかと思います。

八代集における歌枕の意識

久保田　確かに歌における山里への関心と、「宇治十帖」の世界などというのは重なるでしょうね。

山里もですけれど、能因が出たところでさらに、歌枕の意識についてはどうですか。

兼築　『後拾遺集』に雑の四がありますね。『新勅撰集』八代集からは逸脱してしまいますが、『新勅撰集』は『後拾遺集』にならっていて、定家も雑四に歌枕ばかりを集めているのですが、これを自分なりに分析したことがあります（「『新勅撰和歌集』雑歌四――配列原理の再吟味――」「研究と資料」第五輯 ’81・7）。『新勅撰集』は完全に「延喜式」などの行政的な国の並べ方に準拠して歌枕を排列しています。もっとも歌枕は辞書的に集成すれば全国各国にあるでしょうが、少ない国もあれば多い国もある状況をある程度反映させながら、もっとほかの要素、たとえば『万葉集』の歌枕を持ってくるなどして、五畿七道の枠の中に一巻を成しています。それは日本全国を俯瞰《ふかん》し掌中《しょうちゅう》に収めてしまうということなのだろうと思うのです。だから、集中的に歌枕を収録することには、これと同様の意識が働いていると言えるかと思います。

久保田　歌枕を取り上げることによって日本全国の支配者であるということを誇示しようとしたのは後鳥羽院が「最勝四《さいしょうし》天王《てんのう》院障子和歌」でやったことですが、そういうものがさかのぼってどこまでいくのか、あまり『万葉』の国見まで行ってしまうとちょっと話が拡がりすぎるけれど、『古今集』にはああいう意識はないようですね。大嘗会《だいじょうえ》和歌と東歌《あずまうた》ぐらいで……。

川村　そういったものが発展してきたということではないでしょうか。平安中期に至って歌枕書が出現しますね。公任は残っていませんけれど、やはり歌枕書を作っています。

久保田　『四条大納言《しじょうだいなごん》歌枕』。

川村　ですから能因だけでは決してないんで、もっと大雑把に言うと、歌人が何人か独自に歌枕書というものを編んだのではないかと想像してみたいんです。『能因歌枕』などを見ると、およそそんな歌枕があるかと思われるようなのがありますね。全部が全部能因が編んだかどうかわからないので、ああいうものは増補されていくでしょうから一概には信用できないでしょうが。

久保田　『枕草子』だってある意味では歌枕書というわけですが、あれはどうですか、あそこに上がっている地名は、確かに『古今六帖』の歌を背負っている歌枕もあるけれど、あれは詠われそうもない歌枕もあるような気がしますが、河添さん、どうですか。

河添　『枕草子』の「山は」の段についていては『万葉集』から発想して歌枕を作ったというような言い方をされることもあります。名辞的なおもしろさをねらったというべきでしょうか。歌枕の中でもいくつかパターンがあって、三つぐらいあるとすれば、吉野の桜や竜田山の紅葉など、いわゆる特定の景物と結びついた歌枕と、それから古歌を背負って人事的な意味を連想させる飛鳥川や長柄《ながら》の橋、末の松山とか、そういったものと、もう一つ、掛詞的な語呂合わせで「宇治」と「憂し」とか、「小倉」と「を暗し」、「明石」と「明かし」などがあるとすると、最後のパターンに機知的なおもしろさ、「をかし」の世界を見つめるのが『枕草子』でしょう。つまり目新しい地名の列挙は清少納言の一つの機知的な歌枕の創造だったと思います。

久保田　機知的な歌枕は歌になるとしたらやはり誹諧歌に近くなると思います。

川村　そうですね。傾向としてはそっちに近いことになると思います。

久保田　そうすると、またまた物語だと、近江《おうみの》君《きみ》の歌に近いようなものになりかねないと思います。

河添　近江君の歌のかなめは、「いかで」を導く「いかが崎」という地名で、まさに語呂合わせ的な歌枕が有効に使われた例ですね。ただ『源氏物語』はそれを、近江君を戯画化する方法として意図的に使っているわけで、割に特殊な例になりますね。歌枕の物語への一般的な取り込まれ方というのは、さきほどの三つのパターンでいうと、むしろ最初の二つ、特定の景物と結びついた地名を物語の舞台に据えていくとか、古歌を背負っている歌枕を人事的な連想から登場人物の心情を掘り起こす際に使うという形が主流でしょう。最後の名辞的な連想による歌枕というのは、もちろん『枕草子』などはそれを新たに創造して楽しんでいるのですけれど、どうも物語の世界ではどちらかというと、だんだん消えゆく運命にあるような気がします。

川村　歌枕は、元来あるものと、それからこの時点で作られて来始める歌枕というのがありますが、たぶん『後拾遺集』の段階でかなり増大するのではないかと思います。これは今の河添さんなんかのお話ともある程度関るのでしょうけれど、歌人や女房が地名に非常に興味を抱いてくる、それに輪をかけるように受領層貴族が歌人になっているということが大きく作用しているのではないかと思います。受領《ずりよう》層歌人がいろんな地方に出掛けて行って実際にその場で土地を見る、あるいは今まであるものを確認する、そういう方向で、元来あるものと新しいものという二つの形で歌枕が増えてくる。それとあとは能因のような諸国を旅するお坊さんがいるというふうなケースもある。ですからかつての、京にいる貴族が歌枕を詠むことによって王朝の文学的空間を拡げるというだけの意味ではすでになくなってきているのではないか。想像上のものだけではなくなって、現実にそこで詠う、たとえば『大弐高遠集《だいにたかとお》』なんかに出てくる、筑前に行くところでどんどん歌枕(地名)を詠んでいくというような方法というのが、歌人の中で出来上がりつつあるのだろうと思います。そのことと『後拾遺集』の雑四は無関係ではないでしょう。

久保田　やはり古い歌枕もかつては現実に行って、それが都に知識としてもたらされて固定したわけでしょう。

川村　いや、むしろたとえば末の松山のように、古い伝承ないし民謡によって宮廷にもたらされてそれが有名になるという場合のほうが多いのではないかと思います。

久保田　そうすると、伝承として、知識としてしか知らなかったものを再認識する、現地に行くことによって再確認する、新発見するということはあるだろうな。僕も特に陸奥《みちのく》の歌枕がある時期、たぶん増えたのだろうと思います。そしてそれが非常に歌枕の中でも重く扱われるのはやはり中央政権の東国支配とは切っても切れないと思うのですけれど、これは「最勝四天王院障子和歌」のことを考えていた時、気がついたのですが、本当に南海道というのは歌枕がないんです。少なくとも「最勝四天王院障子和歌」には四国の歌枕はありません。ということは支配が及ばないのか、政治的に問題がないのか、おそらくこれは問題が皆無なんでしょうね。つまり、四国はあの時点では問題の地とはならなかった。筑紫は外国との窓口の土地だし、ときどき問題が起こるからいくつか歌枕があるわけです。だけど、四国は問題がなくてしかも辺境だったということなんでしょうね。だからやはり歌枕というのはもちろん観念の、美意識だけの問題ではなくて、時の政治とか支配体制というものと非常に関ってくると思うので、そうなると、これまた大きな問題に持って行きますと、この特集の総タイトルは「花鳥風月の世界」ということですが、和歌、とくに勅撰集の八代集の世界を「花鳥風月の世界」というだけで括るのはどうも僕には不満なんです。この辺はいかがですか。

それでこれをまた個々の勅撰集の問題に戻すと、じゃあ思想の問題はどうか、宗教はどうか、たとえば、『後拾遺集』で神祇・釈教の部を立てたことの意味はどうかとか、いろんなことになってくると思うんですが、いかがでしょうか。まず政治、政治と和歌ということならやはり『新

『古今集』にいきますね。この辺、兼築さんいかがですか。

勅撰集における四季

兼築 その前に、やはり三代集とそれ以降は画然と分かれて行くいくつかの現象があると思います。通常個々の勅撰集を見ることは、それぞれの特色ある模様を見ることだと思いますが、それは一つの見方として、今度は、勅撰集は撰者たちが編んだものであることを重視し撰者たちの描いていたコスモスにほかならないとしたうえで、それを一旦バラバラにミンチにしてしまって、相互に質を比べてみるのはたいへんおもしろい視点だと思います。実は秦澄美枝さんがそういった方法で調査しているのですが、三代集は、名詞などの使用頻度の順位を取ってみると、まったく変わらないのだそうです。さきほど『古今集』と『後撰集』では相当和歌の性質が違うのではないかという御論議がありましたが、言葉の上ではそんなに違わない。ところが『後拾遺集』あたりから、これが画然と変わっていく。秦さんがもうすぐ発表されるそうですが、三代集の名詞では「花」が一番多いそうです。ところがそれが『後拾遺集』から目を覆うばかりに少なくなって、代わって何が一番多くなるかというと、「月」なんだそうです。これ、象徴的な感じがして、それはあるいは政治・宗教などとも相当関係してくるのだろうと思うんです。

久保田 おもしろいですね。亡き唐木順三も言うように、春から秋へと、日本人の好みが変わっていくんでしょうね。中世は秋で……。

川村 ただ、「花」から「月」の問題でいうと、僕はやはり「冬」という季節を見逃してはいけないと思います。『後拾遺集』以後に「月」がなぜ多く出たかというと、やはり冬が多くなったということ。

久保田　そう、秋を通り越してさらに冬を、これも最初に取り上げた対談で大岡信さんも言っているんです。「『新古今集』は冬がいいね」と言っているんです。これはみんな同感すると思います。

河添　『千載集』あたりから冬の歌が増えてきますが、それまでの勅撰集では、少なくとも数の上では劣勢だったのではないでしょうか。

川村　計算をすぐに示せないので……。

久保田　ただ、これはやはり『源氏物語』の影響が強いと思います。「すさまじきものにして見る人もなき」冬の月と兼好が言うのも、『源氏』に基づいているのですから。

川村　僕は冬の月の中で一番早く注目したのはたぶんこれではないかと思っているのですけれど、『拾遺集』（雑秋）に清原元輔《もとすけ》の

いざかくてをりあかしてん冬の月春の花にもおとらざりけり

という歌があるんですが、これはかなり早い段階で「冬の月」というものの美を捉えた歌だと思うのです。それから同じ『拾遺集』（冬）に、恵慶法師の

天の原空さへさえやわたるらん氷と見ゆる冬の夜の月

というのもあって、ここでも河原院グループが目立つわけです。そして今の兼築さんの話のような傾向がこれらの歌から出発していくのではないかと思います。『続詞花集《しよくしか》』の中に

秋のみといかなる人がいひそめし月は冬こそ見るべかりけれ

（永承四年内裏歌合・大中臣永輔）

という、月は冬がいいと詠んだ歌が出てきますが、そういうふうに月は秋だという概念、基本理解というのを通過して、月は冬なんだという感じ方、それはたぶん『後拾遺集』以降の歌人

が持っていく美意識と非常に深い関り合いがあると思います。冬だから夏の話をすれば対照的でわかると思うんですけれど、冬の歌が増大して素材がバラエティに富んでいくのに対して夏というのはほとんど成長しない部立です。あれはやはり歌人の美意識に非常によく照応している現象だろうと思います。冬は寒さというものがテーマになるけれど、夏は暑さというものがおよそテーマにならないんです。

久保田　一重なる蟬の羽衣夏はなほ薄しといへどあつくもあるかな

というのが能因にある……。

川村　あれは暑くなったという現象を詠んだだけで、暑いのが美しいという感覚では詠まれていないんですね。定家の

行きなやむ牛の歩みに立つ塵の風さへ暑き夏の小車

のような、ああいう歌はなかなか出てこない。好忠の『毎月集』の中に夏の汗を詠んだ歌があるのですが、それは非常に珍しい歌だと思いますが、結局、勅撰集には入らない。読んでもちょっと不潔感があるんです。『堀河百首』はかなり好忠の歌を真似しているところがありますから、出てくるかもしれませんが、勅撰には残らないんです。

久保田　いわゆる本意思想が確立する平安後期、それこそ三代集の伝統の積み上げの上に、「堀河百首題」がきちんと出来て本意なるものが確立する時には、すでにその足元は崩されつつあるわけです。

川村　ただ、僕は『古今集』のある部分をちゃんと受け継いでいるんだという気はするのですが。『古今集』の冬の歌を読むとやはり『後拾遺集』の冬の歌に結びついていく歌があるように思います。それはたとえば、

わが宿は雪ふりしきて道もなし踏みわけて

訪ふ人しなければ

だとか、ちょっと技巧的な歌ですが

大空の月の光し清ければ影見し水ぞまづこほりける

という冬の月の光というものを詠んだ歌だとか、こういう歌を『古今集』は持っているのですが、実はこういった、のちに受け継がれていくと思われるような冬の歌は結局、詠み人知らずの歌なんです。

久保田　それがさきほど言われた、詠み人知らずがいろいろな人によって……。

川村　再評価されていくということになるだろうと思います。

八代集における「序」の問題

河添　『古今集』の受け継ぎということでは、ほかの観点から『後拾遺集』で注目されるものに「序」の問題がありますね。『古今集』以来、序が途絶えていたのが『後拾遺集』になって返り咲くわけです。さきほど久保田先生がおっしゃった政治と和歌の問題という点とも当然関ってくるでしょうが、『後拾遺集』の序についてはどのようにお考えでしょうか。

久保田　僕もちょっと序の問題にひっかかりたい。序は八代集では『古今集』『後拾遺集』『千載集』『新古今集』しかないわけです。この四つの序をざっと読み返してみて、『後拾遺集』の序というのは、はっきり言ってつまらない。『千載集』の序というのは改めてやはり俊成はおもしろいことを言っているなという気がしたんです。つまり歌は三十一文字に並べるから易しいとみな思うけれど、そうではない、和歌は難しいんだと言っている。あれは結局、和歌の本質論を言っています。僕はやはり『新古今集』の序は本質論を言っていないと思います。そうすると和歌とは何かということにまともに取り組んでいるのは『古今集』と『千載集』の序であって、『後拾遺集』の序は和歌そのものに対する関心があまりないのではないか、これがやはり(藤原)通俊《みちとし》の限界のような気がしたのですが、どうですか。

川村　僕は『後拾遺集』を弁護する必要は全然ないし、こき下ろして構わないと思うんで、そうだと思います。

久保田　あの序は和歌史は述べているんです。

川村　それに、やはり白河院というものを讃えるというか、そういうところはあると思います。それは、つまり醍醐の帝が『古今集』をお作りになったのだという態度に通じると思います。

河添　延喜の聖代を再び襲おうという王道主義的な意図だけが先行してしまった、ということですね。

川村　だから、歌の本質論は確かに述べていないんです。

久保田　述べていないと思います。だから、僕はやはり『後拾遺集』の序と『後拾遺集』の内質とは一致しない。『後拾遺集』の世界というのは本当におもしろいと思います。読めば読むほど(そんなに読んでいませんが)、『後拾遺集』はすでに藤本一恵さんの注釈も完成していらっしゃるわけだけれど、本当におもしろい集です。いろんな角度からこれからもどんどん読み深めるべきだろうと思うんだけれど、しかし、それを撰した通俊という人は何だかわからない人ですね。

川村　歌人的な評価もあまり高くないですし。

久保田　ただ、案外、さっき兼築さんも言われましたが、『新勅撰集』が非常に『後拾遺集』を意識していますから、それから言うと、定家はやはり通俊的な面も非常に持っているような気もするんです。そこでまたさっきの問題にいくと、結局、政治家と歌人ないしは政治と和歌という問題にぶつかってしまうのですが。

兼築　通俊撰者の問題も研究されています。結局、政治的な状況の中で登場してくる撰者という面が強いようです。であるがゆえに、序もまたそういうことをはらんでいるわけですけれども。

久保田　やはりはっきり言って才能ないんでしょうね。どうなんですか。さっきもお話のように、公任は歌才は乏しいのではないかと思います。だけど批評家としては抜群です。通俊は批評家ですらなかったのではないか。それにしてはいい歌が集まっているというのは運がよかったのかなという気もします。たくさん溜まっていた。

川村　つまり八十数年の勅撰集空白期というものがありますし、それから輩出した歌人にかなりレベルの高い歌人がいたということも関わっているのだろうと思います。

兼築　ある程度、撰集の段階でいろいろ意見を取り入れているふしもあります。

川村　周防内侍《すおうのないし》なんかと相談しています。通俊はやはり選ばれはしたもののそんなに自信はなかったんじゃないかと思います。二十九歳か何かで命を受けていますから。なにせ、勅撰の命を受けてから着手するのに十年近くの年月がたってるんです。

久保田　やはり手伝いがよかったのですか。隆《りゅう》源《げん》とか。

川村　周囲の問題とそれから源経信《つねのぶ》がかなり批判していることが刺激になっているということは言えると思うんですけれど。草稿の段階で経信に見せていますね、「後拾遺集問答」をやっていますから。経信の刺激も『後拾遺集』の中に反映されているのだろうと思います。確かに通俊単独撰ではありますけれども、そういう状況を絡み合わせるとやはり摂関期の終焉を飾るに相応しい（笑）さまざまなものを取り込んでいった。単独撰と言いながらやはり経信や周囲の女房歌人の助力というのがあったのだろうと思います。

河添　『後拾遺集』でしたか、誰か歌人で、それに入集《にっしゅう》できたことを大変名誉としている話がありましたね。

久保田　あります。「紀伊入道素意、後拾遺の作者にはあらずや」（『袋草紙』）。

川村　勅撰歌人だと威張る……。

久保田　楠葉《くすは》の御牧《みまき》（朝廷管轄の牧場）で下馬しなかったという……。

河添　勅撰集に入集されることが非常な名誉であり、歌を詠むこと自体の価値もますます吊り上がっていく時代ということになりますと、いわゆる秀歌も目白押しに出てきたということになりましょうね。

兼築　入集することを名誉とするようになってくるのは『後拾遺集』あたりでしょうね。

川村　藤原伊房《これふさ》ですね、清書を頼まれた時自分の歌を入れてしまって、撰者がそれに気付いて他見せしめなかったという話がありますけれど。

和歌と漢詩

久保田　経信の名前が出たところで、経信というのをどう見たらいいんでしょうか。僕は和歌と漢詩の問題を考えてしまうのですが。

川村　それはたぶん経信単独の問題ではないわけで……。

久保田　単独の問題ではないけれど、彼がもっとも典型的にその問題を背負っているのではないかという気がするのです。

川村　確かに久保田先生がお書きになったもの（「源経信の和歌について」『山岸徳平先生頌寿中古文学論考』一九七二刊　有精堂出版）では、まさにその通りだと思いますが、やはり和歌と漢詩文のバランスの問題で考えていくと、結局はまたこれも好忠と梨壺《なしつぼ》の五人のあたりへ戻ってしまうんです。そして問題はやはりその後に出てくる大江嘉言《よしとき》、源道済《みちなり》、能因らが文章《もんじょう》生《しょう》あがりだという、そのことが和歌の方向を変えるのにかなり大きい力を与えたのではないかという気がします。だから、経信の方向はそういった六人党あたりにまできている方向をそのまま伸ばしたというふうに読み取れないだろうかと思いますが……。

久保田　その辺が僕はまだ読みが浅いんだけれど、能因は文章生であるがゆえに、むしろそういう漢詩文の世界に親しんでいたがゆえに、漢詩文にないものを和歌に求めてそれで成功したのではないかという気がするんです。それに対して経信はやはり漢詩的なものを、むしろ接近というより取り込んでいくのではないか。

川村　能因はかなり積極的に取り込んでいると思うんです。たとえば、『新古今集』に入る

山里の春の夕暮きてみれば入相の鐘に花ぞ散りける

とか、

ふる雪やふりまさるらむさ夜ふけて籬《まがき》の竹のひとよ折るなる

などの歌、どちらも『白氏文集《はくしもんじゆう》』に典拠があって、能因の中でいい叙景歌だといえるものは漢詩文、だいたい白楽天ですけれども、漢詩文の中に見つかってくるんです。

久保田　ただ、それが非常に和歌化されている、生な形ではない。

川村　和歌化されているということは言えると思います。

久保田　大和言葉として渾然《こんぜん》たる表現になっている。それが経信、さらに定家などもそうだと思いますが、むしろあらわに和歌の中に漢詩的なものを出していくと思います。好忠なんかは

素材的に漢詩文を借りる、それが能因では消化されて、経信、定家だと消化しないで、むしろ明らかに生硬《せいこう》な表現というものを意図的に残して表出するような気がするんです。それによってやはり彼らは大和言葉の限界を悟って、要するに漢語的なものによって日本の詩の言葉を豊かにしようとしているのではないかと思うのですが。

川村　ただ、経信の歌の中でも、もちろんそういった、明らかに漢詩文からの指摘が成しうるというふうなものと、たとえば、

　　夕されば門田の稲葉おとづれて蘆のまろ屋
　　に秋風ぞ吹く

に代表されるような、ああいう田園趣味的な一つのポーズ、歌を詠む態度みたいなものを獲得していく、それはやはり詩人などからの影響なんだろうと思うわけで、そういうふうな点も考えていくと、必ずしもそんなに浅薄なものだとは言えないのではないかと思いますが。

久保田　だから、僕はそれを浅薄とは捉えないんです。それは別の積極的な姿勢だと思うのですけれど。

　また最初の話題に戻ると、物と言葉なんですけれど、だいたい詠物《えいぶつ》歌への志向というのが強まってくると思うんです。一番これがはっきりしているのは、定家だと「十題百首」でしょうけれど、そういう詠物歌への伝統というのを、やはり考えて見れば、平安初期にすでにあって、それを漢詩的なものを媒介としながら見直していくのかなとも考えるのですけれど、まったく新たなものではない(僕がそこで考えているのは、『古今六帖』なんかですが)、『古今六帖』のようなものは前からあった。『古今六帖』はたぶん漢文学の影響があるのでしょうが(白氏六帖)。それが、ただ、あの段階では全部がすらっと勅撰集に入っていかないでしょう。それが時代が下る

と入っていくのかなというふうにも考えるのですが、どうか。やはり漢詩の問題というのも、『古今集』の段階ですでに問題だけれど、八代集のおしまいでも問題になると思います。

それから、やはり公任に始まる歌論の系譜、公任の歌論と、さらに言えば『古今』仮名序の貫之、それから公任、俊成ときた場合に、藤原清輔《きよすけ》の歌学をいったいどう位置づけるか、この問題、どうですか。それと、『金葉集』『詞花集』『千載集』それから『新古今集』、大問題ばかりなんですけれど……。

清輔の歌学と『万葉集』

川村　簡単にいうと、清輔の歌学は『万葉』にすぐ結びついてしまうわけですね。

久保田　そうかな……。

川村　いや、非常に図式的に言っているのですが、つまり僕は清輔や六条藤家《ろくじようとうけ》に限っての問題じゃなくて、院政期の後期の和歌というものの一面を清輔に見ようとすると、ちょうど『万葉』の古点（梨壺の五人による『万葉集』の訓読）が、かつて当代の貴族の中に『万葉集』をもたらしたように、清輔あたりの次点作業が、やはり院政後期の歌人にかなりの影響を与えたのではないかという、ちょうど一つの流行をそれぞれの『万葉』訓点の時代が作ったのではないかと考えるんです。ですから、『新古今集』の段階で人麻呂が再び入ってきたり、赤人が入ってきたりするということは、たぶんそういうことだろうと思います。

久保田　それはあると思います。『万葉』研究は本当にそういう意味では、清輔なくしては『新古今集』における、あれだけの『万葉』尊重、『万葉』の再検討というのはなかったと思います。それは俊成だけではとても駄目だと思います。だいたい俊成の『古来風体抄』における『万葉』の秀歌撰にしても、『万時』（『万葉集時代考』）にしても、清輔がなければ俊成はあんなことはやらないと思います。

川村　やはり歌学の対抗上、あれはやっているというふうに見ていいんで、やはり本流は清輔のほうにあると思います。

久保田　清輔の学問の淵源《えんげん》みたいなのをたどっていくと、やはり『俊頼髄脳《としよりずいのう》』のある面にいきつくだろうと思うし、それからもっといくと、能因までも遡ると思います。能因には歌論はあったのですか。

川村　難しい問題ですね（笑）。もちろん残ってはいないわけですが、歌論があったかどうかという問題は即答できないにしても、能因のところにいろんなものが流れ込んできていることは確かです。もちろん三代集はそうなんでしょうけれど、『万葉集』も入ってきているでしょうし、それから風俗歌みたいなものも入ってくるし、漢詩文も入ってくるし、それから彼なりの新しい羇旅《きりょ》の歌みたいなものも出てくるし、つまり院政期にいくまでの歌が内包しているものをほとんどすべて集約的に含んでいると思います。そのあるものを受け継いだのが多分《たぶん》六人党だろうと思うのですけれども。

久保田　そうすると、能因というのは非常に優れた芸術的な感覚と、それから厖大《ぼうだい》な知識とを両方持っていた歌人と捉えるわけですね。

川村　ええ。たとえば、『能因歌枕』を読むと、あれを全部能因が書いたのかどうかわかりませんけれど、かなり歌学書というものを読んでいた形跡があります。「ある人の抄に云く」というふうな形で、たぶん歌学書と思われるものを引いてくる。だからそういうことの勉強というか、古いものを学ぶという態度は明らかにあったのだろうと思います。

久保田　そうすると、知識的な面は清輔で、感覚は俊成のほうなのかな。何かやはり能因という人は大事な人だという気がだんだんしてはきているのですけれど……。

河添　能因という類稀《たぐいまれ》な才人がたまたま出たからこそ『能因歌枕』は成立したのか、それとも時期的にいって和歌が堆積され、組織化、体系化を求めている時代だったのですか。

川村　組織化、体系化となると、やはり公任が一方でしているわけだから、そういう作業が能因に影響を与えなかったわけはないと思います。公任と能因はたぶん交友がある程度あったのだろうと思われますから。それから能因が歌を学び始めた段階の歌壇の状況というのは非常に彼に幸いしたのではないかという気がします。つまり藤原長能《ながよし》を中心とする新風を目指す気運の中でちょうど能因が歌を詠み始めたということになるわけで、ですからそういう意味で言っても、能因には十一世紀半ばまでのあらゆるものを背負っている面というのがあると思うのですが。

河添　そうしますと、清輔自体も万葉研究者としての清輔という面だけではなくて、王朝末期の人間として、それまでのものを理論的に体系化できないまでもせめて集大成しなくてはいけないような切実な意識にかられて、『袋草紙』のようなものが成立したわけでしょうか。

久保田　集大成をするのは自分だというような自覚はあったのではないですか。それはあったと思うのですけれど、やはり清輔というのは自覚的な歌論家だったとは思わないんです。だけどこの頃やはり清輔のやった仕事というのは、俊成とは違った意味で大変なものだという気はだんだんしてきました。清輔の見直しもこの頃は和歌研究者の間にありますが、どのくらい彼が自覚的にやっていたか、おそらく和歌とは何かというのは、それこそ俊成が抱いたような問題意識は、清輔はやはり持たなかったような気はするんです。だけど、結果的に見れば、和歌のいろんな可能性を示唆するものは『袋草紙』に詰まっているわけです。その辺がおもしろいんですね。

川村 つまり、清輔の古いものの見直しみたいなものは、たとえば、『続詞花集』の中の戯咲《ぎしょう》（同集巻第二十）みたいな部立の問題がありますね。『続詞花』自体は勅撰になるはずのものだったから、意識としては勅撰として撰んでいるわけで、その中に戯咲歌を復活させるというか、誹諧歌との関係を検討しないといけないと思いますが、それはやはり清輔の歌学の中で育った和歌意識というふうに言えると思います。

久保田 つまり、清輔は何でもかんでも集成しなくてはいけないとなると、戯咲歌、物名歌なんか、切り落とせないわけです。だから、全部集めてしまう。あの戯咲歌なんかもひどい歌が多いです。それはどこまで自覚的であったかわからない。ただ集成するというような意識だったかもしれないけれど、結果としては王朝最末期の現実を微かではあっても捉えていると思います、『続詞花集』は。その捉えたものを、しかし『千載集』はまだ誹諧歌を残していますけれど、『新古今集』になると切ってしまう、その点が、問題ですよね。僕は切って良かったのだ、『続詞花集』なみのものがあったら付き合いきれないとは思うのだけれど、その辺がやはり和歌全体として考えてみると問題だと思います。個人的なことですが、僕らが和歌を勉強し出した頃は「何でまた和歌なんか研究するのか」というような空気が相当強かった時代で、自分自身微かにそういうことを負い目としていたからなんですけれど、一方では開き直りたい気持ちもあるんです。何で現実を歌わなくてはいけないのかと、あえて言いたい面も一方にあるんですけれど、だけどやはりこういう点などが八代集の限界なのかなという気がしないでもないのです。

具体的に言いますと、建礼門院右京大夫《けんれいもんいんうきょうのだいぶ》の歌はついに『新古今集』では採られない、『新勅撰集』でも当り障りのない歌しか採られない。『玉葉集』まで待たないと、哀切を極める彼女の歌は採られないというようなこと、その辺の問題をもっと考えたいと思っているのです。

そろそろ時間ですから、お一人ずつ何か言っていただきましょう。八代集全体に対することを何でも結構ですから。

八代集をめぐる諸問題

川村　勅撰集を考えることで和歌史を考えるという立場は確かに一つあると思うのですが、僕はいつも勅撰集と並行して私家集を意識の中に入れておく必要があると思います。私家集が形作る和歌史と勅撰集が形作る和歌史とはたぶん違っているはずなんで、その距離を常に測定しながら、和歌史というものを考えるべきだと思うので、八代集をめぐっての、こういう座談会と同時に、やはり今度は私家集をめぐっての検討もやらなければ、和歌史は立体的にはたぶん出来上がらないだろうと思います。

兼築　そうですね。僕も同感です。しかし勅撰集の論理は和歌史の一つの背骨であったし、その権威が持っていた意味は大きかったに違いない。二十二代目の勅撰集は戦乱の中で消えていってしまったわけですが、たとえば、中世の歌人たちにとって勅撰というものがどういうものであったのか。最近、勅撰集が廃絶してしまったあとの歌人たちの対勅撰集の意識を武井和人氏が論じていますけれど(「国語と国文学」60－8 一九八三・八)、形骸《けいがい》化していったり、あるいはいろいろな要素が入りこんでくる勅撰集の周辺の状況が、むしろ廃絶以後に与えた問題も考えてみたいと思っています。もう一つ、やはり私撰集の世界が一方にあるし、私撰集は川村さんがおっしゃったような軸にはなかなかならないのかもしれませんが、特に院政期以降になりますとこれが相当出てくる。それぞれに、一種の自己主張があり、歌集とは何かという問題にも大いに関係してくるのではないかと思うので……。

河添　今、川村さんが私家集、兼築さんが私撰集とおっしゃって、そうなるとやはり物語と言わなくてはいけないような巡り合わせになってしまいますが、勅撰集が特に三代集以降、王朝和歌から中世和歌への変容はもちろん示しながら、やや大袈裟《おおげさ》に言えば和歌史の氷山の一角になっていく状況というのは、お話を伺っていて何となくわかったような気がします。その氷山の一角の下になって沈んでいるものを掘り起こす作業の中で、物語というものも非常に重要な役割を担っているだろうと思います。だいたい王朝の物語は、中世を通過するうちに淘汰《とうた》されて、和歌と密接な関係をもつ作品しか残っていませんから。それとやはり勅撰集の研究自体もこれから先、いわゆる進歩史観からはもっと自由に解き放たれてもいいのではないでしょうか。たとえばさきほどの『後撰集』と『古今集』の表現位相の問題にしても、もう少し自由に和歌史の厚みの中で考えていく必要があるのではないかと。どうも八代集の流れを一生懸命繋げ、連絡し合おうとして、逆に見えなくなっている部分がなきにしも非ずではないかと、素人の立場から想像するのですが。それくらいでしょうか。

兼築　河添さんのおっしゃった和歌の進歩史観というのは、ほかの研究領域でもそういうのが強いですね。

久保田　定家たちは下降史観ですから、『古今集』が絶対なんで、あとは頽落していくんです。

河添　それでは進歩史観ではなく、連続史観と言うべきでしょうか。文学史全体にそういう傾向がありますけれど、私としては、どちらかというと不連続史観を唱えたいわけです。さきほどの誹諧歌の問題にしても、和歌史全体の中で再考すべきおもしろい問題がまだまだ八代集の中には残されているように感じました。

久保田　どうも有難うございました。ではこの辺で。

（了）

佐々木孝浩（ささき　たかひろ）
昭和37年生まれ。慶應義塾大学大学院修士課程修了。慶應義塾大学附属研究所斯道文庫教授。写本を中心とする日本古典籍の形態と内容の相関関係に関する研究などの日本古典書誌学および、柿本人麿信仰と人麿画像及び歌仙絵の研究を専門とする。著書に『古筆への誘い』（共著　平17　三弥井書店）、『大島本源氏物語の再検討』（共著　平21　和泉書院）など。

十三代集を読もう

〈座談者〉
岩佐美代子
浅田徹
佐々木孝浩

岩佐美代子（いわさ　みよこ）
大正15年、東京都生まれ。４歳より13年間、昭和天皇第一皇女照宮成子内親王のお相手を勤める。昭和20年３月、女子学習院高等科卒業、結婚後、独学で京極派和歌・中世女流日記を研究。鶴見大学名誉教授、文学博士。『光厳院御集全釈』（平12　風間書房）で読売文学賞受賞。著書に、『藤原為家勅撰集詠　詠歌一躰　新注』（平22　青簡舎）、『岩佐美代子の眼　古典はこんなにおもしろい』（平22　笠間書院）など。

浅田　徹（あさだ　とおる）
昭和37年生まれ。早稲田大学大学院博士後期課程退学。お茶の水女子大学教授。日本中世文学、特に和歌・連歌を専門とする。著書に、『百首歌　祈りと象徴』（平11　臨川書店）、『古今集　新古今集の方法』（共編　平16　笠間書院）、『シリーズ　和歌をひらく』全５巻（共編　平17～平18　岩波書店）など。

十三代集体験——若人方

久保田　勅撰集の研究は、八代集のほうはずいぶん盛んになってきたと思うんですね。笠間書院さんの企画でも、八代集は確か「笠間叢書」の比較的前のほうにちょうど八冊分の番号を取っておられるそうで、そのうち、あれ、いくつ出たんでしょうか。松野（陽一）さんと僕がやりました『千載和歌集』が最初で、それから『詞花集』、そのあと『後撰集』が出たのでしょうか。今のところそれぐらいですか。でも、八代集それぞれについてともかく新しい注をつけようということで始めたのは、たぶんあのシリーズ、「笠間叢書」が最初だろうと思うんですけれども、それからもうご承知のように和泉書院さんでも始められたし、岩波の「新日本古典文学大系」でも八代集は全部入れるという方針で出発しました。これは僕自身関係しているわけですが。そんなことで、八代集のほうの研究は、飛躍的かどうか知らないけど、かなり進んだと思うんですけど、十三代集となるとなかなかそうはいきませんね。ですけれども、なにしろ和歌の研究者、特に若い人たちの層が厚くなってきまして、十三代集の研究もこれからもっともっと盛んになるんじゃないか、というのが学会の気運だろうと思います。

そんなことも一つの刺激になってというか、きっかけになって、すでに個々の集についてはかなり詳しい注が単行本や輪読会形式で出つつありますね。それで笠間書院としても、きょうおいでの岩佐先生が近々『玉葉和歌集』の……何て申し上げるんですか、全評釈ですか。

岩佐　全注釈ということにいたしました。

久保田　『玉葉和歌集』の全注釈を完成なさって、それが間もなく上梓《じょうし》されるということですし（全四冊　一九九六刊　笠間書院）、それから、これは僕が編集という形で、宮内庁書陵部の吉田兼《かね》右《み》筆《ぎ》十三代集の影印を出す段取りになっているわけです。

そんなこともあって、今回、十三代集についての座談会をやりたいという社長さんのお話で、きょうの席を設けていただいたわけですが、最初にそれぞれの十三代集体験みたいなことを、まずお若い順にお話ししていただいてと思うんですが、まず浅田さん、どうでしょう。

浅田　十三代集体験というのは、結局、読んでいないというのが最も正直な答えだと思うんですけれども、もちろん、実際に和歌を読んでいくうえでいろんなものを、索引を引いたりいたしまして、十三代集の歌を個々にあたるということは当然するわけですけれども、十三代集のそれぞれの撰集を読んでいった経験があるかというと、これは非常に貧しいものであるとお答えせざるを得ないですね。

私は生まれましたのが昭和三十七年で、三十七年といいますと、例の『十三代集異同表』というのが出たのが三十四年なんですね。ですから、私たちはそのあとに生まれたということになるわけです。それから、私は人より一年遅く学部に入りまして、早稲田は二年から専門なんですが、それは昭和五十八年なんです。というのは、ちょうど『新編国歌大観』の一巻が出た年です。

久保田　昭和五十八年ですか、あれ。ああ、そうですか。

浅田　五十八年の二月なんだそうです。ですから年度が違うんですけれども、その後私は学部の二年になって細かな勉強を始めましたので。したがって私は『旧国歌大観』というものを勉強した経験がないのです。

で、これは全く恥ずかしい話なんですけれども、『旧大観』の場合には索引を引いていても歌集名で出てまいりますよね。ところが、『新大観』というのは便利のために全部番号が歌集に振ってあります。そうしますと、私どもはずっと引いていてもなかなか二十一代集の順番をおぼえない。十七番目の何番というと、『風雅集』というのは何番目かおぼえなくても引けてしまうんですね。そういうこともありまして、実に一層おざなりな読み方に拍車がかかってしまったというんでしょうか、私が悪いんですけれども、ちょっとそういうようなところがございますでしょうか。

ですから、われわれの世代というのはほんとに『新大観』の中で育ったという、皆さまの伝本研究の上にほんとにそのまま乗っかっていい思いをして育ってきたというふうに一応言えるのではないかと考えております。

久保田 佐々木さんはどうですか。

佐々木 私も浅田さんより数カ月早く生まれただけですので、ほぼ似たような状況で。私も一年引っかかって入りましたから、やっぱりちょうど二年の終りの頃に『新編国歌大観』が出始めました。大学の図書館のレファレンスに『旧国歌大観』はありましたので、やはりいろいろ便利なことがありますから、使ったりはしたおぼえがありますけど、基本的にやっぱり『新編国歌大観』の世代と言えると思います。

それで、私のほうが浅田さんより若干時代が下ったあたりを勉強していますので、そういう意味でなおさら十三代集を読んでいなきゃいけないんだろうと思うんですけれども（笑）、通して全部を読んだということははっきり申し上げてございません。よく批判されることですけれども、十三代集の詞書《ことばがき》だけならもう何度も読んだことはありますけれども（笑）、そんなんじゃ全然研究じゃないって言われてしまうと全くそのとおりで、お恥ずかしい限りです。

久保田　いや、それは研究ですよ。

佐々木　ええまあ。それから以前、久保田先生と川村(晃生)先生が『合本八代集』(一九八六年刊　三弥井書店)を出された時に、われわれはよく冗談で「『合本十三代集』も出すべきだ」というようなことを言っていて、そういうのが出ればといっても、きっと八代集であの厚さと重さですから、十三代集となったらとても持ち歩けるかどうか怪しいんですけれども(笑)、とにかく十三代集をいつでも、と言うと言いすぎなんですけど、見ることができないだろうかという願いというのはずっと持ち続けていました。今度かなり信頼できる本文の十三代集が出れば、その個々の集だけでも持ち歩いて見ることができるようになるので、ありがたいなと思っているところなんです。

久保田　岩佐先生はいかがですか。

十三代集体験——老人方

岩佐　私は、一番初めはやっぱり『玉葉』でございます。『玉葉集』を久松先生(久松潜一。一八九四～一九七六)に教えていただいたのが昭和十九年でした。

久保田　じゃあ岩波文庫(次田香澄校訂『玉葉和歌集』一九四四年刊)は……。

岩佐　岩波文庫は出た頃でございますけど、その時は買うなんていうことは考えもしませんで……。

久保田　あの岩波文庫は戦時中ですからずいぶん紙も悪いし、確か糸綴じじゃなくバチンと、針金か何かで綴じてあったでしょう。

岩佐　ええ、藁《わら》半紙みたいで、厚いしね、針金でただ突き通して留めてあるんですの。

久保田　懐かしい本ですけどね。

岩佐　ええ、ええ。それを私は、二十一年の誕生日に父が何かお祝いをやるって言ったんですね。だけど、そんな時何もないでしょう。そうしましたら近くの本屋さんで、古本で二十円でした。だからそれを買ってきましてね。それが初めてでございます。それよりほかに読むものが何もございませんから、いつもポケットへ入れて持って歩いて読んでいまして。そのうちに、今日の座談会があるので見てまいりましたけど、『旧国歌大観』の二十六年の十一月に出たっていうのがあるんですね。

久保田　もう角川書店版……。

岩佐　角川でございます。それをいつ買ったか……出てわりあいにじきに買ったんだろうと思いますけれどね。それはもう二十六年、二十七年と申しますと、主人は病気して休職していますし、子どもたちは小さいし、父は亡くなるしで大変な火の車の時期だった。千八百円が二冊ですから三千六百円。どこからひねり出したか忘れましたけど、それで買いましたね。そんな思いをして買いましたからこれは読まなきゃ損で（笑）。初めはもちろん『玉葉』とか『風雅』とか、あるいは『古今』『新古今』を見ておりましたけれども、いつ頃からか——結局その頃は家にいるだけで、すごく暇は暇なんですね。ですから読んでやろうと思って、もうほんとにめくるだけ。そしてちょっと気がついたのをチェックするとかね、その程度で読みまして。ともかくよっぽど暇だったんですね（笑）。

久保田　しかし、そういう読み方が一番いいんですね、きっと。

岩佐　それから、『風雅』は四十九年に三弥井書店で出しました（次田香澄・岩佐美代子校注『風雅和歌集』、「中世の文学」のうち）時に一生懸命読みまして、その後は『新編国歌大観』の時に『続《しょく》後拾遺《ごしゅうい》』を割り当てられまして、これは歌数が少なくて楽でした（笑）。『玉葉』と『風雅』から見たらもうとても楽だったんです。それは兼右本でいたしました。

それはみんな縦に読むほうでございますけれども、特異表現、特異句、というのをやろうと思って今度は横に読みました（笑）。

久保田　あれはご発表になりましたね。

岩佐　はい。皆さんに笑われたんですけれども、その集に初めて使われた表現の句を索引で数えて、そのためにはほんとに縦より横のほうがよく読んでおりますね。『千載集』から十五集ですから、十五回は確かに索引は全部めくりました。それは大変おもしろうございました。まあ、そんなところでございましょうかね。

久保田　いや、それぞれのお話を伺うと、ちょっと大げさですが、やっぱり戦後五十年というか、戦中からの日本文学研究の足跡をたどることになりますね。なにしろ、岩佐先生が『玉葉和歌集』を勉強され出したころは、僕は集団疎開学童ですからね（笑）。それでまたさっきおっしゃった角川版の『国歌大観』をお求めになった頃が、昭和二十七年ぐらいですか。

岩佐　はい、そうだと思います。

久保田　二十七年というのは僕が大学に入った年なんです。ですから、その時はもちろん『国歌大観』は持っていませんでした。『国歌大観』との付き合いは、やっぱり学部学生の三年ぐらいからかな。われわれのところは教養学部で二年やって、それから文学部が二年で、ここからが専門になりますのでね。それで確か本郷の、古本屋も早稲田みたいにはあまり本もないんですけどね、でもいくつかある古い店で、今でもあることはあるんですけど、ほとんど壊れかかっているような『国歌大観』が店頭に積んでありましてね、壊れかかっているから安いんですよ。それはですから角川版じゃないんですね。もう大昔のやつで。それを買いました。で、その時は「正」だけなんですね。「続」はまた別のところで買って、その崩れかかっているのは自分で製本屋に行って製本してもらったんですけど。それで長らく使ってはいたんですけどね、ただ、その時やっぱり角川の『国歌大観』は高かったですよね。ちょっとなかなか買えなかったんですね。相当後になって買ったんですけれども。それで、その古いのはだから愛着があったのですけど、学生で欲しいと言うのがいたのであげちゃいました。今考えるとやっぱりああいう本は取って置くべきだったなと思うんですけどね。

ただ、『国歌大観』はだから、その頃学部の後期ぐらいには持ってはいたんですけど、それで読んだんじゃなくて、僕の場合は『校註国歌大系』の、これも揃いなんかとても買えませんでね、端本を集めて、あれを使ったような記憶があるんです。でも、卒業論文は藤原家隆《いえたか》でしたので、その段階ではせいぜい『新勅撰』ぐらいまでで、後の集まで読むなんてとてもそんな余裕はなかったんですけど。それで卒論を出して大学院に入った段階で、家隆の晩年への関心からそれ以後がおもしろいんじゃないかという気がしてきたんですね。それで、もうその頃すでに、僕のすぐ一年上が、こんなありがたい先輩はいないんですが、福田秀一さんで、それから福田さんの関係で井上宗雄さんとも知り合いになって、それから和歌史研究会というのができていくわけですが。それから浜口(博章)さんには、お会いはしなかったんですけれども、あのあたりでもう『玉葉集』はかなりやっておられたわけで、特に『夫木抄《ふぼくしょう》』なんかやっておられましたね。それで、僕は修士論文では家隆の後年から、ちょうど『玉葉』までの間が一応和歌史の谷間ですよね。そう見られていたと思うんですけど、その谷間を埋めてみようかなんていうことを考えたんです。その頃、でも一番関心があったのは、家隆以後では為家《ためいえ》だったんです。それで為家の全歌集を作ろうかなんて思ったこともあるんですけど、そしたらこれ、安井(久善)さんがお作りになったので、ああ、これはもういいやなんていうことで。それで、修士論文では『新古今』以後『玉葉』までということで、『新勅撰』、それから『続後撰《しよくごせん》』『続古今《しよくこきん》』『続拾遺《しよくしゆうい》』『新後撰』と、そのあたりの和歌史を考えてみようなんてことで、題は「中世和歌史の研究—鎌倉前期」っていう変な題なんですけど、それでやったんですね。

そして、ちょうどその作業をやり終わった頃でしょうか。『十三代集異同表』(私家版)が出たのが三十……。

浅田　四年。

十三代集異同表

久保田　四年ですか。そうすると、僕が大学を出たのが昭和三十一年で修士修了が三十三年だから、そうだ、やっぱり修論を書いた後ですね。その井上さん、福田さん……それから樋口芳麻呂先生。でも、かなりの部分は井上さん、福田さんがおやりになっていたんですけれども、その修士論文でやったという関係で、『続後撰』から『新後撰』までは担当したんですね。『新勅撰』は樋口先生担当なので、それはやってないんです。『十三代集異同表』ではその四集を担当しまして、そこでそれぞれの集の写本をできるだけ見ようなんてね。ほんとに大した数は見てないんですけれども。それで『続後撰』については宮内庁書陵部の為家の奥書《おくがき》本ですね。つまり今度「冷泉家《れいぜいけ》時雨亭《しぐれてい》叢書」で出たものの忠実な写し、非常に忠実な写しだと思いますけど、そのほか書陵部(宮内庁書陵部)の古写本をいくつか。それから『続古今』が尊経閣(前田育徳会尊経閣文庫。加賀藩前田家の旧蔵書を収める文庫)の伝二条為氏《ためうじ》筆本。これはみごとな本ですね、とても豪華な。それと静嘉堂(文庫)の本とかいくつか見ました。それから『続拾遺』『新後撰』もいずれも尊経閣の本で、『続拾遺』は飛鳥井雅庸《まさつね》筆、それから『新後撰』が伝蜷川親元《にながわちかもと》筆なんていうのを見ましてね。『新後撰』なんか流布本とすごく違うんです。それで、あ、おもしろいなと思った経験はあるんですけれども、でもその時は異同表を作るわけですからね、ただ異同を見ているだけなんですよ。ただ、それでも、なんかいい本を見ていると徹底的に写したくなるんですよね。なるんですけど、それはとても時間がかかるので、その時、これまた福田さんがいいことを教えてくださったんです。漢字・仮名の別を、完全校合《きょうごう》――一応完全に近いでしょう。漢字・仮名の別までやるには、何か一つのものをもとにしてやる際に早い方法があるんだって言うんですよね。たとえば、活字本で漢字になっているのをこれは仮名だというときは横に線を一本引くとか、その逆は二本線を引くとか、そういう方法があるんだなんてことを教えてくださった。それで、やっぱりその時これを使っていたんですよね、『校註国歌大系』。これ、集ごとにばらしちゃってるんですけど、これを持っていきまして、『続後撰』と『続古今』は、『続後撰』はその書陵部の、それから『続古今』は尊経閣のものと、一応完全に近い形で校合をしてはみたんです。

そんなことがあって、比較的前の集、『玉葉』以前ですよね、その辺はかなり――本文の調べだけでかなりってことは言えないですよね。そんなにたくさんの写本は見ちゃいないんだけど(少しは親しんでいたわけですけれども)、それから先はもうなかなか下りていけないんですよね。ただ、やっぱり『玉葉集』については、次田（香澄）先生のあの岩波文庫本の旧版ですね、古本屋で買って、あれはときおり見ておりましたので、漫然とですけど、比較的親しんではいたんです。

あと、十三代集の後半のほうと少し本気に付き合ったことは一度だけあるんです。それは、南北朝時代の特集を「解釈と鑑賞」でやったんですね。その時に南北朝時代の和歌について書けと言われて、そうするとこれはやっぱり読まないわけにいかないと思って。この時は確か大洋社版の十三代集を古本屋で買って持っていましたので、それで読みました。『十三代集異同表』では、井上さんも福田さんも大洋社版を使っておられます。だからやっぱりそれがあればよかったんですけど、僕はその時は大洋社版を持ってなかったんですね。だから『校註国歌大系』で間に合わせちゃったんですけど。後の時には大洋社版のあの赤っぽい本ですね。あれは何でしょう。江戸時代の二十一代集板本の忠実な翻刻なんでしょうね。あれで一応南北朝期の勅撰集をパーッと見ましてね、ほんとに粗いんですけど、それでもう書き抜く暇もないんですね。ただちょっと引っかかりそうな歌に爪で印をつけて。それで論文（「南北朝と文学　和歌――政治的季節における和歌――」、「国文学解釈と鑑賞」一九六九年三月、久保田『中世和歌史の研究』所収）を書いたおぼえがあります。

僕の十三代集体験はそんなところでしょうか。だからやっぱり、まだ丸々じっくり一つの集を読んでいるなんてことはとても言えないんだけど。ただ、佐々木さんがさっき言われたけど、詞書に目をつけて読むというのも、確かに最初は一つの方法だろうとは思うんですよ。

岩佐　それはほんとにそうです。

久保田　まず詞書が目についちゃうものね。ただ、それから中身に入っていけばいいんだろうと思うんですが。

それから、こんな読み方はどうですか。やはりある作者に目をつけて、作者ごとに読んでいくという読み方もあることはあると思うんですね。たぶん佐々木さんは、飛鳥井家の歴代についてはそれをやっておられるでしょう。いや、僕らも、『新古今』の歌人をやっている時も、その『新古今』の歌人の後々の集への入集状況なんかやっぱりそうやって見ますからね、作者部類を手がかりに。

なにしろいろんな集があるわけですけれども、少し個々の集で、まず『新勅撰』あたりについてはどんなお考えをお持ちですか。

なぜ「八代集」か

浅田　その『新勅撰』に入る前に、私、ぜひ皆さんに伺いたいと思って来たんですけれども、なぜ「八代集」と言うのだろうかという……。伝統的に『新古今』と『新勅撰』のあいだに線が引いてあるわけですけれども、これはどうしていつ頃からそういうふうに切って、なぜそこに価値のランクづけができるんだろうかということなんです。

久保田　それは大きな問題ですね。

浅田　こういうことがあまり索引で立項されているようなものはないので、『歌学大系』は一応見たんですが、(今川)了俊《りょうしゅん》の『一子伝』が一番古いと。了俊は入門する前十七、八歳ぐらいまで自分で勉強していたという自叙伝みたいなものがあります。その時はだれにもつかないで、ただ八代集を繰り返し読んでいたと。で、不審なところは人に問うた、みたいなことを書いています。そうすると、そのあたりには、八代集というのは何か権威あるものだという印象がたぶんあったんだと思うんですね。ただ、それは歌道家がそういうふうに言っているんじゃないので……。入門前だからですけれども。

それから、これ、私ちょっと不勉強でわからないんですけれども、田中登さんが翻刻なさった和泉書院から出ている『練玉《れんぎょく》和歌抄』、あれは八代集の秀歌撰ですよね、言ってみれば。あれは、伝二条為忠《ためただ》撰というのはいいんですか。私はちょっと不勉強で調べていないんですが（『練玉和歌抄』は奥書によれば為右筆本が存在したというが真偽は不明）。そうすると、為忠ですから、だいたい同じ頃になりますよね、南北朝初期。それ以前に八代集というのを特に意識したということはあるんでしょうか。要するに八代集を意識するということは、九つ目からは低いということですよね。九番目の『新勅撰』は人気がないという場合は当然あるわけで、幕府が介入したので見るのもいやだと言う人がいましたけれども、でもその場合でも『続後撰』からは高い評価に変わっているわけですよね。まあ、『続古今』は置いときますが、それが歌道家の一般の見方だと思うんです。それに対して、『新勅撰』からをずっと低く見る、というか、それ以前を高く見るという見方が同時にどこかであるんです。ただ、それは南北朝に入る頃からしか顕在化しないのではないかと。

八代集の揃い本で古いのはどこら辺になるんだろうかというのも、私ちょっと調べようと思って調べきれていないんですけれども、室町のほうはわりにありますよね。たとえば『後撰集』の異本で有名な堀河具世《ともよ》本というのがございますが、あれは文安五年（一四四八）の奥書があったんだそうです。ということは室町中期の頭ぐらいということになるんでしょうか。そうすると、やっぱり鎌倉の一番終り頃に、何か歌道家主導ではない形でそういうものが起こっているのではないかという気が僕はするんですね。歌道家の言説の中にはあまりそういうものは認められませんので。そうすると、やっぱり、ものすごく強引に言うと、幕府介入後の和歌史というものをよくないものだと見る見方があることにならないんだろうか。そうすると、承久以前のものが本道であって、それから後の和歌史はいわば間違っていると。歌道家の側からすれば、この断絶は言いたくないわけですよね。むしろ連続性を言いたいわけですけれども、ちょっとそれとは違う思想動向の中で、幕府介入以後のものを何か排斥したいというんでしょうか、そういうところは何かしらあるのではないか。それが何かの形で潜在していて、それが江戸時代ぐらいになるともちろん八代集の注釈が一杯出るんですけれども、版本も出ますけれども、そういう形で繋がるのかもしれないと。非常に安易な調べで言ってるんですけれども。

久保田　どうですか、その点。

佐々木　了俊が八代集をそもそも八代集という形で持てた意味というのがまずあると思うんですね。それを、確かにいろんな歌学書とか見ると歌道家のほうがそう言ってないのかもしれないけれども、歌道家がある主体性を持ってそういう八代集みたいなものを伝えていたというかセットにしていた可能性というのは、やはり否定しきれないものがあるんじゃないかっていう気がしますね。それで、やはり浅田さんもおっしゃるように、どうしても承久の変というものが非常に大きな断絶であったというのは、これはもう鎌倉期の人間たちにとってもわかりきっていることというか、身にしみて感じていたことだと思います。それ以前と以後とで切ろうという意識が生まれてくるというのもある種必然なのではないかと思います。

そういう意識があると、承久の乱以前は範とすべき良き時代であり、それまでにできた八つの集も、正統な集だということになりますよね、本歌にもできる。まあ八という数も良かったのかもしれませんけど……。それから定家崇拝との絡みもあるんじゃないでしょうか。定家を崇めてその著作も尊重すると、『定家八代抄』（『二四代集』とも）や『八代集秀逸』、再撰本『近代秀歌』や『詠歌大概』とかの、八代集という区切りが強く認識されるんじゃないでしょうか。浅田さんのおっしゃっていることもおもしろいと思いますし、確かにいろんな類題集とか名所歌集ができますよね。『九代抄』とか……。

久保田　『九代抄』というのがありますよね。あれは確か『古今』をはずして、『後撰』から数えて九つ、『続後撰』までですよね。

佐々木　はい。十代とか、そういうような切り方というのも生まれてきたりもして。確かにだから歌道家はそういう連続性みたいな意識で見ているのかもしれないけれども……。

浅田　ただ、たとえば歌枕の本であっても、類題集みたいなものでも、だいたいそこまでにできている勅撰集は網羅してるんですよね。

佐々木　そうですね、ええ。

浅田　たとえば、本歌に使うのでも何でもいいんですけれども、一番よく使われたものの中に『二八明題集』なんかありますけれども、あれは十六ですね。それから、その『九代抄』もありますし、あるいは杉谷（寿郎）先生が紹介（杉谷寿郎「「撰句抄」切」「和歌史研究会会報」86・87・88合併号　一九八五・一二）なさった『撰句抄』というのが切れで残っておりますが、あれは『新勅撰』まででしたか。あるいは『春の深山路《みやまじ》』の中に（飛鳥井）雅有《まさあり》が「句抄」というものを作っています。あれは「万葉から続拾遺」と書いてあって、できたところまで含めてるんですね。特に『新古今』で切るという意味があるんだろうか。

たとえば『続後撰』だって、本歌にすることはあるだろうと思うんですね。それがたとえば『金葉集』より少ないかというと、そんなことはないだろうと思うわけです。承久の変が大きいということは確かにそうなんですけれども、それ以前と以後で何か分けているという印象を持つので。

いや、結局何が言いたいかというと、八代集というのはわれわれは非常に特権的に扱っているわけですけれども、そして索引・注釈の量も違いますから、やっぱりそこから読みますけれども、それは非常に必然性のないことだったのではないか。特に『新古今』までに秀歌が多くて『新勅撰』以後に秀歌が少ないわけではないんですよね。だから、八代集という枠にわれわれが安易に乗っかるのはどうなんだろうか。その枠の由来というものはほんとに信用するに足るものなのか。たとえば鎌倉末期ごろになって、やっぱり承久の前に戻さなきゃいけないなんていう、ちょっと和歌外の文脈からはめられた枠であった可能性がある。われわれは少なくとも八と九のあいだを切ってはいけないんじゃないだろうか、というようなことを……。

久保田　八代集の枠をはずす（笑）。これは大変おもしろい提言だけど、そうねえ……いや、僕はやっぱり……にわかにはまだ従えないな。岩佐先生、いかがですか。

岩佐　私はそんなこと何も考えたことなかったけど（笑）。

久保田　ああ、そうですか。いや、これは、結局、『新古今』と『新勅撰』とがどのくらい切れてどのくらい繋がっているか、それから定家が変わったか変わらないかなんてことで、大変おもしろい問題だとは思いますけどね、うーん……。

浅田　とにかく『新古今』と『新勅撰』は撰者

が同じなんですから。で、私は『新勅撰』というのはものすごく出来のいい歌集だと思うんですね。それはまた集の話になってからでいいと思うんですけれども。

久保田　いや、だから、どういう点で出来がいいんですか。

単独撰者の集での歌の配列

浅田　これはやぶへびでした(笑)。一首一首の歌は、たとえば『新古今』なんかに比べれば、ずっとシンプルな歌が並んでいるようなんですけれども、配列の美しさというのはちょっとほかに比べものがないという気はします。『新古今』なんかの場合には言葉が内容でずっと連鎖していって、それはもう非常に繊細にできているんですけれども、『新勅撰』を読んでいくと、映像で繋がっているというんでしょうかね。前に福留温子さんが発表なさった時に、春の部で桜の花の白さがだんだん増してくるという配列を指摘なさった(福留温子「新勅撰集の配列方法―春上の巻の桜歌群をめぐって―」「和歌文学研究」65一九九三・三)。それは内容がどうのこうのというんじゃないですね。桜が開いて散っていくというその内容じゃなくて、桜であたり一面真っ白になっていくその映像のクレッシェンドみたいなもので繋がっている。たとえば恋部でも映像の流れを感じさせるところがありますね。恋一で涙が袖をこえて流れ出すところはそうです。あるいは釈教《しゃっきょう》の中でも、釈教の歌で月の歌群があるなんて当たり前のことなんですけれども、その月へ向かって地上からだんだん上空のほうへすうっと視線がのぼっていくところとか、そういう配列というのはすばらしいという印象が……。

久保田　ああ、そうですか。いや、僕はそんなに『新勅撰』は読んでないな。ああ、そう。僕はね、『新古今』の配列は、ひいき目かな、これはよくできてるなと今まで思ってたんですけどねえ。

浅田 『新古今』は確かにすばらしいと思うんですけど。

久保田 じゃあ、雑が五巻もあるんでしょう。あれ、どう思いますか。これは相当大胆だとは思うんですよね。

浅田 ええ。ただ、一巻ごとに相当いろんな趣向がございますよね。たとえば雑の一というのは雑四季になっていますよね。

久保田 ええ、まあ、『玉葉』なんかもやりますよね、後で（『新古今』の雑上も一応雑の四季ではある）。

浅田 定家は、四季の景物を見ている閑居《かんきょ》中の人間を一人設定して、その人間の心情でずっと繋いでいる。これはおもしろい試みだと思います。普通雑四季に含まれるような雑多な歌のうち、述懐風なものを残してあとは排除してるわけです。単なる述懐は雑二にありますから、雑一は非常に特異な構想で貫徹したわけですね。雑四季はふつう歳時のめぐりに沿って貴族社会の生活の諸相がパノラマ的に展開するのが興味の重点だと思いますけれども、ここでは主体は同一性をもたされていて、読むほうはその眼を共有することを強いられてるのではないでしょうか。突飛な連想かもしれませんが、『源氏物語』幻巻を私など思い出してしまうのですが。

久保田 『玉葉』の雑はいかがですか。

岩佐 雑もですけどね、今お話になった定家の配列の仕方とは違いますけれど、やっぱり一人の人が選んだ撰集というのは、『玉葉』を見ていますと、あれ大変膨大ですけれども、でも為兼《ためかね》の編集の技術と申しますかね、それはプロだと思います。すごく骨格がしっかりしていまして。枠がちゃんとしているということと、それから、今おっしゃったようなのとは違うけど、すごくうまい配列をしています。全体にどうかというと、それはまた別ですけどね、あるところ、あるところで見ていると、うまいなあっていうのがありましてね。たとえば月の歌で家隆・西行・定家・為兼と並べて、その思索的な味が非常におもしろいとかね。だから、編集者としての為兼というのは、今度やってみてとってもおもしろうございました。『新古今』でも何でも、配列の美しさということは別にいたしまして、一人の撰と、複数撰者、あるいは後鳥羽院の親撰とは性格の違うものだと思いましたね。

久保田　定家の意思が貫徹できませんからね。

岩佐　ですから、今伺っていると『新勅撰』のおもしろさっていうのは大変よくわかりました。その点で言うと、『風雅』はやっぱりアマチュアの撰者だという感じが強くいたします。

久保田　『新古今』でも、たとえば西行の題知らずの月の歌。これ、雑上ですけどね、みんな別々の時に詠まれているのを、それこそ月が出てだんだん高く上がって沈むような感じで、五首ぐらいですか、並べているのがありますよね。あんなのはうまいな、おもしろいなとは思うんですけどね。ただ、やっぱり確かに、『新古今』はあれだけ寄ってたかってやって、さらに後鳥羽院がどんどん干渉するんだから、全体としては一貫性はないのでしょうね。そういう点は一人の撰者の集には及ばないのかもしれませんね。『新続古今《しんしょくこきん》』はどうですか。(飛鳥井)雅世《まさよ》の編集者としての技量は。

詞書と作者名、そして歌

佐々木　いや、『新続古今』は、私ははっきり言ってそういう読み方をまだしたことがないので、ちょっとそれはお答えすることができないんですけれども、ただ、『新勅撰』に関して言うと、歌の配列もそうなんですけど、自分のかなり思いどおりにできるというような、詞書なんかにもかなりそういうところが出てきているんじゃないかなと思います。撰者が、勅撰集ですからやっぱり公のものではあるんだけれども、それをできるだけ私のものにしようとしているようなところが非常に『新勅撰』あたりから濃厚になってきてるんじゃないかなというイメージは受けます。そのあたりに八代集と十三代集の切れ目を見ることも可能だと思うんですけども。

久保田　ああ、定家が公の形で実は私情を反映していると。僕はね、それ、これはまた複数撰者だけれども、以前『続古今』で感じたんですね。これはほんとにやっぱり真観《しんかん》（藤原光俊《みつとし》）がのさばっていると思うんですよ。真観が相当詞書の上にも顔を出すんですね。あれ、普通だったら「題知らず」でいいところを、光俊朝臣がどうのこうのというような詞書があったような気がするんです。あの辺がだから、それは『続古今』のまた一つのおもしろさだとは思うんです。だけどこれはいわゆる歌壇史的なおもしろさでね、文学の本質にはあまり関わらないんだけれども。しかし、まあ、撰集というものはそういう面も当然考えなくちゃいけないわけなので、いや、やっぱり詞書から読むのもおもしろいですよね。これは僕は修士論文を書いている頃、井上さんと話し合ってほんとに意気投合したことがあるんです。両方とも同じような箇所の詞書に関心を持ってるんですよね、その頃は。だから詞書も大事だろうとは思います。

浅田　十三代集を読む時に、一つの壁というのはだんだん身分が高くなっていくせいもあるんですけれども、何とか院の何大臣というような形になっちゃって実名が全く出てこない。

岩佐　そうそう。

久保田　出てこないんですよねえ。

浅田　しかも、できる間隔がどんどん詰まっていきますから、ほんとにその当時の時事問題を知らないとわからないとか、その人間がどういう家系の人でとか、そういうことを頭に入れていないとわからないというか、逆に言うと、そういうことがおもしろい人は十三代集もおもしろいと思うんですね。

岩佐　それはほんとにそうなんですね。

浅田　慶応の小川(剛生)君なんかと話していると全くそう思うんですけれども、私などほんとに鎌倉から後は不案内なものですから、全くそれが煙に巻かれてしまっているようで。で、歌そのものにそれほど個性がございませんから、やはりのっぺりと見えてしまうというのがあります。

岩佐　ええ、八代集でしたらば、それは『百人一首』もありますし、いろいろなもので作者達がなんとなくおなじみになっているんだけれども、十三代集だとそれがなくなるから、確かにつまらなくなると思うんですね。ですけれども、たとえば『とはずがたり』(後深草院二条の日記文学)一つ出てきたことでね、雪の曙、(西園寺)実《さね》兼《かね》がいて、それから有明の月、性助《しょうじょ》(仁和寺の法親王)がいて、そうしたらほんとにそういうことで勅撰集の方もおもしろくなります。性助なんて、何でもなしに見ていたら何でもないけどね、有明の月であると思って読めば感じが違うでしょう。それから(四条)隆親《たかちか》なんて、頑固ないやなおじいさんと思いつつ読むと、あらまあ、あの人がこんな歌作って、っていうのがありましてね。

久保田　それは感じますね。確かに、『とはずがたり』を読んでから、性助法親王の歌、それから性助法親王家五十首なんてのが気になってくるんですよね。それで、ああ、あんなことやっていてこんな歌詠んでいるんだな、なんて思うんです。それはありますね。

岩佐　『徒然草』なんかでも、あの（二条）資季《すけすえ》の大納言入道とか、それをからかった（源）具氏《ともうじ》とか、そういうのを考えるとすごくおもしろいし。それからもっと下がってくれば、（足利）尊《たか》氏《うじ》が京極《きょうごく》派的な歌、案外うまいとかね、（足利）直義《ただよし》は大真面目で下手だとかね（笑）。

久保田　直義は下手ですか。

岩佐　下手というか、おかしいの。あんまり大真面目で（笑）。

久保田　いやね、『とはずがたり』を、これも出版社にやらされた仕事ですけどね、注釈してから実兼の歌を読んだら、なんかすごくじいんとくるというのか、これはやっぱり男の歌だなと思ったのがあるんですよ。それ、その『とはずがたり』（小学館「完訳日本の古典」、一九八五刊）の解説に書きましたけどね。つまり、後深草《ごふかくさ》院が亡くなった時の歌と、それから、しばらくしてからお墓参りした時の歌、そんなのがありますね。あれはね、実兼が、こういう気持ちでじっと家にこもっていた時に、ああ、二条は裸足で後深草院の柩《ひつぎ》を追っかけていたんだな、なんて思うとおもしろいですよね。

岩佐　おもしろうございますねえ。

政治と和歌

久保田　だからね、あれにとどまらず、哀傷歌っていうのはどの集でもやっぱりおもしろいんですね。僕は嫌いなのは賀歌なんですけどね。でも、まあ、賀歌もしかし、そういう面で見ればまたおもしろい点があるだろうとは思いますけど。

　それからやはり、確かに当時の政治にある程度通じてくるとわかるおもしろさっていうのがありますね。さっきもちょっと申しました、尊経閣で二条為氏筆の、実にきれいな『続古今集』ですけど、あの本だけにある歌というのが一つありますよね。それは法印厳恵《げんえ》という坊さんの歌で、これは、実は今日、ちょっとよそで飛鳥井雅有や宗尊《むねたか》親王の話をしたので、メモを持っていたんですけどね、「述懐歌あまた詠み侍りけるに　法印厳恵」として、

何ごとのまづ嘆かれてそむくべき身をも忘るる心なるらん

っていうんです。これはほかの本にないんですね。一番奏覧本に近いと思われる『続古今』のこの本にしかない。ところがこの法印厳恵というのは、どうも宗尊親王が将軍を解職されることに引っかかっている坊さんのようですね。『続古今』ができるのは宗尊親王全盛時代というか解職の直前ですからね、だからその時は宗尊親王の関係か何かで一首入っていたのが、結局あの事件の後、やっぱり除かれちゃったんだろうと思うんです。だからその意味では、尊経閣本は本当の意味での精撰でないのかもしれないけど、こういう異同というのもなんかおもしろいななんて思うんですけどね。

岩佐　先生が前に「リポート笠間」でおっしゃったんですけれども、『玉葉』に流された人の歌が多いと（久保田「配所の月を見た人々」、「リポート笠間」第18号、一九七九年二月、『中世和歌史の研究』所収）。あれ、先生がご指摘になったのももちろんですけど、そのほかにも一杯ありましてね。後鳥羽院の歌が十何首ぐらいありますか、その半分が遠島百首ですよね。そのほかにも平家の没落関係の、『平家物語』外伝みたいなのが、どこから出てきたんだろうと思うようなおもしろい歌がたくさんございますね。

久保田　ありますね、ええ。

岩佐　そのほかにもほんとにちょこちょこそういう不遇な人の歌というのがあったりしてね。

久保田　あれ、やっぱり為兼が身につまされて入れたんじゃないですかね。

岩佐　身につまされたんですよね。ほかの集だったら不吉だと思って採らないはずですからね。それからあと、鎌倉武士の、北条氏の関係の歌がずいぶんありまして、あれは外村展子さんが『鎌倉の歌人』（一九八六刊　かまくら春秋社）でやってらっしゃいますけれども、あれなんかもほんとに時代を反映していておもしろいと思います。

久保田　雅有は佐渡に流された為兼に歌を贈ってるんじゃないですかね。『隣女集《りんじょ》』をちょっと見てましたら、佐渡の人に贈った歌というのがあるんですね。これはちょっと為兼以外考えにくいんですよね。

岩佐　そう、ほかに考えられませんね。

久保田　「佐渡の国へ流されて侍し人」という言い方があります。「佐渡に流された人に贈る歌」というのが三首ぐらい『隣女集』のおしまいのほうにありましてね、ああ、やっぱり、永《えい》仁《にん》勅撰の議の時の盟友だからやったんだろうななんて、ちょっと今日も思ったんですけどね。それから、あの初若の歌なんていうのはね、あれ、ほんとに為兼はうれしかったんでしょうね。

岩佐　ええ、そうでしょう。あの寺泊の初若というのはけっこう有名な遊女だったらしくて、『惟宗光吉集』に、亡くなった時のご供養の歌も出てきます。

久保田　出てくるんですよね、そうそう。あれは『新編国歌大観』が誤植してるんだけど。

佐々木　初君になってますね。

岩佐　あれは正保版本がそうなんです。

京極派・持明院統の撰集と二条派・大覚寺統の撰集

久保田　『玉葉』はほんとにだからおもしろい

と思うんですけど、『風雅』はいかがですか。これは岩佐先生はすでに注釈なさって……。

岩佐 『風雅』は、歌はほんとにいい歌がありますね、『玉葉』より……。

久保田 『玉葉』よりはやっぱり粒ぞろいなんでしょうかね。

岩佐 ええ、京極派の歌としては粒ぞろいというか、特に永福門院、伏見院あたりの恋の歌はすてきですね。そのほかにも『風雅』でなければ出てこない進子《しんし》内親王とか儀子《ぎし》内親王とか、ああいう人の繊細な歌はほんとにいいと思います。それから、なんてったって光厳院《こうごんいん》がいいですし、花園院もまた別の意味で……。

久保田 これは季節にたとえたら、『玉葉』が春に対して『風雅』は秋か冬ですよね。

岩佐 ええ、そうです、秋です。『玉葉』は明るいんです。ほんとに大柄で明るくて……。

久保田 だから、その明るさがいいって言う人もいるんだと思うんですけどね。

岩佐 ええ、私はそれがすごく好きです。骨太で明るくてね。まあ、洗練されているといえば『風雅』のほうがそうなのかもしれませんけれども。

久保田 やっぱりどうも『玉葉』『風雅』は突出しちゃうんだけれども、それ以外の集はどうですか。

佐々木 ですから、先ほどの浅田さんの八代集とその後の連続の問題を、ある種、僕の考えているのと同じ意識から生まれてくるんじゃないかもしれないと思うんですけど、われわれの世代は文学史的に十三代集のいくつか、『玉葉』『風雅』なんかを除くともうつまらない、ということばかりを教えられたり読んで育った世代といいますか。ということで、そこにどうやって研究対象としてのおもしろみを見いだしていけばよいのかという悩みがやはりあるわけですよね。それをまた連続で捉えていって、質的な差というのはそんなにないんじゃないかというふうに持っていく見方もあるでしょうし、また十三代集で限って、その中で何かおもしろいところがないかということを探していくことも大切だと思います。

久保田 僕はだから、当面、『玉葉』と近いということで、『新後撰』を少し細かく読んでみたいななんて思ってはいるんです。

岩佐 『新後撰』はおもしろうございますよ。

久保田 おもしろいでしょうね。

岩佐 ええ。やっぱり競い合っている時はおもしろいです。ですから、『新後撰』もおもしろいし、それから『続千載』もおもしろい。あれはまた雑体や何かを入れておりますしね。それから『続後拾遺』はまた、あれはできた時に花園院が前関白二条道平《みちひら》と話をして「どうだ」って言ったらば、道平が、「近頃の歌は、あちこちから古歌を寄せ集めて作るんだ」と言った。それで花園院が、「それじゃあ歌の初まりの出雲八重《いずもやえ》垣《がき》の歌はどうしてできたんだ」と言ったらば、道平は笑って答えなかったという大変おもしろい話がございますけれども。

実は特異句というのを調べておりました時に、『続後拾遺』にそれが四十三％しかないというのはもうガクっと最低なんですね。『続千載』なら四十八％、『新後撰』だと四十九％。『玉葉』『風雅』はそれぞれ六十％です。それで私実際に、理屈はないんですけど作業していておもしろかったのは、五十％のところで私は線が引けるかと思ったんですね。それ以上だとわりに多い、それ以下だと少ないと。そしたらそうじゃなくて、四十九％と四十八％のあいだで線が引けるんです、実際にやってみると。どうしてだかわからないけど。だって、『玉葉』『風雅』に特異句がたくさんあるっていう仮説を立ててやってるわけでしょう、それに沿ってほしいわけですよね。だけどやっていると、あら、たくさんある、どうしよう、どうしよう(笑)。たくさんあったら困るなんて思ってやっていましてね、それで、集計してみると四十九%とかいうことになる。ちっともない、これ、いったいどうなってるの、いったいこれでどこが新しい歌なの、なんて思いながらやっていると四十八%。四十三%なんていったら、まるっきり見れど見れどないっていう感じなんですね。で、すごくおもしろくて、やっぱりあの道平の言った批評が当たっているとも思いましたし、また今度は自分が『続後拾遺』を『国歌大観』で翻刻してみましたらば、だけどこれはこれでちゃんとした集で、さすがに後醍醐が「昔に恥じない集ができた」と言って喜んだというのもまたよくわかりました。

久保田　後醍醐天皇の歌はどうですか。

岩佐　後醍醐天皇の歌はね、あんまり私は感心しません。だけど、それはつまり、持明院統と大覚寺統と意識が違うんだと思います。「昔に恥じない」のをよしとするのと、「古人の糟粕《そうはく》を嘗《な》めるのはいやだ」というのと。

久保田　勅撰集とは全然違うのかもしれないんですけどね、『新編国歌大観』のおしまいの頃の仕事で、もう時代なんか関係なしに皆割り当てられてやったんですね。そこであの頃の歌合《うたあわせ》をいくつか担当しましたんですけど、その時大覚寺統の歌合で未完のものか何かがありましたけど、元亨《げんこう》何年かの石清水《いわしみず》歌合かな(『新編国歌大観』第十巻所収「元亨四年石清水社歌合」)、変な歌が多いんですよね。だから大覚寺統ですよね。どうしてこんな歌詠むのかって……ちょっと具体的に申し上げられないんですけどね。だからやっぱり、ほんとに皇統の分裂というのは歌風の分裂でもあるのかな、ぐらいのことをちょっと考えたことがあるんですけど。ただ、撰集となるとそうは出てこないんですね。

岩佐　撰集は別です、ええ。

南北朝時代の撰集

久保田　歌会や歌合の時にはかなり自由にそれが出てくるんだろうとは思いますね。

岩佐　ええ、それだといろいろな自由な歌ができますけどね。

久保田　南北朝の撰集、どうですかね。さっきもちょっと申し上げましたように、昔「南北朝の和歌」というのを書いた時は、まずやはり政治性が目につくんですよね。これはもう非常に露骨な形で出てくるので、南朝側にしてももちろんそれだけ、北朝側もそうですよね、同じように三種の神器のことをよく歌うし、いわゆる理世撫民体《りせいぶみん》を打ち出してくる。それがまず一つあることと、あと、やっぱり非常に自然詠が細かくなってくる、自然の見方が非常に微視的になってくるという感じはしてきたんですけどね。これなんかは明らかにもう俊成《しゅんぜい》、定家の主張したものから相当逸脱してるんじゃないかっていう気はするんですけどね、その辺どうですか。

浅田　十三代集までなってくると、ほんとに形が、鎌倉初期までのものが非常に形がきちっとしているのに比べると、崩れてきてしまうというところがあって、そういうことと関係があるんだろうと思うんですけれども、ものを見た時の構成力の差みたいなもの。でも、たとえば為家が一日一首ずつ詠んでいくという、あの中なんかにも、やたらに細かい自然への注目みたいなものがありますね。

岩佐　そうです、ええ。

浅田　ああいうところに根はあったのかもしれないという気はしています。

岩佐　そういう、何にも本歌とかそういうもののない自然詠というのは『続後撰』から出てきて、だんだん増えてくるんですね。『続拾遺』になるとずいぶん増えてきます。それが『玉葉』『風雅』の叙景歌を生み出す一つの下地になって。ただ、それはやっぱり自然の見方が、『玉葉』『風雅』はそこに魂がこもっているというか、私の考えに引きつけて言えば、識、唯識《ゆいしき》の問題として、ただ見ただけじゃなくて、何べんも何べんも見たのを心の中で育てて、あるとき詞として匂い出てくるという。それで違ってくるので。だけども、そういうただ細かい自然詠というのはわりあいに歌道家の人よりも身分の高い人、大臣とか、そういうような人に多いんですね。ですから、そういういろいろなことに拘束されない身分の人が心やりに詠むというのが、まあ、力を得てきたと申しますかね。

浅田　そうですね、一首を詠む時の緊張が少しゆるい歌が多い。

岩佐　そう、ゆるいんですね。ですからいくらでもできることはできるんだけど、「ああ、そうですか、ごもっともです」って言ったらおしまいというような歌ね。

久保田　ただね、その写実的っていうのも、京極派の写実と、それから南北朝期の二条派の撰集での写実と、やっぱり違うと思うんですよね。

岩佐　ええ、違います。

久保田　何て言ったらいいのかな……二条派のほうは連歌に近づいているのかなあ。だから連歌との関係というのをもっと考えないといけないなという気もしてるんですけどね。やはり了俊が連歌と和歌の違いについて相当言ってるでしょう、連歌歌だとか何とかね。そういうことをもう少し具体的に考えていかなくちゃいけないんじゃないかなとも思っているんですけどね。前に取り上げた時も気になっていた歌で、

これは『新後拾遺』の後円融院《えんゆう》の歌ですけどね、

夕潮のさすにはつれし影ながら干潟に残る
秋の夜の月

なんて歌があるんですね。なんかこれ見ると、ちょっと能の「松風」の謡《うたい》のようなのを連想しちゃうんですよね。何かそういう文句がありますよね。潮汲みをしていて、あとに溜まり水に月が映っているとか何か……（「忍び車をひく潮の跡に残れる溜まり水、いつまですみははつべき」）。こういう細かい観察というか、でも非常に小さな自然ですね、これはあんまり京極派はやらないんじゃないですか。もっと奥行きがあるでしょう。

岩佐　そうですね、もっと大きいし、動きがあるし、遠近があるしね。

久保田　だからそうなると、これが近世和歌にもあるいは近づいてるんじゃないかな、なんて気がするんですね。それが悪いと言うんじゃないので、これはこれでやっぱり詩の一つの方法でしょうから。ですから、こんなのがだんだん、たぶん勅撰集終焉《しゅうえん》後の歌にかなり多くなってくるんだろうななんて思いながら、またあれだけの膨大なものはとても読めないので、まだそこまでいってないんですけどね。だから、いくつかの視点をもうけながら見ていくことも効果があるのかなっていう気もしないではないんです。

歌の巧拙

久保田　それで連歌との関係ということになると、やっぱり気になるのが二条良基《よしもと》ですよね。どうなんでしょう、この人ほんとに歌が好きだったんでしょうか。やっぱり連歌のほうが好きだったんですかね。でも、『新後拾遺』なんかでは序文を書いてますよね。序文で、自分は『新古今』の（藤原）良経《よしつね》、『続古今』の（藤原）基家《もといえ》になってておこがましいけど書くんだ、なんてことを言って堂々たる序文を書いていて、もちろん歌も『後普光院殿百首《ごふこう》』なんかがあるわけだけど、どうなんでしょうね、あの人は。『近来《きんらい》風体抄《ふうていしょう》』の批評は大変おもしろいと思うんです。その当時の（二条）為定《ためさだ》とか（二条）為重《ためしげ》とか、またたぶん的確なんでしょうね。あれはおもしろいんですけどね、本当に歌が好きだったのかなあ。

浅田　少なくともうまくはないですよね（笑）。

佐々木　でもやっぱり何でも一流じゃないと気がすまない人なんじゃないですかね。

浅田　うん……。彼の歌は数はそんなにないでしょう。

　私は、『玉葉』とか『風雅』がおもしろいと思って和歌の研究に入ったのではないんです。

久保田　どこから入ったんですか、じゃあ。

浅田　私はそもそも『散木集《さんぼく》』なものですから、（源）俊頼なので……。

久保田　いや、いいじゃないですか、俊頼がおもしろいっていうのは。

岩佐　いいですよねえ。俊頼いいですよ。

浅田　韓国から早稲田に留学してこられた方がいらっしゃいまして、進子内親王で修論をお書きになったんです。女性だったんですけれども、彼女が言うには、「京極派というのは大変われわれにはやりやすい。縁語や掛詞の修辞があるのはどうしても外国人からするとなじみにくくて困る。京極派のものというのは、特に四季の歌は風景が叙景されていて、それを味わえばわれわれにもわかる」と。ただ、それは逆に言うと、古典和歌というのはやっぱり本質的には修辞技巧の上に成り立っているというか、平安のほうから下っていきますとどうしてもそういうところの構成感というのが中世になると弱くなってきてしまうので、いつも満たされない思いをする部分があるわけですね。

そういう中で言うと、やはり頓阿《とんあ》というのは突出してうまいと思うんですね。

佐々木 そうそう、私もそう思います。

浅田 頓阿ぐらい構成感がしっかりしていてテクニックが水際立っている人というのは、『新古今』ぐらいまでさかのぼってもそういるものではないというか。そういう意味で、私なんか頓阿の歌を見ると大変救われる思いがしてしまうんです。たとえば『新続古今』の、釈教に長歌があるんでしたか。それなんか、みごとな表現がちりばめられていて『万葉』以後の長歌の最高傑作ではないだろうかと思うくらいです。お経のものですから内容はよくわからないんですけれども、構成とテクニックという点ではすばらしい。私はどうしても人間的興味でものを読んできませんでしたので、歌自体の作りというとどうしてもそういうふうな見方になってしまうんですが。

久保田 頓阿のうまさって、どうなんでしょうね。やっぱり一種職人的うまさじゃないですか。

浅田 職人的うまさですね。職人芸というのは手先が器用だという意味だったらそうではないと思うんですけど。

久保田 まあ、俊頼だって職人的うまさかもしれませんよね。それは異論がありますか。

浅田 いや、天性の職人だろうと思うんですけれども、ただ切り張りをするという意味じゃないですよ。本人が言うような歌作りだとは思いません。

久保田 いや、俊頼はやはりすごくセンスのいい職人だと思いますけどね。頓阿もうまいんだろうな。

岩佐 そういうほうから私はやっていただきたい気がするんですね。私どもの時代は、なにしろ二条派の、ほんとに二条派的な空気の中で育ってきたわけですね。そうするとけっこう歌って詠めるんですよ。自分の気持ちを吐露するような歌は詠めませんけどね、お祝いの歌なんていうのは継ぎ合わせりゃ詠めるんですよね。

久保田　そうでしょうね。いや、自分で作ってないけど（笑）。

岩佐　ええ、ほんとにそうなんですね。自分は作らなくても、父だの祖母だのが作っているのを見てまして。ですからそういうものだと思っていたらば全くそうでない歌を教えていただいたのでびっくりしたのでね。それともう一つには、皇統関係がありましたので戦前からずうっと無視されて、また歌風としても「玉葉風雅の風わろし」というので無視されていたから、その反発もありまして『玉葉』『風雅』がいい、いいということを言ったわけですけれどね。そういうのが一応認められて、定説のようになって来ますと、二条派の歌というのをお若い方はどういうふうにご覧になるんだろうかなと思うんですね。そっちのほうからやっていただきたいし、結局そういう二条派の歌が近世へ繋がってくるわけですから。それに、そういうふうに継ぎ合わせれば何とか歌の格好になって、会話で言ったらば照れくさくて言えないようなことでも、歌だったら言えるし、それができたことが自分の心やりになるという、それこそ〝昔に恥じない〟ものができたという、そういうのも歌の一つの功徳ですしね。ですからそういうのをお若い方はどういうふうにお考えになるのかなと私は思っておりますけど。

注釈と読み方について

久保田　そうですよね。やっぱりだから、十三代集個々の集についても、ほんとに注釈がいると思いますね。まあ、考えないでもないんですけれども、でもまたすでに『新勅撰』も第一分冊が、神作《かんさく》（光一）さんと長谷川哲夫さんのお二人で出ましたし、それから『続後撰』『続古今』がすでにもう木船重昭さんの手でできていますね。それから、総索引は滝沢（貞夫）さんがどんどん作っていらっしゃるし、やっぱり理屈を言う前にまず読まなくちゃいけないだろうと思いますね。それもほんとに拾い読みじゃなくて通して読まなければ、さっき言われたような配列の妙なんていうのは気がつきませんしね。まあ、初めは拾い読みでもいいとは思いますけど、それをどんどん押し広めていかないとね。

岩佐　でも注釈しようと思うと、先生、言うとがないんですよ。『玉葉』なんて困っちゃうんです（笑）、わかりすぎてて。

久保田　いやあ言うこと全くないですか（笑）。

岩佐　だって困っちゃってね。これが本歌であるとか枕詞がどうとかって言えればいいんですけどね、何にもないんです。

久保田　確かに、ほんとに注しようのない歌っていうのもありますよね。

岩佐　ええ。だから結局は証歌《しょうか》、という感じなんですね。なんか聞いたことのあるような、というのがあって、調べて見ると、『続後撰』から『続拾遺』あたりをずいぶん学んでおります。ですから、当時の人にとってみればそれは大変に身近な集だし、それこそ、「おれの歌は採らないでこんなやつの歌採った」とか（笑）、お父さんの歌が何首あるとかないとか、大変な関心事だったと思いますね。そういうような形で、だから本歌取りなんていうのはほんとに決まった歌しか取らない。作るほうにも鑑賞するほうにもそんなにたくさんの歌の知識はないわけですから、そうすると……。

浅田　そういうところに意を尽くさなくても皆で楽しめるようになってしまったというところはありますよね。

岩佐　そう。そして縁語、掛詞で繋ぐからね。だからまるで狂歌みたいになってきたりもしますし。

久保田　確かにだから、ほんとに通して読まなくちゃいけないと思うんですが、一方では、だけど、この人の一番いい歌は何かってことも絶えず考えながら読むことも必要だと思うんですよね。いままでもいくつかそういう秀歌撰みたいな仕事をさせられたことがありましてね、そのつど、だからこれはもう歌人でいくわけですよね。それで、この人から少なくとも一首選ばなくちゃいけないとなると、作者部類で勅撰入《にっ》集《しゅう》歌をパーッと見ていって、「じゃあこれ」なんてやる、そういう読み方は撰集の読み方じゃないとは思うんですけど、しかし一方ではそういう読みも必要じゃないかななんて気もしないでもないんです。

　今日もちょっと宗尊親王のことを話しせざるを得なくなって、さて、宗尊親王の代表歌は何かなと思うと、わからないんですね。これがやっぱり『百人一首』がないつらさで、『新百人一首』を見ましたらね、変哲もない歌なんです。やっぱり『新百人一首』っていうのはよくないですね。

岩佐　あら、宗尊親王の歌いいですよ、先生。これがというのは……。

久保田　ありますか。

岩佐　旅人のともし捨てたる松の火の煙さびしき野路の曙

なんて。

久保田　なるほど。この人の歌は『三十六人大歌合』が十首選んでますね。それから『新三十六人撰』がまた十首ですね。それを見て、それから『新百人一首』も見たんですけど、そうすると『新三十六人撰』なんていうのは、なんでこんな歌を選んだのかっていうような歌がザーッと並んでるんですね。まだ『三十六人大歌合』のほうが少しセンスがいいんじゃないかな、なんて気もしたんですけれども。

いや、自分でも前やったことがあるんですよね。何度か選んで、どんな歌を僕自身が選んだのかなんて思って改めて見たら、何てこともない歌なんですけどね、あんなに歌が多くなると困りますよね、ほんとに。だけど、やはりそういうことを考える時にも、まず膨大な――あの人の場合三千首ぐらいあるんでしょうか。雅有も三千首ぐらいありますね。それはとても見きれないので、そうするとやっぱり勅撰集をまず土台にしてということにもなるわけで。

まあ、いずれにしても、これからほんとに一つ一つもっと、あまり先入見なしで読まなくちゃいけないでしょうね。僕らの世代はある程度図式ができちゃってるから、むしろお若いお二人なんかがとらわれないでそれはなさったらいいんじゃないかなと思うんですけど。

佐々木　いい歌ってやっぱり、われわれが読んでいい歌って大事だと思うんですけど、そういう目で突き詰めていっちゃうと結局ずっとやった挙げ句に、なんだ、やっぱりだめだったじゃないかとか、そういうところに行き着いてしまうんじゃないかという怖さがやはりつきまとうんですね。

久保田　いや、そうでもないんじゃないかな。やっぱり見方が変わってくるんじゃないかな。

佐々木　ですから変えたいなっていう気持ちはもちろんあるんですけど、変えていくためにはどういう切り口が一番有効なのだろうかということで悩んでしまいますね。

久保田　僕はね、全然十三代集とは違うんですけど、必要に迫られて、近世和歌について何か書けって言われてね、苦し紛れに、前からも岩波文庫なんかでぱらぱら見てはいたんだけど、

（香川）景樹《かげき》をまた読み返したら、前よりずっとおもしろいんですよね。景樹っておもしろいなと思ってね。ただ、それはまだ半分ぐらいしか書いてないので、景樹はあまり口にはしてないけれどもけっこう『万葉』を取ってるんだってことしかそこ（「文学」六―三、一九九五・七）では報告しなかったんですけどね。だからやっぱり、読み手が同じ人間だって相当時間がたって読むとまた違ってくることはあると思うんですよ。だから、まあ……やっぱり繰り返し読むほかないんじゃないですかね。

岩佐　そうですね。そしてやっぱり年ですね。そりゃ若い時にいいっていう歌ももちろんありますけど、だんだん人生に潮染みてまいりましていろいろな思いをしてね、そうするとまた、若い時には「何、こんなの、つまんない」なんて思ったのが、「いいなあ」っていうふうになるんですね。

久保田　水みたいな歌がいいっていうことがありますよね。結局酔い覚めの水みたいなもので、それがおいしいということかなあ。

岩佐　だから、そうなってくると二条派的な歌とか、そういうものがかえっていいなと思うようにもなるし。それは年取ってきた証拠なのかもしれませんけどね。やっぱり和歌っていうのはかなり老熟した文学ですから（笑）。

佐々木　『新勅撰』というのも定家にとってやっぱりそういうところがあるわけなんでしょうね。芭蕉なんかでも年取ってくると変わってくるというようなことを言いますけど……。

岩佐　ええ、年取ってくると変わってきますね。さび・しおりがいいと思ってるのに軽みへいっちゃって何だろうと思ってたけれども、年取ってくると、ああ、なるほどいい、と感じたりね。『新勅撰』なんかそうじゃないんですか。すごくいいと思いますけど。

中世和歌研究、今後の抱負

久保田　じゃあ、特に十三代集関係で、十三代集だけじゃなくてもいいんですけど、中世和歌で今後こんなことをやってみたいということを、またお二人から伺いましょうか。それで閉《とじ》めにしましょう。

浅田　一応今私が主に論文を書いているのは歌道家のことなんですね。今までのところで何とか俊成から定家へたどり着いたところなんです。ですから、為家ですよね、まず。為家という人の歌道家としての存在性というのは決して明らかになっていないという気がいたします。為家からの継承争いみたいなことはクローズアップされますけれども、為家という人にとって家って何なのかとか、そういうことは決して明らかではないという気がします。

　そういうところが一つ興味がありますのと、あとは、私みたいなものにとっては鎌倉中期・後期の偽書群ですね。きょうも『後宇多院勅撰口伝』というのを一応持ってきてはあったんですけれども（笑）、そういうような、権威の周りにいろんなものが集まってくる。たとえば、その『後宇多院勅撰口伝』というのは要するに、これは蒲原義明さんがもうおっしゃっていますけれども（蒲原義明「初期応制百首の再検討―宝治・弘長百首を中心として―」和歌文学会例会発表、一九九三・一二）、『愚秘《ぐひ》抄』の版本系の一番後ろが独立したものなんですが、そのもとの時点ですでに勅撰集の口伝、秘事・故実みたいなものがございまして、勅撰集というのは陰陽五行に基づいたこれこれの意味を持つべきだとかいうことを、いい加減なことばかりなんですが、権威づけし始めるというようなところがあります。歌道家というのは勅撰集というものを作り続けなければいけないわけなんで、偽書作者その人はもっと末流でしょうが、そういう立場からどういうふうに勅撰集というものを権威で鎧《よろ》って行ったか、というようなところには興味がありますす。歌自体を読んでいく話とはちょっとずれるんですけれども。

久保田　いや、僕の場合はね、最初に言いました修士論文で為家あたりを中心に考えたのは、歌道家の問題よりはむしろ為家個人の歌に対する関心があったんです。結局それは途中で放り出してまた『新古今』にもどっちゃったもんですから、為家個人についてはもう僕自身はちょっとその辺までいけそうもないですけどね。ただ、せめて十三代集のいくつかの集はもうちょっと丹念に読みたいなと思ってはいるところなんです。

佐々木　私も血っていうのが好きで国文学の研究をやっているところがありまして、親と子という関係みたいなもの、やはりそういうのを見ていく時には一番鎌倉といいますか中世というのがおもしろく思えたので中世和歌の研究を始めたわけです。ほんとにそういう意味で言うと二条家は和歌も含めてですけれども、一番おもしろい素材ではあるわけですよね。そういう、われわれの目から見るとあまりおもしろくないような詠み方でも受け継いでいかなくちゃいけない。で、それをどう自分なりに吸収してまたそれを作ってまた伝えていくのかという、その過程を勅撰集と併せながら見ていければ一番いいんだと思うんですけど、まだ自分ではほんとに外見的な事象にばかりとどまっていて、詞書の内容に対する興味にばかりというか、ほんとにそれではいけないないというふうに思っているところなんですけれども。ですから、歴史的な部分を踏まえつつ、ある中世歌人が人生の中でどういう歌を作っていったかということを見ていきたいなというふうには思っているんです。

それともう一つ。十三代集の伝本研究って決して全部終わっているわけではないですよね。

久保田 いや、終わっちゃいないですよ。

岩佐 大変よ。

佐々木 ええ、大変なことだと思います。個々の伝本研究というのももちろんまだまだやらなくてはならないことがいっぱいありますし、先日も某古書店で、『新千載集』の成立からあまりたたないころの写本なんか出てきたり、そういうものも出てきますし、また兼右本のことで言えば、さっきの八代集じゃないですけど、あれは二十一代集ですけど、かたまりというものを、『源氏物語』の取り合わせ本ではないですけどども、いつ、どう固まったのかと。それをまた、難しいんですけど、それが幾通りぐらいあって、一つの青表紙本だとか、河内本だとかといった系統がいくつぐらいあって、そういうものが近世に引き継がれていってどう正保《しょうほう》版本ができあがったのかというような、そういうところまでほんとは見通さなくちゃいけないんだろうと思うんですけど、なにぶん私だけの力ではどうしようもないなとは思ってるんですけれども。

久保田 それはもうほんとにチームを作ってやらないとだめでしょうね。

浅田 正保版本の形成史みたいなものを作って。

岩佐 そうそう。

久保田 僕はね、これは比較的若い頃買った小本の二十一代集。あれは便利ですよ、それこそ持ち運びに。

佐々木 あの板本の……。

久保田 うん、板本のね、小本で。だから非常に天が空いてるんですね。あれはおそらく書き込めるようにああいうふうに作ったんでしょうね。僕の持っているのはだれも書き入れがないですけどね。あれはそんな高くなかったな。あの本、けっこう気に入っているんです。

　読むといえば、でも、契沖《けいちゅう》のあの執念というのはほんとに驚きますよね。『契沖全集』、久松先生に命じられて、築島（裕）さん、林勉さん、それから池田（利夫）さんと四人でやったわけですけど、池田さんとよく一緒に三手《みて》文庫（京都の上賀茂、賀茂別雷《わけいかずち》神社の文庫）に行きました。そうすると、三手文庫の契沖書き入れの二十一代集というのは、国文学研究資料館に写真があるでしょう。だんだんそれは後ろのほうへいくと書き入れは少なくなるんだけど、でもよく読んでますよね。それで、久松先生のご指示で、『新古今』と『玉葉集』の書き入れだけは『契沖全集』に入れたんです。僕のうっかりミスで間違ってるところもあるんですけどね。別の歌の書き入れみたいに指示しているところがあったりして。だけど、やっぱりああいう一種の根性っていうのかな、確かにおっしゃるように本文研究は大切なので、徹底的に伝本を調べなくちゃいけないけれども、しかし江戸時代の人というのは伝本はもう板本だけで、でもこれで読んでやるんだってんで、それでもうあらゆる資料を突き合わせていくわけですよね。家集にあるかないかということを調べる。で、あると家集ではこういう形、それから何だかんだと。そういうことからなにしろ読むんだという、あの気迫も僕は必要じゃないかと思うんです。だからほんとはね、これも池田さんとよく、「あの書き入れをそのままの形で出せると、それだけでも意味があるんだろうな」なんて言ってはいたんですけど。

　まあ、しかし、今これからやるとなったら、やっぱりわれわれが新たに注をすべきだろうとは思います。でも確かに、先ほどからのお話の八代集とか十三代集、二十一代集というセットの問題もありますよね。これはほんとに調べなくちゃいけないだろうという気がします。

岩佐　ほんとに今、『玉葉』の校異をやっていますとね、そうたくさんの本の対校はできませんからめぼしいところだけいたしましても、奇々怪々で何だかわからない。確かに、少なくとも『玉葉』に関する限り兼右本は大変いい本なんですけれども、たとえば、書陵部の雅親《まさちか》筆本というのもまた大変いい本でございますね。これは明らかに系統が違うけれども、それでいて、この本だけが兼右本と同じだという部分もあるんですね。ですから、どういうふうになっているんだかわからない。ほんとに今おっしゃったように、二十一代集を徹底的に、それは一人でできることじゃありませんけどね。いろいろとやっていただきたいなと今つくづく思っております。一集だけ見たっておもしろいけれども、二十一代集になったら——、二十一代集ってものがもともとあったわけじゃないですからね、寄せ集めてどういうふうにして取り合わせたかっていう、そういうこともぜひやっていただきたいと思います。

久保田　きょうは刺激的なお話をいろいろと有難うございました。ではこの辺で。

（了）

日記・東と西

〈座談者〉
西本晃二
戸倉英美

西本晃二（にしもと　こうじ）
昭和８年、奈良生まれ。昭和31年東京大学卒、38年カナダ・ラヴァル大学で Ph.D. 40〜42年パリ大学博士課程。東京大学教授（イタリア文学）、同文学部長、東京大学名誉教授。著書に、『イタリア文学史』（共著、昭60　東京大学出版会）。訳書に、バルザック『姉妹ベット』（『新集世界の文学６』昭43　中央公論社）、『ヴィーコ自叙伝』（平３　みすず書房）など。

戸倉英美（とくら　ひでみ）
昭和24年生まれ。神奈川県出身。昭和48年東京大学文学部卒業、56年同大学院博士課程退学。東京大学大学院教授。専攻は中国文学。著書に、『詩人たちの時空　漢賦から唐詩へ』（昭63　平凡社）、『中国思想文化事典』（共著　平13　東京大学出版会）、訳書に、『中国幻想小説傑作集』（共訳　平２　白水社）など。

備忘録――視覚型の日本人

久保田　この号は「日記の謎―古代から中世・近世まで」という特集ですが、われわれ国文学、日本文学研究者はどうしても外国のことに疎いものですから、これを機会に、日本の古典だけではなくて、広く東西の日記、および日記的なものについて、いろいろお話し願って、見聞を広めよう（笑）ということを考えたわけです。それでイタリア文学の西本晃二さんと、中国文学の戸倉英美さんにおいでいただきました。

最初にいきなり文学の問題に行くまえに、日常卑近なところから。西本さんは日記はお付けになりますか？

西本　付けたことはありますが、なにしろあまり忍耐がないものですから。

久保田　では、付けたり止めたり。戸倉さんはいかがですか。

戸倉　私も同じようなものです。

久保田　その時の日記はどんなスタイルのものですか。

戸倉　備忘録的にずっと続けているものもありますし、わりあい長めに、思いついたことを書くこともあります。

久保田　ほう、かなり長い文章を書かれますか。

戸倉　長いものは最近は時々書く程度ですね。

久保田　備忘録的なものは今でもずっと付けていらっしゃる？

戸倉　そうですね、ときどきは忘れて抜けますけれど、できるだけ書いています。

久保田　西本さんも備忘録は？

西本　いやいや、そんな、とにかく手帳がありますね。手帳に何をやらなきゃいけないかとか、何をやったかということを書いています。

久保田　では「やらなきゃならない」と「やった」を一緒に書いてしまうのですか。

西本　いえそうじゃなくて、手帳のまえのほうに日付がバーッとありますね。そこに何をやらなきゃならないかを書いておく。

久保田　予定表みたいなものですね。なるほど、そうですか。僕は日記は若い頃はときどき付けていたんですけれど、今は本当に備忘録だけです。予定と備忘録だけで、その点は西本さんと同じです。

戸倉　私もだいたい同じですね。

久保田　ただ僕は手帳を別にするんですよ。予定表の手帳と、それから既定の備忘録用の手帳と別々にしておく。ところがそいつがときどきどこかへまぎれて見えなくなったりして、大騒ぎするんです。地下鉄の中なんかでもちょこちょこ忘れないように書く。仕事の進行表みたいなところもあって、講義もすでにやったことを二度やったりするとみっともないことになるので、どこまでやったかなんてことまで書いてある。仕事のメモなんだけど、ときどき仕事以外のことが入るでしょう。だから人に見せられない。

西本　このあいだ、一か月ばかりヨーロッパへ行ったのですけれど、そうすると何をやったかということを、後で何かになると思って書いてみました。外国に行った時は、お金の出し入れをきちんとしなければいけなかったりしたことがあったもんですから、ただ家計簿みたいなものを付けたことがありますね。戸倉さんは家計簿をお付けになりますか。

戸倉　家計簿というんじゃないですが、家族と共通の支出は付けておいて、後で清算したりすることはあります。自分の支出をあまり細かく書くということはしたことがありません。

西本　僕も戸倉さんのおっしゃったこととほとんど同じようなものです。私のうちの家内もやっぱりどこかの大学で教えておりまして、それで収入が二つあると、どこからどこまでをどうするかという話になりましてね。

久保田 僕も海外出張の経験がありますので、身に覚えがあります。外国に行っていると、本当にお金のことが気になりますからね。どこでいくら何を買ったかなんてことは書きます。

西本 両方の現金を足しまして二で割るわけだけど、とにかくどんどん使っているわけでしょう。それで申告制になって、どこからどこまでが一家の家計を保つために必要で、どこから先は個人の勝手なものなのかということですね（笑）。

久保田 そうなると家計簿は、やはり一種の日記ですかね。

西本 まあそうなるかなあ。

久保田 で、どうなんでしょう。日本人が特に日記をつけるのが好きだなんてことはないんでしょうか。それともどこの国の人もみんな同じでしょうか。

西本 いやぁ、日本人は好きじゃないですか。

久保田 ほう、好きなほうですかね。海外の経験が少ないからあまりわからないんですけど、日本では、年末近くなると、文房具屋だけじゃなく本屋にも、いろんな工夫を凝らした、使途別の日記帳というのがたくさん積んでありますね。日記帳が今もって商品としてあんなに山積みされるところを見ると、相当大勢の日本人がつけているのか、少なくとも元日にはこの一年日記をつけようと決心するのかと思うのですが、こういう現象はどうですか。中国なんかいかがですか。

戸倉 日記帳は中国でも売っているようですね。

久保田 はぁ、それで実際に売れるものですか。

戸倉 どうでしょうね。私がもらったのは、表紙に外国の風景が印刷してあって、ところどころに世界の名言みたいなのも書いてありました。若い人が喜びそうなものですね。

久保田　それはなんて呼ばれているのですか、やっぱり日記と言うのですか。

戸倉　ええ、日記という言葉は普通に使われていると思います。

久保田　ヨーロッパではどうでしょうか。日記帳に類するものありますか。やっぱりダイアリー？

西本　ダイアリーまたはジュルナルとフランス語で言ったりですね。だけどそういうことよりまず先に、日本人が記録魔だということがあるんじゃないでしょうか。

久保田　日本人は特に記録魔ですか。

西本　太平洋戦争中、アメリカの情報将校が言ったとかいう話だけども、日本人はたくさんものを書きつけていて、誰か一人捕虜にして調べると、いろんなことがわかっちゃうということはあると聞きました。

久保田　ということは、アメリカ軍では日記を付けることはあまりしなかったんですね。

戸倉　ドナルド・キーンさんは禁止されていたと書いてますね。キーンさんは日本人捕虜の日記を読んで、重要な情報を引き出すという仕事をずっとしていたんですね。

久保田　それで自分ではつけちゃいけないと。

戸倉　捕虜になった時洩れてはいけないから、米軍では日記はつけちゃいけないということになっていたそうです。

西本　日本人はわりあい視覚型だと思うんですね。それで書いてしまうとなんか安心するので、とにかく書く。それに対して、ヨーロッパの連中は、聴覚型だというところがある。電話番号なんかでも、パッパッと言われても結構憶えてしまうんです。僕はやっぱり書かないとピンとこないんですね。

久保田　僕なんかもう典型的にそうなんです。ずっと同じサイズの手帳を使っているのですけども、これはもう本当の備忘録ですね。二十冊くらいあるのかな。それが初めの若い時のは非常に簡単なんです。ところがだんだん書いておかないと忘れると、強迫観念みたいな(笑)、忘れたっていいようなことばかりだとは思うんだけども、忘れちゃ困るという感じがしてきて、年とともに詳しくなる。何となしによく昔の手帳を見るのですよ。そうすると、ああ、この時こういうことをやっていたっけと思い出して、結構自分にとってはそれが大事なんですね。なるほど、聴覚型と視覚型ね。

西本　ただその視覚型という場合に、日本語の場合は漢字仮名の分ち書きになっていますけど、漢字というものがありますでしょう。漢字は本来的に象形文字ですから、形でいくわけですね。中国の人たちは、もちろん一般の教育の普及度とかいろいろあって、字が書ける人が何パーセントとかいうことがあるんでしょうけれど、ずっと古いところまで見ていってどうなんですか。多いんでしょうか。

戸倉　中国は歴史記録を残そうということにはとても熱心です。ですから皇帝の日常生活の記録、「起居注《ききよちゆう》」というのを昔から専門の史官がつけていました。

久保田　これは皇帝の日記ですね。

戸倉　毎日何をやったかというのをつけておいて、それを季節ごとに整理して、皇帝が死ぬとその一代記の「実録」として残したわけです。これはかなり古くからあって、隋・唐には制度化されて行われていたらしいんですが、個人が自分の日記を書くようになったのは、やはり宋代になってからです。唐までにはそういうものがなかっただろうと考えられているんです。

久保田　それはやっぱり自我の自覚なんてこと

と関係あるんですか。

戸倉　あるかもしれないですね。唐代までは紙が高くて、備忘録的なものには使えなかったということもあるかもしれませんけれど。記録好きという点では視覚型のようにも見えますが、読み書きのできない人が圧倒的に多かったことを思うと何ともいえませんね。そういう人たちが講談や浪曲のようなものを聞く中から、『水滸伝』のような文学が生まれたんですから。

久保田　なんかちょっと視覚型のような感じはしますね、漢字文化圏というのは。そうでもないのかな。

西本　一字一音ですから、日本とまたちょっと違う。

ピープス氏の日記、定家の日記

久保田　そうするとさっきのキーンさんの話ですけれど、キーンさんが「百代《はくたい》の過客《かかく》」で、日本の日記文学、それからその周辺のものを朝日新聞に連載しておられて、本にまとめられましたね（『百代の過客―日記にみる日本人』上・下 一九八四刊　朝日選書）。そこでやはり、これほど日記的なものを愛する民族はあまりいないのじゃないかというようなことを、言っておられたと記憶しています。外国でも非常に克明な日記を書いた人はいることはいるわけですね。

西本　日記が特別なんじゃないのです。日記が文学になるというのが日本の特別なところなんじゃないですか。例えばサミュエル・ピープスという人の。

久保田　ああ、すごくおもしろい日記を残している十七世紀のイギリス人。

西本　この日記はもうぜんぜん他人に見せようと思っているわけじゃないんですよね。暗号で書いているわけです。

久保田　暗号で書いている。おもしろいですね。

西本　暗号で書いたからこそ、自分の思っていることを赤裸々に書けた。それが読まれちゃったから、当人にとっては迷惑なことじゃないでしょうか。こういうタイプの日記は西洋にも、カフカの日記などずいぶんあると思うんですよ。

久保田　最近の日本でも江戸時代のそういう種類の日記、朝日文左衛門とかいう元禄時代の尾張藩の御畳《おたたみ》奉行の日記（『鸚鵡籠中記《おうむろうちゆうき》』）などが話題になっていますが。まあ西欧コンプレックスがあるのか、日本の下役人のいじましい日記よりもピープス氏のほうがスマートでおもしろそうだという気がするんです。

西本　いやいやそれはそんなことはないでしょう。たとえば定家の『明月記』は、どういう目的をもっていたんでしょうか。

久保田　『明月記』になるとピープス氏の日記とまた違う要素があると思うのです。というのはピープス氏は政治家でしょう。だから政治的なことも書いてあるんだろうけれど、主になるのは政治家の書いた家庭内のことなんでしょうね。だけど定家は、彼も貴族だから政治の一端に加わってはいるけれども、やっぱり歌人、詩人でもあるので、当然記事の取捨選択はしているはずです。

西本　自分以外の人に読まれることを想定しているんですか。

久保田　していると思います。だいたい定家に限らず日本の貴族は漢文で日記を書きますよね。それは個人のためではなく、むしろ子孫に残すためらしいんです。やはり貴族としては、宮廷の故事典礼をよく知らなくちゃいけない。宮廷には実に煩瑣《はんさ》な故実がありますから、そういうものをいちいち儀式のたびに、誰が何を着て、どういうふうにふるまったかなんてことをこまごまと書いてあるわけです。ああいうことを書くのはある意味では、そういう知識が子孫に対する財産になるからという気持ちがあったのでしょう。だから定家が『明月記』を書く場合にも、そういう意識は当然あっただろう。だけど定家の場合それだけではない別の要素があって、ときどききわめて文学的な要素が入ってくる。定家は詩のほうはあまりうまくないんですけど、ときどき詩も入ってくる。

戸倉　漢詩ですか。

久保田　ええ、漢詩です。それから歌ももちろん挟まれますよね。普通のことを書いても、定家の場合には、『白氏文集《はくしもんじゅう》』なんかの詩句を適当にアレンジして書いているのです。

　紅旗征戎非㆓吾事㆒

という言葉がいちばん有名ですけれど、それ以外にも白楽天の『新楽府《しんがふ》』やいろんなものを使って書いているんですね。そういうのは他の貴族にはあまり見られないことで、やはり文学者的な気取りがあったと思う。それでいて、巷説はよく書くけれど、自身の女性関係のことなどは全然書きません。だからその文学者的なポーズという点が、――歴史のほうでは公家日記とかその他の漢文日記とかを古記録といいますが、――『明月記』は単なる古記録とはちょっと違うんじゃないかな。

戸倉　平安時代の女性の日記はもう個人生活のことばかり書いていますね。男の人の日記は私生活のことは書かないんですか。

久保田　ええ、ほとんど書かないですね。たとえば、当然一夫多妻ですから、奥さんが何人かいたはずです。まあ定家は奥さんは一人でしたが、でも愛人はいたかもしれないですけれど、そういうことは書かない。ただ例外があって、これはまた相当有名な日記ですけれど、藤原頼《より》長《なが》の『台記《たいき》』。これは五味文彦さんの御専門なのですけど、『台記』は異色の日記で、悪左府《あくさふ》頼長はホモなんですね。そのホモの相手と会って歓楽を尽くした、なんてことも書いている。ちょっとルードウィヒを主人公にした映画の「神々の黄昏」の一シーン、あれに近いような姿がうかがえる。そういう点、中国の日記はどうなんでしょう。

戸倉 中国ではそういうことは書かないでしょう。

久保田 宋以後の日記は、やっぱりもっとおとなしい？

戸倉 中国では、日記は歴史記録の一部と考えられているのです。

久保田 やっぱり歴史としてね。

戸倉 伝統的な図書の分類法でも、日記は「史部」といって歴史や地理の本を集めた中に入っています。その中でも、日記はだいたい三か所に分散していて、一つは伝記類の自序の属、といってもこれは自叙伝のようなものではなくて『明月記』のように、今日は朝廷でどんなことがあったとか、友人の誰が遊びにきたとか、備忘録的なものがほとんどです。二つ目は、地理類の遊記の属というところに旅行記があります。

久保田 ああ、旅日記ですね。

戸倉 もう一つは、戦乱の記録の中に日記体で書かれたものがありますが、どれをみても中国の日記は、あまりあからさまに個人のことは書きません。旅行記は少し早く唐代からあるんですが、風景を見て感想を述べることはあっても、同じ旅行で書いた詩と比べるとやはり自分の感慨は詩のほうでたっぷり書く。旅行記は記録を正確に残すという興味のほうが強かったように思います。

久保田 なるほど、感想などは詩のほうに全部譲ってしまう。

西本 女の方が書かれるということはないんで

すか。

戸倉　中国では女性の文学者が本当に少ないのです。南宋に李清照《りせいしょう》といって、詩とは違う形式の「詞」という叙情詩を作った詩人がいますけど、女流でまとまった作品を残しているのは、この人くらいなんですね。この人には「金石録《きんせきろく》後序」といって夫の書いた金石文の研究書にあとがきをつけたものがあるんですが、夫と二人で古文書を集めて、楽しく勉強した、古文書を使ってゲームをすると私のほうが記憶力がよかったというようなことが書いてあります。中国では普通の夫婦生活を書いたものは少ないですから、短いけれどおもしろい文章です。でも淡々としていて、平安の女流日記とはかなり趣が違いますね。

西本　その女性は日記は書いていたんですか。

戸倉　書いていたかもしれませんが残っていません。中国では日記は個人全集の中に入れないことが多いんです。まずいことが書いてありますと、何代も後になって九族《きゅうぞく》を滅されるようなことにもなりますから。家族なり門人なりが全集を編む時に、日記はあまり入れないんですね。

西本　ただ残っていないだけで、書いてなかったということではないわけですね。

戸倉　そうです。王安石《おうあんせき》などは大量の日記を書いていたことがわかっていますが、残っていません。でも明《みん》代・清《しん》代と時代がくだると、たくさんの日記が残るようになります。

久保田　ではそれを作品とするような意識はないのですか。

戸倉　旅行記の場合は、作品と意識されて生前から出版されています。

久保田　平凡社の「中国古典文学大系」の『記録文学集』にあるようなものが日本の日記にやや近いものですか。

戸倉　そこにあるのも時間の流れを追うのでな

く、断片的にいろいろ書いてありますね。随筆に近いようなものが多いです。中国で日記文学といえるようなものは旅行記と、あとは王朝が交代する時の混乱期の記録。その記録の中にとてもいいものがあります。

久保田　じつにショッキングな記述が多いですね。ルポルタージュ、戦争記録と言っていいですか。

戸倉　ええ、ルポルタージュ文学ですね。

戦乱の記録

久保田　『記録文学集』に収められているのは、『甲行日注《こうこうじっちゅう》』それから『揚州十日記《ようしゅうじゅうじっき》』『思痛記《しつうき》』などですが、『思痛記』は明清の戦乱の時のではなくて太平天国の時の記録ですね。

戸倉　ええ。筆者が太平天国軍の捕虜になって、二十九か月後に脱出するまでを書いています。明清の交代期のものでは、もう一つ『嘉定《かてい》屠城《とじょう》紀略《きりゃく》』というものが他に翻訳されています。

久保田　そうですか。こういうものに匹敵するのは、日本だと軍記物語になるんでしょうね。ただ軍記物語は一人の視点で書いてないから、こういうのは日本だと……。

西本　ヨーロッパだとまた、渡辺一夫先生がお訳しになった『乱世の日記』という、一つは一四〇〇年代の、『（フランソワ一世治下の）パリの一市民の日記』という名前で。

久保田　これは有名な日記なんですね。日記として古いほうですか。

西本　実際はもっと前にもあるんでしょうけれど、残っているものとしてはいちばん古いのでしょうね。

　この『パリの一市民の日記』は百年戦争の終わりの頃のものですが、ブルゴーニュとアルマニャックという二つの家の対立の話で、ちょっと源平と似ています。

血族結婚をずっとしていたものですから、フランスのシャルル六世の頭が少しおかしくなってしまった。それで判断力がないものですから、どちらの家が王を擁するかともめているところへ、イギリス軍が乗り込んできた。イギリスはもともとフランスから出たものですから、フランス王の臣下なわけです。その勢力が強くなって入ってきてフランス王を兼ねるかどうかというので、あっちへ行ったりこっちへ行ったりで市民はひどい目にあう。インフレでパンはもうものすごい値段になって食べられなくなるとか、当時の社会経済の話も出てきて、そういう話がずうっとあるわけです。

久保田　その市民はどのくらいの階層なんですか。

西本　中の上くらいです。

久保田　中の上で、貴族じゃなくて市民なんですね。

西本　ええ、これは貴族じゃない。

久保田　そこが日本と違いますね。日本はそういう意味の市民が育っていないから、ものを書けるとしたら貴族、たとえ下っ端でも貴族の端くれですよね。

西本　でもたとえば、堺とかの都市国家が出てくる安土桃山時代ぐらいまでいけば、市民でものを書ける人が出てくるのではないですか。

久保田　『神谷宗湛《かみやそうたん》日記』など、茶人の日記はありますが……。この『一市民の日記』は、十五世紀初頭ですね。

西本　ええ、一四〇九から一四四九年ですね。

久保田　さきほどの明から清への王朝交代期の記録を書いている人たちは、どうでしょうか。

戸倉　下層の読書人といわれています。

久保田　知識人ではあるんですね。

戸倉　代々学問をして、科挙の試験を受けて、官僚になっていこうという人たちですね。

久保田　そうすると日本でいうと貴族の末端みたいなものですかね。

戸倉　しかし生活程度はずっと貧しいでしょうね。

西本　やっぱり科挙という制度があるから、日本やヨーロッパみたいな封建貴族という感じではないですよね。

戸倉　そうですね。

久保田　日本でも文章道の人なんかは家柄は低いですから、それに近いのでしょうかね。

西本　ああそうも言えますね。紅巾《こうきん》の乱の頃には、そういう記録はないのですか。

戸倉　どの時代にももちろんあったと思いますが、新しい王朝は自分たちに都合のわるいものは残さないですから。明から清への混乱期のものは、清末になって出てきたのです。

久保田　よく残ったものですね。

戸倉　清末になって清朝に反対しようという動きが起こった時に、こうしたものをまとめて出版したわけです。

久保田　それまでは写本として隠匿されていたのでしょうか。

戸倉　もちろんそうです。清王朝はそんなものの許しませんから。

西本　そうすると、『国性爺合戦《こくせんやかっせん》』の流れということになるんですかね（笑）。

久保田　日本はそのときは言ってみれば国性爺の時代で、われわれは王朝交代の内戦などに疎くて、たいへんだったろうなとは思うけれどもあまりピンとこない。けれどもこういうのを見ると戦の場での兵士たちのすさまじい行為が記されているんですね、それはなにも征服者側だけでなくて、官軍がまた同じことをやる。一般庶民は両方からやられるんですね。

戸倉　そうですね。

西本　『パリの一市民の日記』だってそうです

よ。イギリス側についたほうと反対側のほうとの両方が、もうひどいことやるわけです。だからほんとに迷惑したという話です（笑）。

久保田　日本にはそういう個人の記録がないんですけれど、ただ軍記物語の元になっているものにそういうものがあったんだろうと、僕は思うんです。これは想像だけで言うのじゃなくて、たとえば保元の乱はごく短い内乱でパッと終わってしまうんですけれども、源《みなもとの》雅頼《まさより》が奉行して軍の行動をいちいち記録した日記があったということを『愚管抄《ぐかんしょう》』で言っています。ですからそういうものが材料になって、ああいう軍記物語が出来てくるんだろうと思うんですけれど、ただその場合は被害者じゃなくて、戦闘している一方の側に属する観戦者の立場で記録していたのだと思います。

『パリの一市民の日記』を書いた市民は被害者でしょう。

西本　まあ被害者でもあるけれど、ある意味では傍観者というか、距離がないと書けないでしょうね。

久保田　『揚州十日記』にしても『思痛記』にしてももう完全に被害者のですね。

西本　そうでしょうね。

戸倉　『揚州十日記』では「城を洗う」といって毎日ものすごい大量虐殺が行われます。筆者は八十万人が殺されたと書いていて、それは少し多すぎるという説もあるんですが、とにかくすごい。その中で一日一日どうやって生き延びたかが書かれているわけです。こういう記録をちゃんと残すというのはやはり中国の伝統だと思います。

久保田　その伝統は今でもずうっと続いているんでしょうか。

戸倉　そうでしょうね。

久保田　そうすると、その後も中国ではいろいろあったから、そういう時の記録も残っているでしょうね。

戸倉　やはり書かれてはいるでしょう。文化大革命の時の日記で『揚州十日記』などに匹敵するようなものが出てきたら、おもしろいと思います。

久保田　『パリの一市民の日記』は、どういう形で伝わったんですか。やっぱり写本ですか。

西本　まずしばらくは写本ですね。

戸倉　いつごろ発見されたんですか。

西本　かなり後、十九世紀ぐらいになってです。もちろんどこかの図書館みたいな場所、アルシーヴというんですけど、そこに入っていたのを見つけ出して、それを刊行したんです。

久保田　羊皮紙かなんかに書いてあるんですか。

西本　もうあの頃になると少しずつ紙が出てくるんです。

久保田　これはもう、資料としての価値が高いのでしょう。

西本　当時のことを伝えるものがほんとに少ないですから、これがないと当時のことがわからなくてどうしようもないということがあるでしょうね。ただ見方としては、実際の政治的な資料としては全部見通しているわけじゃないですから不備ですね。もちろん庶民的な立場としての資料としてはいいのですが。

久保田　それはそうですね。見えるところしか書いてないわけですね。

西本　たしか十九世紀に入ってから、何版というんでしょうか、印刷本が出たんです。

回想録『浮生六記』

久保田　そういうほとんど無名に近い人の日記もですけれど、文学者や哲学者の日記ということでアミエルの日記とかゴンクール兄弟の日記など、どういうものなのでしょうか。
西本 作家の個人的なものでしょうね。
久保田 純然たる作家の日記ですか。
西本 そうです。
戸倉 備忘録的な性格だけではなくて、自分の考えたこと、感じたことも、かなり詳しく書いているんですか。
西本 はい。誰がやってきたとか、どこでどういうことがあったとか、かなり詳しく書いてます。
戸倉 ピープス氏のように私生活のこともかなり書いているんですか。
西本 書いてないことはないですね(笑)。でもそんなに立ち入ったことは書かずに、むしろ今日は誰がきて、どういう話をしたとか、社交みたいなことが多い。
戸倉 それがヨーロッパの作家の日記の一般的なスタイルといっていいんでしょうか。
西本 日記とはいいながら自己宣伝みたいなところがあって、日記というよりもメモワールというんでしょうけれど、覚え書きとかですね。そうして……。
久保田 回想録。
西本 ええ、回想録という形をとって書いてしまうんですね。ですから、今たまたま手許にあるのはボードレールの『赤裸《せきら》の心』ですが、これは赤裸といったって、誰かに読ませることを考えて書いている、文学的な文章です。毎日毎日のこと細かな記述で、永井荷風の『断腸亭日乗《だんちょうていにちじょう》』に似ていますね。
　中国でそういうものが出てくるのはいつからなのですか。
戸倉 自己宣伝みたいな日記が出てくるのは、やはり清末になって西欧文化の影響があってからでしょうね。
久保田 それらの日記は、どのくらい自己を客観化できているんですか。

西本　それは難しい問題で、つねにある程度の割引をしながら読まなきゃいけないというのは常識にはなっていますけれどね。

久保田　定家で言えば、定家の書いていることはやはりある程度割引しなきゃいけないんじゃないかと思います。『明月記』によると、しょっちゅう病気をしていますし、愚痴ばかりこぼして貧乏だ貧乏だって言っているんだけれども、八十歳まで生きていますし、かなり晩年に子どもが生まれるぐらい元気がある。

どのくらいこういうもので本音を言うんですかね。ルソーの『告白』なんてどうなんでしょうか。

西本　あれはルソー自体がちょっと被害妄想のところがあって、もちろんかなり性格破綻《はたん》者であったことはたしかですから、その点で客観的に見たら、全部がルソーの書いているとおりだったということではなく、むしろルソーという人間の、なんと言うんでしょうか、精神分析の材料にさえなるような作品でしょう。

久保田　日記は一応形式としては毎日一回、日付を入れていくというものですが、それに対して回想録・自伝みたいなものがあります。よくわからないんだけれど、書名で見ると、回想録の類はヨーロッパには相当多いんじゃないでしょうか。

西本　多いでしょうね。

久保田　中国の『浮生六記《ふせいろっき》』なんかは回想録に近いんでしょうか。

戸倉　沈復《しんふく》の『浮生六記』はとてもおもしろい作品です。夫婦の日常生活を書いている点でも珍しいし構成もちょっと変わっていて、回想記ですが時間の流れを追ってはいないんです。

久保田　もとは全部で六章だったそうですが、実際残っているのはいくつまでですか。

戸倉　四章までです。最初は子どもの頃奥さんと知り合って恋心を抱いたことから新婚時代の楽しい話。二章は貧しいながらも奥さんと二人いろいろな工夫をして風流に暮らしたこと。その次は筆者の家は普通の読書人と同じで大家族なのですが、家庭内のいろんなストレスが重なって、奥さんが病気になって死んでしまうこと。四章は幕客《ばっきゃく》という仕事をしながら中国各地を歩きまわったことを書いています。違うテーマをあつかっているようで、全体としては亡き奥さんを哀惜する内容です。

久保田　章が、付かず離れずの形で並べられているわけですね。

戸倉　中国ではやきもち焼きの奥さんがいて大変だという小説はたくさんあるのですが（笑）、夫婦が仲睦まじく、というのを書いているのは少なくて、さっきあげた「金石録後序」とこれくらいです。

久保田　これにフィクションの部分はないのですか。

戸倉　あるかもしれません。でも奥さんを思う気持ちは真実だと思いますよ。他にあまり手本になるものがないですから。

久保田　それにしても非常に理想的な奥さんですよね（笑）。旦那のほうも理想的に書きたいのが心理だろうとは思いますけれど。

戸倉　こういう女性は中国文学には案外少ないんですよ。こんなに情が深くて才気煥発《さいきかんぱつ》でというのは、妻としては期待されるものではないですから。

久保田　でもここでちょっとわかりにくいのは、この奥さんが夫に妾《めかけ》を持つことをすすめていることですが、これは当時の社会としてはあたりまえのことなんですね。

戸倉　ええ、そうです。それが良妻の条件みたいなところがありますから。

久保田 やきもちを焼かないで、ある年齢になるとふつうに若い妾をすすめる。

戸倉 読書人なら妾がいるのがふつうですから。この奥さんは嫉妬《しっと》するどころか、自分のよい友達になれるような人を探してがんばるんですね。これはちょっとやりすぎですが、だいたいこの奥さんは、模範的な奥さんになろうとして気を使いすぎるところがあるのです。

久保田 その気を使い過ぎるのが原因になって、亡くなってしまうんですね。

戸倉 そうです。しかしいくら気を使っても、こういう女性は夫の両親に信用されない。たびたび家から追い出されるということがあって、病気になってしまうのです。旦那さんは男としては生活力がないですし、とても理想的とはいえません。科挙を受けて出世するわけではないですし、幕客という役人の私設秘書のようなことをして一生とても不安定な生活をするのです。だけどそういうことにコンプレックスもなにもなくて、奥さんと愛し合って風流な暮らしをしたことを肯定して書いている。こういう価値観をうち出しているところがおもしろいと思います。

日記体小説、日記文学、書簡体

西本 ヨーロッパの場合、もう一つ、日記という体裁をとったフィクションがあるんです。

久保田 ええ、日記体の文学があるようですね。ミルボーの『小間使いの日記』なんて、すぐあまり品のよくないものを思い出しちゃうんだけど（笑）。

西本 それもありますし、それからド・クインシーの書いた……。

久保田 ああ、『アヘン常用者の告白』ですね。

西本 ええ。ノンフィクションなんて言うけれど、まったくそうでもないですね。

久保田　あれはフィクションですか。

西本　ええ、そうでしょう。ド・クインシーにまったくアヘンを吸煙した体験がないとは言いませんけれど、やはりそれを使ってかなり文学的なことを言おうとしていると見えるのですよ。

戸倉　日記がたくさん書かれるという状況があってから、日記体の文学が生まれてきたのでしょうか。

西本　そうだと思います。

久保田　ド・クインシーの『アヘン常用者の告白』は、何年ぐらいに書かれたのですか。

西本　十九世紀の初めぐらいじゃないか。もうちょっと後かもしれない。

久保田　ミルボーのほうは、一九〇〇年だそうです。日記と名がつくものにはツルゲーネフの『猟人日記』とか魯迅の『狂人日記』とかいろいろありますね。

西本　魯迅の場合はどうなんですか。

戸倉　魯迅の『狂人日記』は日付はないのですが、友人の弟が書いた日記を発表するという形で書いたものです。民国の初め頃のもので、以後は日記体の小説はたくさん書かれます。

久保田　日記体の小説は、日本文学でも新しいのじゃないでしょうか。ヨーロッパでもあんまり古いところでは気がつかないのですけれど、近代だと志賀直哉の『クローディアスの日記』とか、谷崎の『鍵』とかいろいろあるけれど、昔はあったのかな。

西本　そう言われるとあまりないかもしれませんね。

久保田　さっきの回想録のことですが、日本人は日記をつけているわりには、あまり回想録を残さないように思うんです。ところがヨーロッパでは今でも、よく政治家が引退すると、回想録を出しますよね。

西本　ええ、チャーチルの『大戦回顧録』とかね。
久保田　あれはやはり伝統なのでしょうか。
西本　残すべきだという考え方があるんじゃないでしょうかね。
久保田　それで、日本の日記と日記文学の関係を考えると、平安時代のいわゆる日記文学は、形のうえでも日付を追っているのはあまりないし、どちらかというと回想録に近い。だから古くは日本の女流によって、回想録は相当書かれていたように思うのですが、もっとも典型的なのはやっぱり『蜻蛉日記』でしょう。
西本　だいたい『土佐日記』からして女性の形をとっているわけですから、そういう考え方なのでしょうね。だけど、男性が書いた回想録はないのですか。
久保田　男性の回想録、日記文学となると平安時代にはこれがないんですよね。鎌倉時代になると、『源家長《いえなが》日記』というのが後鳥羽院の時代の回想録といえば言えます。
戸倉　自叙伝というのがあるのではないですか。
久保田　ええ。桑原武夫さんがルソーの『告白』の解説でちょっと触れておられて、新井白石《はくせき》の『折《おり》たく柴《しば》の記』がそれに近いぐらいだと言っておられるのですけど、男性の場合はたしかにそうかなという気もしてくる。
戸倉　女性の場合も、ルソーの『告白』みたいに自分をまるごと探求しようという性格がつよくはないのじゃないでしょうか。
久保田　『蜻蛉日記』が相当赤裸々に自分の精神形成から半生の苦悩の日々を書いていると思うんですけれど。やっぱりこれは夫との関係が軸ですから、ちょっとルソーの『告白』とは違うでしょうね。『蜻蛉日記』に内容的に比較的近いのは、中世の『とはずがたり』だと思うのですけれど、これももっとも私的なことに終始しています。

西本　それは女性が書いたということと関りがあるんでしょうか。

久保田　ええ、そうでしょうね。

西本　男性は公的な立場で書き、女性はわりあい私的な内面ですね。

久保田　そうなると、公的なことをやっていた人間が引退して、今まで自分の全生涯を振り返って書いたものといえば、やはり新井白石まではないということになってしまうのかな。

戸倉　西洋では女性の日記と男性の日記には違いがありますか？

西本　僕は寡聞《かぶん》にして知らないのですが、やっぱり女性の日記は残っていないのですかね。書いていたかもしれませんけれど、あんまりないのです。近頃になってくると、シモーヌ・ド・ボーヴォワールとかあるのですが、あれも男性と拮抗して出てきたような人ですからね。

久保田　書簡は多いんでしょう。

西本　ええ。マダム・ド・セヴィニエの手紙とかありますね。

戸倉　それは平安朝の日記文学のようなものでしょうか。

西本　非常に繊細で、たとえばどこかを歩いていて、さんざしの花が出ているとか、春になってきて森を歩いていて、緑といってもそれはすばらしく微妙に色合いの違いがある、というようなことを、だあーっと書いている。

久保田　それは手紙でですか。

西本　ええ、娘に対しての手紙です。公開を考えて書いたのか、それとも非常に独自的な物なのか。そこのところがまた問題なのですが。ただマダム・ド・セヴィニエの手紙は、名文ということで後世ではもうたいへんな文学作品になっている。

男の場合だと、古くはキケロの書簡、ルネッサンスではエラスムスの手紙が有名だけれど、こうなると、もう大文章家・有名人だから、手紙がくると、宛名人以外の人にも回覧し写しをとって読むんですよ。印刷術なんてのがまだ普及していない頃だから。書くほうもそれを知っているから、半ば公開状的な性格をもっちゃうことになります。

久保田　中国はどうですか、書簡では。

戸倉　さきほどの女性の手紙のような繊細な感性の表現はむしろ随筆に多いでしょうね。

久保田　そういうのは日本でも随筆でしょうね。日本では書簡があまり発達しないみたいですね。長い手紙、とくに往復書簡みたいなものは。

西本　さっきの日記と日記文学の関係と同じことなのですが、ヨーロッパの場合は書簡だけではなくて書簡体の文学が出てきますからね。典型的なものとしてコデルロス・ド・ラクロの『危険な関係』は書簡体です。

久保田　日本だと、書簡体が出てくるのは近世でしょうか。有名なのは仮名草子の『恨《うらみ》の介《すけ》』『薄雪物語』でしょう。それから西鶴《さいかく》の『万《よろず》の文《ふみ》反古《ほうぐ》』など典型的なものは近世まで時代が下りますね。それまであまり書簡体がないということは、どういうことなんでしょうか。歌を詠んで贈答するとそれで事足りてしまうからなのか。歌の往返はしばしばあります。中国でも詩の往返は当然あるでしょう。男女の間でもあるのですか。

戸倉　男女の間ではあまりないですね。

久保田　男同士ですか。

戸倉　そうです。男性の友人同士のやりとりはとても多いです。

西本　日本の相聞《そうもん》にあたるようなものは中国にはないんですか。

久保田　あ、そうか、女性はあまり詩を作らないということですね。作れないというより作らないのでしょうか。

戸倉　教養ある家庭の女性は作れたでしょうが、夫婦の間でやりとりした詩はまず残っていませんね。夫以外の男性とではとても許されないですし。中国の女性は地位が低くて不自由なんですよ。ただ文人と妓女《ぎじょ》の間では、一種の遊びで詩の贈答が行われていて、明代になると妓女の詩を集めた詩集なんていうのが出版されています。でもこうしたものを含めても、女流の文学人口は日本に比べて圧倒的に少ないです。

久保田　『浮生六記』にありますね、奥さんが子どもの時に白楽天の『琵琶行《びわこう》』を勉強して、それから詩が作れるようになったという話が。

戸倉　だいたい、女性は正式に勉強する機会がないですし、弟や兄が勉強しているのをそばで聞いていて、詩が作れるようになった、という程度ですから。

久保田　紫式部みたいですね。

西本　そうやって考えると、日本の場合は仮名が出来たということが、もう大変なことなんですね。

仮名と漢字、女性と男性

久保田　仮名と漢字の問題ですけれど、これはやはり大変な問題だと思います。たしかに日本では、日記を書くとしたら、男性は漢文日記を書き、女性は仮名日記なのです。だから紀貫之は、『土佐日記』を書く時に

　男もすなる日記といふものを、女もしてみむとて、するなり

と女性を装って書いている。

西本　女性のふりをしているわけですね。

久保田　いったい記録という面で、漢文と仮名とどちらが正確にこと細かくいろんなことを書

き残せるか、ちょっと僕はこの頃疑問になってきたんです。仮名は感情のひだの非常に細やかな表現はできるけれど、漢文はもともと中国からの借物なんだからできないと、常識的にはそういいますよね。だけどそれだけなのかしら。

西本　逆に言うと、はっきりしているからこそ、史実を述べる場合には漢文のほうがいいわけでしょう。

久保田　平安貴族の場合は、男性は漢字を習っていたから漢文を書けるのは当然として、女性の場合はそれを正式に習う機会がなかったから書けない、という事情も確かにあるでしょう。だけど、それでは男性は思いのたけを書けないという不自由な思いをしながら漢文を書いていたかというと、そうじゃないのではないか。もちろんこれは変体漢文ですから、中国の人は読めないような変な漢文ですけれど、ともかくそれでも相当思いのまま書いていると思うんですよ。

西本　でもやはり多少は違うところがあるんじゃないですか。ルネッサンスの時にラテン語が復活しますが、イタリアの場合、もう十二世紀の終わりと言ってもいいわけですが、十三世紀すでに文学としての俗語、イタリア語の文学が出来てきます。ところがそれが十四世紀に入って人文主義が起こった時にラテン語が復活してしまって、立派なものはラテン語で書くんだという意識になってしまった。しかしその一方で、水脈としては俗語のイタリア語の文学がずうっと続いていたのです。

その両方を比べてみると、やはり絶対的に俗語で書いた文学のほうが、生活感情やいろんなものを的確に表現しているわけですね。漢文にも同じことが言えるのではと思うのですが、どうなのかしら。

久保田　漢文で書いてあると、訓《よ》みが決まっていなくて多様な訓みが可能だから、われわれ現代人が訓む時にも、ひとりひとり訓み方が違うということはいえる。ふつうだいたいここはこう返って訓む、ということはわかっていても、そこでどういうふうに助詞・助動詞を補って訓むかによって、個人で相当訓読も違ってくるはずです。だけど言おうとしていることの核心は漢文によってきちんと押さえられるのじゃないかしら。

それに対して、慈円が『愚管抄』で、「この頃はもうみんなの学力が低下して、学者でも坊主でも昔ほど勉強しないので漢文を読解できなくなっているから、ここではわかりやすいように仮名で書くのだ」と言っていまして、それで『愚管抄』は仮名文なんです。ところがいま見ると、『愚管抄』の仮名文はじつにわかりにくいんです(笑)。

『愚管抄』と同じ事柄を漢文で書いた史書がありますけれど、そのほうがずっとわかりやすいんですね。そうなると日本人における漢文の意味は、ヨーロッパにおけるラテン語と、同じなのか違うのか。ぼくはちょっと違うんじゃないか、やはり昔の日本人はもっと漢文を使いこなしていたんじゃないかという気もしますけれど、どうなんでしょうね。

西本　頼山陽《らいさんよう》の『日本外史』はどうなんですか。

久保田　本格的な中国の文章と比べると変でしょうが、日本人にとっては達意の漢文じゃないですか。「中国古典文学大系」の解説か何かでどなたか言っておられたと思うんですけれど、こういう記録を書く時にも、文体がいろいろあるらしいですね。

戸倉　そうですね。

久保田　それで、一種の美文意識で書いているものもあるのでしょう。

戸倉　美文調のものや口語に近いものなどあり

ますけれど、いずれにしても文語体です。白話《はくわ》という話し言葉の文体で書かれたものはこの中にはないと思います。

久保田　文語と白話は文章体と口語体ぐらいの違いですか。

戸倉　日本語の感覚からするともう少し違うかもしれません。白話小説は、宋代からだんだん起こってきて、『三国志演義』や『水滸伝』は、みんな白話の小説です。白話小説は明代になって文学の中心になりますが、日記はみんな文言で書いてあるのです。

西本　日記は口語で書かれたんじゃないんですか。

戸倉　ええ、口語で書かれるようになるのは文学革命以後でしょう。

西本　伝統の力のほうがずうっと強いんですね。

戸倉　日記は事実を記録するものですから、文言のほうが簡潔で書きやすかったのではないでしょうか。

久保田　また『明月記』に戻りますが、『明月記』は基本的には漢文で書かれているのですが、たまに仮名文で書いているところがあるんです。いま残っているかぎりでは、それは壮年の時に二、三箇所ありますが、永続きはしないでじきに漢文に戻る。そして晩年に定家は出家するのですが、出家後の二、三日はまた仮名文で書いている。髪を剃ったので「かしらさむくて」なんて仮名で書いてあるんです（笑）。でもすぐ漢文に戻ってしまうんです。やはり書く時には漢文のほうが書きやすかったんじゃないかと思わせるものがあるんですね。

西本　だけど「かしらさむくて」なんて漢文で書いちゃいけないというか（笑）、そういう意識はあったのじゃないですか。

久保田　あったのですかね。

戸倉　平安の女流作家たちの、自分の心持ちを書いている作品を見ると、漢文ではなかなか書けませんよね。

久保田　書けないでしょうね。

戸倉　内容からしてもやはりそうですが、言葉の面で、日本語の語彙がとても豊富だということがありますね。

久保田　一つにはそれがあります。形容詞がたくさんありますから、あの形容詞を漢語では置き換えにくいんでしょうね。それからテニヲハの微妙な使い方があるから、漢文は向いてないと思います。だからそういう非常に細かいニュアンスは、仮名でなくてはと思うのですが、ただ事実を書いて正確に伝えるのは漢文のほうがいいでしょうね。

戸倉　中国の事実を伝える伝統が、多少役に立っているのかもしれませんね。

西本　デカルトの『方法序説』は十七世紀の半ばちょっと前に出るのですが、フランス語だけでなく全ヨーロッパの各国の言葉で書かれた最初の哲学書だと言われています。十二、三世紀からもうすでに、フランスではフランス語、スペインではスペイン語が出来はじめた時でも、哲学書や神学書だけはラテン語でずうっと書かれていたのですが、デカルトになって初めて哲学書がフランス語で書かれたという状況ですから、非常に抽象的なことをきちっと言おうとする場合、やっぱり伝統も昔からあって、ラテン語のほうが言いやすかったんですね。

久保田　それはそうでしょうね。日本でも、近世の思想家が初歩的なことを書く時には漢文か、まあ漢文でないまでも和漢混交体みたいなもののほうがいいんでしょうね。

文体というのはたいへんな問題でしょうね。

戸倉　特集でとりあげるもののリストの中で『白石日記』『松蔭《まつかげ》日記』『馬琴《ばきん》日記』などはみん

な漢文なんでしょうか。

久保田　いや、『馬琴日記』はもう和文ですね。『白石日記』も漢文表記ではありません。ただ和文といっても相当固い文章ですが……。

戸倉　漢文訓読調みたいな？

久保田　まあ一種の漢文訓読調でしょうかね。白石や馬琴は教養からいってもそうだと思います。『松蔭日記』(正親町《おおぎまち》町子)はかなりこなれた和文といっていいでしょう。

西本　この特集で取り上げる中で、漢文のものは『明月記』と、それから……。

久保田　前のほうから見ると『入唐《にっとう》求《ぐ》法《ほう》巡礼《じゅんれい》行《こう》記《き》』、それから『小右記《しょうゆうき》』は和臭が強いですけれど、漢文日記ですね。『明月記』『看聞御記《かんもんぎょき》』もそうです。

特集の中に「『看聞日記』は文学か」という項目がありますが、こういう主として貴族、なかには僧侶もいますが、そういう人たちが書いた漢文体の日記が文学か文学でないかが、日本の古典文学研究では大問題なんです。外国の場合はどうでしょう、文学として認めるんでしょうか。さっきのピープスさんなんかは別として、相当いろんなものがあるでしょう。

西本　ええ。だけどそれが文学か否かというのは、読者がいいと思えば文学作品になったり、後世の人が勝手に決めてしまうわけでしょう。記録者当人がどう思っていたかという問題のほかに、ということですね。

久保田　ジイドとかゲーテなんていう人たちは？

西本　彼らははじめからそのつもりで書いてますから。それから、ヨーロッパで書簡体の小説ができる一つの原因としては、伝統的に対話という形式があるからだと思うのです。

戸倉　それは、ギリシャからずうっとあるものでしょう。

西本　ええ、そうなんです。

久保田　対話は、面と向かっていると対話になるとしますと、それは距離があろうとなかろうと同じなんですか。

西本　作家が対話を想定して書くのです。

戸倉　対話の相手は架空の人物でもかまわないわけですよね。

西本　ええ。プラトンの対話篇やキケロの『友情論』なんかもみんなそうですから、その伝統がずうっと残っているんですね。それで対話をするという想定で書く。たとえばガリレオの……。

戸倉　『天文対話』。

西本　あれも対話です。自分の主張を二つ三つの人間にわりふって、立体的に編成しようという考え方があるのでしょう。

久保田　対話は、中国ではどうなんでしょうか。

戸倉　対話体はないことはないですが、たとえば漢の『子虚《しきょ》の賦《ふ》』という作品では三人の架空の人物が議論することになっています。しかし三人の主張に食い違いがないので、対話させたことの意味があまりはっきりしないのです。いま西本さんがおっしゃった対話文学みたいなものは、中国ではちょっと思いつかないですね。

久保田　日本でもあることはあって、仏教書での空海の著述『三教指帰《さんごうしいき》』などが早いほうでしょうけれど、それ以後は、たとえば『大鏡』の導入部は一応架空の対話の形をとっていますし、それから後もたとえば鴨長明の『無名抄《むみょうしょう》』などの歌論書で「問うて曰く」「答へて曰く」という形はあることはあるけれど、長大な対話の往返にまでは発展しないんです。

西本　対話という点では、「論語」はどうなのですか。

戸倉　あれは先生のおっしゃったことを祖述したものですから、一方的ですね。ときどき弟子が質問してそれに対して先生が答えたというのはありますけれど、違う意見をぶつかりあわせるというものではないですね。

西本　たとえばよくいわれている、百家争鳴の頃ではどうですか。

戸倉　『荘子』には多少ありますけれど、その後の文学の中では思いつきません。

久保田　日本の対話も問う側と答える側になってしまって、お互いに打々発止《ちょうちょうはっし》とやるところまではいかない。でもヨーロッパはそうじゃないのですね。

西本　『パリの一市民の日記』と同じ頃に『四人罵詈讒謗論《ばりざんぼう》』というのがあるのですが、これはアラン・シャルチエという人が書いていて、農民と市民と騎士と、そしてあと一人、フランスを象徴する貴女の四人が、どうしてフランスがこんなことになったのか、責任を相手になすりつけながら延々と論じる長い話なんです。そういう形式というのはヨーロッパの場合伝統的にずうっとあります。

戸倉　今のお話で思い出したんですが、陶淵明に「形影神《けいえいしん》」という詩があります。肉体と精神と影の三者が、人間はどう生きるべきかを議論するというもので、これなどは対話文学といえるかもしれません。

久保田　それは進んでいますね（笑）。

戸倉　陶淵明は自分の中のいろんな部分に、それぞれ人格を与えてドラマを演じさせるというようなことをする人です。不思議な人ですね。

久保田　日本の歌でも、心と体を別々に考えていて、自分の心は意のままにならない、まあ別の心といってもいいのでしょうが、そういう乖離《かいり》を歌うことはあっても、散文ではなかなかつづられないですね。

西本　いまおっしゃった陶淵明の詩に似ているものでは、ペトラルカの『秘めたる心の責めぎあい』というのがあります。ペトラルカとそれからアウグスティヌスという、ペトラルカが非常に尊敬していた四世紀頃の聖人ですけれど、その二人が出てきます。ペトラルカが現世的なことにとらわれているのを、アウグスティヌスが「おまえはいったい何をやっているのか」と難詰する。そうするとペトラルカが「もうしばらくするとキリスト教の信仰に返るからなんとか待ってくれ」と懇請する。つまりペトラルカが自分を裁く人としてアウグスティヌスを立て、一方で自分を立てているわけです。そうして二人でやりあっているのが、ラテン語で書かれているのですが、それが心理的な深みにまで達している作品になっています。

久保田　ラテン語は、結局いつ頃まで使われるのですか。

西本　ヨーロッパでは伝統的に人文主義がありましたから、やはり十六世紀ぐらいまではラテン語を使っています。だから僕が学生のころ高津春繁先生がエラスムスの『痴愚神礼讃《ちぐしんらいさん》』をとり上げた授業でつくづくと述懐されていましたけれど、「ラテン語をこういうふうに書くようにすればよかった」と言われるんです。

　エラスムスの『痴愚神礼讃』も一種の対話の形ですね。エラスムスのラテン語は、キケロやヴェルギリウスのラテン語に比べると、ずいぶん当時のヨーロッパの現代語に近い形になってきています。エラスムスはオランダの人ですから、通用範囲の狭い母国語オランダ語よりラテン語を自分の生活感情にあった柔らかい道具にしたのです。ヨーロッパは国がたくさんあったことが問題だったと思うのですが、その頃の人文主義の学者たちがコミュニケーションをするには……。

久保田　共通語ですね。

西本　ええ、共通語がラテン語だったのです。

オランダ語ができる人はあまりいなかったけれど、ラテン語は誰でもできましたから。ところが一方では、紀元一世紀前後から四世紀のラテン文学の黄金時代のラテン語で書くべきだという考え方も非常に強くて、それでキケロのような文体も出てくるのです。

久保田　そうすると、ラテン語もいろいろあるということでしょうか。

戸倉　エラスムスの流れはとだえてしまって、ラテン語は改革されなかったのですか。

西本　ええ、とだえてしまうのです。ラテン語よりもむしろフランス語、ドイツ語が使われるようになっていく。

戸倉　そちらのほうに行ってしまうのですね。中国では地方によって言葉の違いが大きいので、文言文は読書人が意思を疎通するための共通語で、さきほど西本さんがおっしゃったラテン語と同じ性質をもっています。

西本　まあそうなのでしょうね。

久保田　やはり書きやすいということが第一なのでしょう。文言文は相当古いのですか。

戸倉　もちろん古いのです。『論語』や『荘子』は話し言葉に近いとしても、文章語にするための工夫が加えられていて、これがすでに文言の始まりです。

久保田　白話と文言文が違うのは語法ではなくて単語でしょう？

戸倉　語彙もそうですけれど、語法も違います。ですから白話文を漢文訓読で読もうとすると、なかなかうまくいかないんですね。

久保田　そうですか。

西本　ヨーロッパは大陸でいろんな言葉がありますが、中国のほうが西ヨーロッパよりもっと広い大陸で、中国の場合は中国語ひとつではあるけれども、もちろん地域で違いますね。そういうところでは共通語が重要になりますから、ラテン語も文言文もそれだと思うんです。それに対して日本の場合は狭い国です。そこで中国で白話にあたるような仮名文が、生活感情にぴったりしている女性の文章に配当されて、男性の漢文と二つに分かれたところが、文学的な日記、それも論理的思考より情緒性のかった、「女性的」というと叱られるかな、そういう日記の生産性を非常に高めたということじゃないでしょうか。

久保田　うーん、そうですね。日本では昔は地域による言葉の違いはあまり問題にならないですね。まあ日記が書かれるのが都中心だからということもありますけれど。

紀行と詩、歌日記

久保田　日記の中で旅日記、紀行の類はまた相当な量を占めます。われわれが整理する時にはよく「日記・紀行」というようにナカグロを入れて括ってしまうのですけれども、実は紀行も日記のうちに入りますね。

西本　たとえば間宮林蔵の『東韃《とうだつ》地方《ちほう》紀行《きこう》』ですとか、あの手のものはヨーロッパでは、大航海時代に盛んに外へ行きましたからたくさんある。これは完全に事実だけを次々述べていくもので、ある種の……。

久保田　記録的なものですね。

西本　ええ、そうです。感慨がまったく入っていないというわけではないけれども。僕が訳したジャック・カルチエのカナダ航海記『航海の記録』もやはり事実を述べるものです。それに対して日本の紀行文にあたるようなものもないことはない。

久保田　ゲーテの『イタリア紀行』もそうですね。

西本　だから紀行文にも文学的なものと記録的なものの二通りがあるのではないですか。日本の場合は文学的な紀行文のほうが非常に大きくなっていきますね。

久保田　ええ、文学的なものの比重が大きいという気がします。

西本　日本は狭い国だからあまり行くところがなくて、探検するほどのことはなかったからでしょうか（笑）。

戸倉　それは中国でもそうですね。両方ありますけれど、文学的なほうが……。

久保田　多いのですか？

戸倉　いえ、少ないのです。事実の記録のほうが圧倒的に多いです。

西本　そうでしょう。やはり風土と関係があるのだという気がしないでもない。

久保田　その事実を中心とした紀行はどんな人が書いているのですか。

戸倉　それもやはり読書人です。皇帝の命令で辺境へ行ったような時に書くのです。中国の特徴は、その時同時に詩を書いていても、記録とは別々にしていることなんです。日本の旅日記は、歌と日記が一緒になっていますね。

久保田　ええ、だいたいそうです。

戸倉　中国ではそれをしないのです。日記は日記、詩は詩、まったく別のものという意識です。范成大《はんせいだい》という南宋の大詩人がいますけれど、その人の旅行記に有名なものが三つあって、そのなかの一つに『呉船録《ごせんろく》』があります。それが日本で出版された時に、彼の編年詩集の中からその旅の詩だけを抜き出して日本で出しているのです。『呉船録』とは一緒にしていないのですが、そこだけ抜き出して出版するのはやはり日本の旅日記の感覚じゃないかなと思いますね。

久保田　それは、詩は詩で完成品だから、ということでしょうか。

戸倉　詩も旅行記も両方完成品なのでしょう。『呉船録』や陸游《りくゆう》の『入蜀記《にゆうしよくき》』は名文の誉れが高く、後世に大きな影響を与えたといわれています。

久保田　たとえば松尾芭蕉が『おくのほそ道』を時間をかけて仕上げたのとはずいぶん違いますね。草稿は別にあるのでしょうが、完全に句と文章が渾然《こんぜん》一体となっているでしょう。それで、その全体を見てくれということだと思うのだけれど。

西本　日本には『伊勢物語』の伝統があるからでしょう（笑）。

久保田　そうかもしれませんね。女房日記の源流は個人の家集だろうという考え方もあるらしいのです。つまり、こういう所へ行ってこういう歌を詠んだという、その折々の歌を編む。

西本　歌の前にちょっと付ける詞書ですね。

久保田　日付はないから日記じゃなくて日記文学ですけれど、繋げていけば出来てしまうんです。まあ実際はどうかわかりませんけれど、そう説明するとしやすいものがかなりあることは確かです。

西本　中国の場合にも多少ありますでしょう、詩の前にちょっと付けるのは。

戸倉　ええ、序文のあるものがありますね。

西本　それはそんなに長大にはならないのですか。

戸倉　詩に序文を付けるのは唐代ではあまりなくて、宋になると、むしろ日記みたいに、何月何日に誰とどこどこへ行ったとか盛んに書くようになるのです。

久保田　いわば詩日記ですね。

戸倉　でも詩より何倍も長くなることはないし、一つの詩に一つの序文という関係です。文が詩と詩を繋ぐ形にはなりません。

西本　僕は吉川幸次郎先生の訳しか読んだことがないけれど、『水滸伝』などには「ここで一句」というのがあるでしょう（笑）。まあ『水滸伝』

なんか口演だからでしょうけれど、話がずうっときて、「ここで一句」といって詩を詠んで、そしてまた話がきて、という形になりますね。

戸倉　それはおそらく語りものの時の、浪曲みたいに音楽に合わせて歌ったというのが小説にも残っているのじゃないですか。文人が詩を作るのとはちょっと違いますね。

西本　日本の歌物語はどうですか。

久保田　歌物語は、歌が中心で、それにだんだん物語がくっついていくのです。そのうちに地のほうが長くなってしまって、歌が添えものみたいになっているのもある。『大和《やまと》物語』にもそんな章段がある。本来は歌が核になって物語が出来ていくというふうに説明されます。歌日記をつけている人もいます。室町時代の三条西実《さんじょうにしさね》隆《たか》のもの（『再昌草《さいしょうそう》』）は一応家集には違いないのですけれども、日付があってこの日にこう詠んだという形の家集ですから、ほとんど歌日記といっていいですね。

戸倉　それは歌の説明はあまりついていないのですか。

久保田　地の文は短いです。短いのですけれど、こまめに書いてある。いつ誰が来て、どんな状況で歌を詠んだというようなことをですね。

西本　それに比べるとやっぱり大伴家持の「悽《せい》惆《ちゅう》の意、歌に非ずしては撥《はら》ひ難《がた》きのみ」（『万葉集』巻第十九）なんていうのは、かなり文学的なコメントになってますね。

久保田　実隆のはある意味では惰性で詠んでいくような歌だから、家持のほうが、そうですね。

戸倉　毎日必ず詠むのですか。

久保田　ええ、毎日必ず詠んだという人もいるんです。定家の息子の為家《ためいえ》は、ある歳から一日一首ということをやっていたらしい。この人はもう子どもの頃はちっとも詠まなくて、蹴鞠《けまり》に夢中になって親を嘆かせたものだから、ある時思うところあってやりだした。

西本　親の命令なんじゃないですか。

久保田　まあ歌の家を継がなくてはという自覚から、自己に課題を課したのでしょうね。

おすすめの日記

久保田　どうでしょう、この辺で日記及び回想録、自伝の類も含めて、ぜひこれは読んでおいたほうがいいという、つまりご推奨の日記ないし回想録、メモワールなどいくつか、それぞれの御専門のほうで結構ですから挙げていただけませんか。

西本　フランス文学関係で、サン・シモンの日記『メモワール』は光っています。日本語で「回想録」ですね。ルイ十四世の宮廷の有様を書いている。彼は大貴族で、まあ公爵かなんかですが、ルイ十四世が中央集権を達成していく過程で、志を得なかった。

久保田　プルーストがすごく感心したというあれですね。そうすると『失われた時を求めて』にも影響しているんでしょうか。

西本　ええ、そうだと思いますね。人物の描き方は非常に簡明で、しかし裏側を見ちゃうようなすごいところがある。プルーストの作品も心理分析ですからね。フランス人は心理小説が大好きですから、そういうところがあって好かれてるんじゃないでしょうか。

久保田　その前後ですか、レス（RETZ）枢機《すうき》卿《きょう》の回想はいかがですか。

西本　ええ、カルディナル・ド・レスの『回想録』も有名です。おもしろいことはおもしろいです。だけど書き出しのところで、自分が生まれたその日に、ボルドーだったかどこだったか、自分の両親の所領の近くに大きな川があるんですけれど、チョウザメが獲れたというんですね。自分が生まれた時は知ってるはずないのですけれど（笑）。そういうことを後になって回想録に書いちゃうんです。

久保田　三島由紀夫みたいですね。

西本　自己主張が強いんですね。だから魅力的なんです。フロンドの乱というのがあるんですが、サン・シモンが没落してしまった乱です。レスは枢機卿にまでなった人ですが、その時に貴族側に組して、そのあとは不遇だった。それで引っ込んで不満たらたら書いたものですけれど。

久保田　回想録はそれとして、日記はどうですか。

西本　日記はまあ、期せずして時代と重ね合わせるといろいろ見えてくるという、そういう類のものですね。

久保田　やはり歴史を知ってないといけないですね。日記を読んで、そして歴史に戻って、歴史との間を往還するという。

西本　レストワールという人がいます。フランソワ一世からアンリ二世の宗教戦争の時代に政治家だった人です。日記が二巻出ていまして、これも時代と重ね合わせると初めておもしろ味が出てくるんであって、それ自体としてはそんなにおもしろいものではない。ボードレールの日記『赤裸の心』やピープスの『秘めたる日記』のほうがいいと思います。

久保田　戸倉さん、中国ではいかがですか。おもしろいということだけじゃなくても、洋の東西は問わず文学に関心のある人は読んだほうがいいというものを挙げていただければ。

戸倉　中国にはピープス氏の日記のように、自分をさらけ出した文章はあまりないですね。そのかわり冷徹な事実の記録という点で本領を発揮しているのが『揚州十日記』や『嘉定《かてい》屠城紀《とじょうき》略《りゃく》』です。これは記録文学の最高峰といってよいでしょう。自伝文学では『浮生六記』とその少し前に書かれた『紅楼夢《こうろうむ》』を挙げたいと思います。『紅楼夢』は自分の半生を材料にしていますが、長編のフィクションです。しかし書くことで自分を探す、自分の生涯に意味を与えるということでは、自伝文学といってよいものだと思います。見つけ出した意味というのも『浮生六記』と似ていて、女性は男性よりもずっと優れた存在だとして、男性社会の醜さを批判しているのです。作者は男性ですけれど、白話の文体で女性の心理が細やかに描かれている点では、これが平安の女流文学にいちばん近いかもしれません。

久保田　旅行記で挙げるとすれば『呉船録』ですか。

戸倉　『呉船録』と陸游の『入蜀記』でしょうね。

久保田　それはどこに旅行しているのですか。

戸倉　『呉船録』は四川省から三峡を下るところぐらいまでが主で、『入蜀記』は揚子江の下流から溯《さかのぼ》って三峡を通ったところぐらいまでです。

久保田　中国の中でも、一種の日本でいう歌枕みたいな文学名所が相当出来ていたのでしょうね。

戸倉　そうですね。中国にもあります。

久保田　見ぬところに憧れて一遍行ってみたいということで行ってはみたが、ちょっと……という感覚ですね（笑）。

戸倉　宋代の旅行記を見ますと、作者は観察すること自体を楽しんでいるんです。ルソーの自叙伝の中に植物を観察するように自分のことを観察すると書いてありますが、それと同じようなことを、自分以外のものを対象にやっている。植物にしろ、自然現象にしろ土地の風俗にしろいろんなことを観察して、こと細かに書く、そのこと自体が楽しいことなんです。一方自分の胸の内は、詩や詞という韻文で書いている。これはもしかしたら、人間の心というのは、本来合理的客観的な観察には適さないと考えていたかもしれないんですね。ヨーロッパとどちらが人間理解が深いかおもしろいところだと思います。

久保田 さっきおっしゃったような伝統があるとすると、李白や杜甫、白楽天なんかも、あるいは日記を書いていたかもしれないですね。

戸倉 そうかもしれないですが、唐の日記は記録にないのです。宋代では日記そのものは残っていなくとも、その人が書いたということがあちこち見えていますけど。

久保田 本当に詩だけ作って、日記は書かなかったかもしれない。わからないですね。日本の場合、単なる日記というよりも日本文学という見方をしてしまうんです。去年、木村正中《まさのり》さんの編で『論集日記文学』(一九九一刊 笠間書院)という本が出まして、そこでとりあげているのは『土佐日記』『蜻蛉日記』『和泉式部日記』『紫式部日記』『更級日記』『讃岐典侍《さぬきのすけ》日記』『十六夜《いざよい》日記』、それから『伊勢集』なんです。『土佐日記』と『十六夜日記』はどちらかというと、紀行的な日記ですね。『伊勢集』は歌集ですけれど、初めのほうに伊勢日記などと呼ばれる日記風の部分があります。こう見ていると、この本でとりあげているもののほとんどが平安の日記文学ということになります。どれがいいかというと、それぞれ贔屓《ひいき》筋があるから大変でしょうね。

西本 『蜻蛉日記』がおもしろいんじゃないですか。

久保田 やはり『蜻蛉日記』ですかね。

西本 いやいや、あれだけ個性が出ているんですから当然ですよ。

久保田 『蜻蛉日記』は女性の研究者が相当多いんです。『蜻蛉日記』が一番で、この頃は『とはずがたり』も人気の作品になってきました。それに比べて極端に人気のないのが『十六夜日記』でして、これも少しは復活してきましたが。戸倉さん、女性としてはどうお考えですか。

戸倉　男の方は『蜻蛉日記』が少々こわいのではないですか。

久保田　男の見方と女の見方とずいぶん違うみたいです。男のほうから言わせると、あの作者はなんでこんなにぜいたくなことを言ってるんだろう、兼家《かねいえ》は夫としてなかなか立派なものじゃないか、となる（笑）。

戸倉　そう思われますか（笑）。

久保田　僕がこの中で一つ挙げるとすると、やはり『蜻蛉日記』でしょうか。量からいっても質からいっても、やはり『蜻蛉』という気がします。中世で『とはずがたり』になると、人によって相当評価は分かれます。おもしろいという人もいるんですけれど、あんなに文章が粗いのはしょうがないという人もいて、むずかしい。

今日はいろいろ、それこそ洋の東西にわたって日記文学についてお話を聞かせていただきまして有難うございました。

（了）

文学史と文学研究史

〈対談者〉鈴木一雄

鈴木一雄（すずき　かずお）

大正11年、東京都生まれ。昭和21年東京文理科大学卒。国文学者。とくに平安時代物語文学・日記文学が専門。元十文字学園女子大学長。NHK ラジオ「古典講読」で、「源氏物語」「和泉式部日記」などを担当。著書に、『全講和泉式部日記』（昭40　至文堂）、『堤中納言物語序説』（昭55　桜楓社）、『新編日本古典文学全集　夜の寝覚』（平８　小学館）、『新潮日本古典集成　狭衣物語』上下（昭60、61　新潮社）など。平成14年逝去。

鈴木一雄

永遠の課題「文学史は可能であるか」

鈴木　「文学史と文学研究史」というタイトルですが、「文学史」と「文学研究史」との両面にわたって、古代、中世にわたってそれについていろいろな問題点があるだろうから、それについて現在の状況をいろいろと話し合え、ということでしょうか。あまり難しく考えると、手に負えませんので、「文学史をめぐって」ぐらいのタイトルに置き換えて、話し合いたいと思います。

正直な話、私は、この「文学史と文学研究史」という題目を間違えて考えていました。「文学史」というものは、「文学研究史」とは違うのだ。「文学研究史」を論述しただけで「文学史」が構築できたなどと思ってはいけない。真正な「文学史」にとって文学研究はいかに血肉化されているか、そういう点を論じろ、と言われていると思っていました。細分化されているそれぞれの専門の研究をいかに総合すべきかという大問題なのでは……と。つまり「文学史」と「文学研究史」との間にある「と」の字を重く見ると、たいへん大きい問題を抱えてしまいますので、元来一個の文献学的注釈学的な人間である私などは、まったくおそれ入って手も足も出ないと思います。「文学史」やら「文学研究史」やらをめぐって話し合うというだけなら、まだしも気持ちが楽なのですが。

私は、理論的な面に弱いせいか、従来の文学史的な把握の常識を打ち破るところに研究がある、基礎的な研究を進めることによって、それがどんなに部分的であり微視的であっても、新しい文学史の道をひらく、そんな風に考えているだけなのです。

久保田　私も「文学史とは何か」とか、「文学史はいかにあるべきか」ということを開き直って聞かれますと、非常に弱るほうでして、思い起こすと、大学生になって間もなく、私どものところでは教養課程二年と後期二年に分かれていましたが、教養課程の二年目に二単位の「国文学概論」というのが必修でした。その時の試験問題は、故金子武雄先生が出されたのですが、「文学史は可能であるか」というので、これは「文学史の記述は可能だろうか」という意味だったと思いましたが、自分で何を書いたか全然覚えていません。非常にとまどった問題だったんですが、少したってから、これは当時の国文学界でそういうことが議論されていたんだなということぐらいは気がついたのですが、私がこの試験問題にとまどったのは昭和二十九年だったと思います。当時おそらく日本文学協会あたりで「文学史は可能であるか」という討議なども試みていたのだろうと思います。それで一つの方向が出てきたのかどうか、私もその辺は不勉強で知らないのですが、しかし、やはりこれは今でも問題で、だから、常に「文学史の叙述は可能であろうか」というような発問というのはなされているのではないか。そして、これからずっとそれは、いわば永遠の課題として、常に文学研究者の前に立ちはだかっている問題ではないかという気はしていますので、そうなると、これはしょっちゅう考えていなくてはいけない問題であるけれど、また、こうあるべきだというふうにズバリと答えを出さなくてもいいのかなとも居直っているんですが、この辺、いかがでしょうか。

鈴木　私もだいたい似たようなことを考えています。文学史が可能であるとしても、絶えず新しいものを作っていかなければいけないということでしょう。常に新しく書き換えなければいけないということは、結局、真正の文学史というものは、常に築いては崩され、崩してはまた築かれるという作業の連続で定着するということではないわけです。常に書き直されるところに文学史の本質があるということでしょうね。そうすると、基礎研究を進めて、その進めたところから新しく書き換えて行く。これは果てのない作業になりますね。

久保田　そうでしょうね。やや具体的には、過去の日本文学史とか、国文学史とか称するものが、特に教科書的なものはそうだと思いますけれど、作品の解題の寄せ集めであったり、作家の略伝の寄せ集めであったりしたような傾向は確かにあると思います。それが文学史ではないんだということはすぐわかりますが、では、それをどう叙述して行ったらいいのか。そうなると非常に困るわけで、私も少々年をくってきますと、文学史の一駒を書かされたり、またまとめ役なんかにされたりするわけですが、依然として文学史の叙述の仕方はわからないのです。

大学でも国文学史とか、日本文学史という時間をしばしば持たされるわけですが、その時、自分でやっているのは、やはり、あれじゃいけないと言っているような作品解題や、作家の評伝の羅列みたいになりがちなんです。そこで、絶えず、ある意味では、自己嫌悪に陥っているわけです。

先生は文学史の講義をどのような形でなさるんですか。

鈴木　文学史の講義は現在ではやっておりません。やらないで、逃げているかたちですが、ただ、もしやるとすれば、一つ一つの作品の、その時代の文学の流れの中での定位を把握したいといった考え方で話をするほかないだろうと思います。文学史という大きい課題からみれば、その中の一粒一粒の小さな問題になってしまいますが。また、それが、実は私の日頃やっている勉強そのものなので、よいわるいでなく、自分の研究を生かし進めつつとなると、どうしても小さい部分を論じることになってしまいます。

久保田　それはやはり文学史の叙述をめざしての営みではあるわけですね。

鈴木　ですから、その一粒一粒を次第に増して「点」から「線」に引き直して、せめて「物語文学史」とか、「日記の展開」とかという形で、ある程度のまとまりを求めて講義していくことしかできません。

久保田　それですと、私も少し安心するんですが、ある大学でこともあろうに、私に「平安文学史」をやれと毎年命じるので困ってしまうんです。では中世文学史ならばいいかというと、実は中世でも困るんですが、ただそういうことを言われるので、私はそれを聞いてくれる学生には本当に迷惑至極だと思いますが、これは自分自身が平安文学をやる機会であるというふうにあえて考えて、それでも平安時代の文学を比較的上から一応時代を追って話しています。ある年は『古今集』とその少し後とか、ある年は寛弘期とか、そんなことで、実際にはもっぱら『古今集』の世界というのはどんなものなのか、『源氏物語』というのはどういう物語なのかということをしゃべるだけで精一杯で、だから、それが私の平安文学史への挑戦だというふうに学生がとってくれればそれで良いと思っているんです。こういうのはだめですか。

鈴木　久保田さんに平安文学史をやって頂くというのは、たいへん素晴らしいと思います。逆に僕に中世文学史をやれと言われてもできません。久保田さんは昔から平安文学に詳しかったし、中世から見直すこともおできになるし……。

久保田　文学史の一つの方法として、吉田精一先生が昔『倒叙《とうじょ》日本文学史』というのを書かれましたが、あの「倒叙」という方法はどうなんだろうかということも、この頃考えているんですが、今度の特集（「文学史と文学研究史」）を見ると、たとえば、「万葉集から古今集へ」となどというのがありますが、これを引っくり返して「古今集から万葉集へ」という視点があってもいいのではないか、そうなると「後期物語から源氏物語へ」とか、「源氏物語から竹取物語」とか、そういう視点があってもいいのではないか。

鈴木　なるほど。これは確かに視点としておもしろいですね。とっさに私などにはどう書くという構想は立ちませんが、ある意味では、いつも考えていることのようでもあります。平安後期の物語などを読んでいると、どうしても『源氏物語』との関係が問題になります。『夜の寝覚《ねざめ》』なら『夜の寝覚』と、『源氏物語』の間をいつも行きつ戻りつしています。『狭衣物語』も同じこと、『堤中納言物語』の諸篇のような短篇でもやはり、いつも巨大な『源氏物語』と行きつ戻りつです。行きつ戻りつしないとどちらもわからない。

久保田　何かそんな気がするんです。それであえて素人の不満を申しますと、古代前期の研究者は、中国と日本とか、古代朝鮮と日本というようなことはすぐ考えられると思いますし、神話ということになると、もっと世界的な規模で、比較神話学のようなところには非常に関心が向いておられると思いますが、『万葉集』のほうからやはりすぐ後の『古今集』への見通しのようなものをもっと立ててくれてもいいような気がしますが、これはいかがでしょうか。

鈴木　賛成ですね。『万葉集』と『古今和歌集』との間は、優れた研究もありますが、まだまだ繋がってはいませんね。

久保田　繋がっていないですね。

『狭衣物語』の作者をめぐって
――文学史研究を通じて

久保田　これは後の文学研究史のほうの問題にもちょっと踏み込むわけですが、たとえば、契沖《けいちゅう》の『古今余材抄』なんかが優れているということは、彼は『万葉代匠記《だいしょうき》』を書いたからなんでしょうけれども、『古今集』を読みながら『万葉集』を視野に入れているわけです。『古今集』の一つの歌を解釈するのに、それはもう博引旁証《はくいんぼうしょう》で、『万葉集』の類歌を幾つも挙げる、それから今度は『古今集』のその歌の影響下にある後代の作品を列挙するというので、あるいは、確かにあまり整理されていないのかとも思いますが、非常に広い視野の下に収めて、それで一つ一つを丹念に読んでいくという、こういう態度が今は欠けているのではないか。これは研究の細分化とともに仕方のない面もあるとは思いますが……。

鈴木　現在では専門が細かくなっていますからね。確かに昔の研究家はまことに視野が広かったと思います。私などは古代後期に迷い込んで、どうにも抜けられません。影響関係という面からでもぜひ、前後の時代にも踏み込みたいのですが、なかなか果せません。研究がどの時代、どの分野もたいへん深くなって、覗き見るとなんだか恐ろしいようで、口を出すことができない面もあります。また、それで済んでいるという悪い面もありましてね。前の人はあまり後を見ない。

久保田　そうなんです。先の人は後を見ないで済ませようとすれば済むんです。

鈴木　平安朝の人は必死になって『万葉集』からの道筋を探ろうと思うし、中世の方は平安朝、王朝との繋がりを捉えようとするから、前のほうには自然に目が向きますね。だから、倒叙の発想というのは非常に大事であることはわかる。『万葉集』の人も『古今集』の身になってやっていくという逆転の考え方が新しい視点を生み出しそうに思えますね。

久保田　ですから、前代の人が後代の文学について発言しても、それがやはり後代のほうの意識とは当然違ってくるわけです。それは違っていいと思いますが、そこで何かお互いに相手の研究成果というものに無関心なままに発言しているということがあるような気がします。これは先生の一番のご専門のところで、私はただ一読者に過ぎないわけなんですけれども、さきほど申しましたヘンテコな講義をやらされている関係で、ついこの間までは少し『狭衣物語』を読んでいたんですが、これは結局、半年『狭衣物語』の話をしただけで、文学史になっていないひどい文学史なんですが、まず『狭衣物語』の作者は誰か、その成立はいつ頃かということをしゃべりました。そこで禖子内親王家宣旨《ばいしないしんのうけせんじ》、六条斎院宣旨《ろくじょうさいいんせんじ》作者説というのが出て参るわけですが、この人を作者であると割り出す一つの材料として、『調度歌合《ちょうどうたあわせ》』という作品でのある記述が問題になっているようですね。まず藤原定家の『僻案抄《へきあんしょう》』で、「をがたまの木」に関連しての叙述（「狭衣といふ物語に、谷深くたつをだまきは我なれや思ふ思ひの朽ちてやみぬる　此物語、禖子内親王前斎院宣旨のつくりたりときこゆ。……」と見える）があるわけですが、明治時代には『僻案抄』も偽書《ぎしょ》ではないかと疑われていたようですが、今ではこれは定家の著述であることは確定しています。もう一方の『調度歌合』の記載というのが問題になるわけで、そうすると、まずその『調度歌合』はいつ出来たのか、誰が作ったのかということになります。それによって資料としての信憑《しんぴょう》度も違ってくるわけですから……。私は本当に不勉強だったのですが、『狭衣物語』研究のほうでは随分昔から、この『調度歌合』の九番右の「裏無し」の歌、「楫を絶え鼻緒切れぬと知らせばや船さし寄する浦なしにして」（『狭衣物語』巻一の終り近くで飛鳥井姫が詠んだ、「楫を絶え命も絶ゆと知らせばや涙の海に沈む舟人」の歌のもじり）という狂歌に対して「右は禖子内親王の家の宣旨作り出したる物語のしりを思ひよそへられたるさま、さもに優に聞え侍り……」などという判詞《はんし》があるわけですが、これを問題にしてきているんですね。これは篠崎五三六さんの「狭衣物語の基礎的研究」（「国語国文」一九三三・四）あたりですでに取り上げて、この『調度歌合』を鎌倉時代の初頭ぐらいに書かれたものと見ているんですね。だから、『僻案抄』とほぼ近い頃の成立で、しかも、現在の定家研究によると、『僻案抄』は定家晩年の著述ですから、それよりも前ということになるわけです。そして、たとえば『日本古典文学大系　狭衣物語』（三谷栄一・関根慶子校注）の解説によると、それを完全に肯定しておられるわけです。『調度歌合』は『群書類従《ぐんしょるいじゅう》』に入っていますから、『群書解題』に当然解題があるわけで、ところがその『群書解題』では室町の三条西実隆《さねたか》あたりの作というふうに考えていたと思いますが、その『群書解題』の説にも言及して、それは奥書《おくがき》の誤読による間違いである、『調度歌合』は篠崎説のように鎌倉時代初頭の成立である、鎌倉初頭成立の『調度歌合』にも、こういうふうに言っているし、それから定家の『僻案抄』にも言っているから、この六条斎院宣旨作者説というのは有力であるという論法だったと思います。中世の研究家では『群書解題』の執筆者以外にも幾人か『調度歌合』のことに触れている人はいるわけですが、いずれも鎌倉初頭などということは言っていないのです。それで私、驚きまして、鎌倉初頭にこういうものがありますと、これは『狭衣物語』の問題を離れて、和歌および狂歌の問題になるわけですけれど、非常に早い時期からそういう狂歌的なものが歌合形式ですでに享受されていたということにもなって、おおげさに言うとこれは中世初頭の文学史を考え直さなくてはいけない一事例だと思ったのですが、今の感触からいくと、私はやはりこれは室町の成立であろうと思うんです。

どうして鎌倉初頭という見方が出てくるかというと、問題の禖子内親王家宣旨のことを言っている以外の部分に、これは『調度歌合』の序に相当する個所に、太上《だいじょう》天皇の高野御幸《こうやごこう》の記述が出てくるわけです。これはどうせ戯文《ぎぶん》ですから事実をそのまま書いていると考えなくてもいいわけですけれど、上皇が高野御幸をするという記述がある。上皇が高野御幸をしたという例は『明月記』の承元《じょうげん》元年三月二十二日に後鳥羽院が高野御幸をするという記述があり、それに合うというんです。そういう史的事実を踏まえたいわば戯作ということで論が成り立っているらしいんです。

ただ、私などはそう素朴には考えないわけで、そうするとやはり時代が違うと、同じ材料についても随分違った見方が出てくることになりますが、だから、その辺のところを銘々《めいめい》やっていないで、そういう方面になると、このごろよく学際的研究などということを言っていますが、よその領域をやる前に国文学の中で、すでに古代と中世というのが続いているはずなのに、案外、垣根が出来てしまっていて、「隣は何をする人ぞ」みたいで、しかも、隣のものを使おうとするとお互いに何だか擦れ違いをしていることがあるのではないかという気がします。

鈴木　なるほど。『調度歌合』についてお教えをうけたわけですが、『狭衣物語』研究の現段階では『僻案抄』を中心に考えていて、「此物語禖子内親王前斎院つくりたりときこゆ」という定家の言葉が重く、『調度歌合』は傍証の形だったんだと思います。

ちょっと、間に話をさしはさみますが、その「隣は何をする人ぞ」のお話で、思いあたるのは、最近、佐藤恒雄氏に教えられたのですが、『夜の寝覚』（巻二）で、物語の内容としてよくわからないところを、和歌、朗詠の面から指摘されてなるほどと感心させられたことでした。『新古今』の研究家、和歌の人の目に助けられたわけです。『夜の寝覚』の本文に「七月七日の夜、月いと明かきに……」とあって主人公が女主人公との出会いを「去年のこのころぞかし」と思い出しているのですが、女主人公との出会いは七月七日でもないし、物語側から見れば筋が合わないところです。佐藤氏は、その後の「恨めしき風の音ももの悲しきに」という本文と結びつけて、『和漢朗詠集』の「七夕」の大江朝綱《あさつな》の詩句を借りた表現と見るわけです。物語の筋道を越えて表現面が優先していると見てよいかどうか、なお問題は残りますが、やっぱり、「隣は何をする人ぞ」ではいけないとつくづく反省したところなのです。

話を『狭衣物語』に戻しますが、成立や作者の問題は、やはり外的資料で押さえていくというのは現在限界でして、もっと物語の内容に立ち入らねば、と思っています。

久保田　それが一番の問題だと思います。

鈴木　物語の内容から見ると、六条斎院の宣旨とまでは言えないかもしれないけれども、斎院に関っている女性であることは確実だと思います。それで私などはあまり『調度歌合』のほうは深く考えていませんでした。だけど、やはり資料に使うという時には少なくとも現在のそのものの、『調度歌合』なら『調度歌合』の研究でどこまで至り得ているのかというのは、やはり中世の方が一番良く知っておられるわけですから、私たち平安朝側ももっと視野を広げる必要を痛感します。

久保田　ただ、中世のほうとしてもやはり反省しなくてはいけないと思いますのは、『群書解題』だけでなく、中世文学の研究書では、『狭衣物語』研究のほうですでにそういうことが言われているということが全く触れられていないところをみると、多分気がついていないのだろうと思います。だけどそれも一つの見方では有り得るわけで、その序文的な部分に、確かに後鳥羽院時代か白河院政を思わせるような叙述はあるわけです。ただし、それはまったくの、ちょうど『松浦宮《まつらのみや》物語』を遣唐使の時代にしたような仮託と考えればいいわけだとは思いますけれど。だから、やはり後の時代をやっている者としては当然その直前の時代の研究成果をもっともっと見ないといけないと思うんですけれど……。

鈴木　いや、その逆のこと、平安時代の私たちが、視野を広げないといけないと思っています。

久保田　実は私、『狭衣物語』が大好きでして、ご承知のように中世では『源氏物語』『狭衣物語』がほぼ並び称せられておりますので、『十訓抄《じっきんしょう》』にいう色好みの条件ではありませんが、「源氏狭衣経緯《たてぬき》に覚え」というのを理想としながらやはりなかなか暇がなくて敬遠していたのですが、さきほど申し上げたようなことをやらされているので、思い切って、……ちょうど鈴木先生の『狭衣物語』の上巻（『新潮日本古典集成　狭衣物語』、一九八五刊）が出たところですから、その勢いで拝見したんですが、おもしろいですね。

鈴木　いやいや。また、いろいろ教えて下さい。

久保田　私はトップよりもその次くらいにむしろおもしろ味を感じるという趣味なので……。

鈴木　それは私もよく似ています。

久保田　『源氏物語』は文句なしにいいとは思うんですけれど……。

鈴木　一番いいものがないとまた心細いけれど、その次ぐらいがおもしろいというのはよくわかります。

久保田　あれはいろんな人が言っておられるんだと思いますけれど、「新古今的世界」というのはどうも『源氏物語』そのものよりは、むしろ『狭衣物語』に近いような気がします。

鈴木　そこらはやはり久保田さんの独壇場になるけれど、『狭衣物語』の歌は確かに褒《ほ》められているんじゃないですか。

久保田　ええ、褒められています。

鈴木　藤原俊成《しゅんぜい》も褒めていますし、定家もほかのことはともかく歌は抜群だと言って非常に褒めているので、新古今の歌人たち、ひいては中世の歌人たちのお気に召したということは言えますね。それは第一、特に上巻は、歌と散文の関り方がうまいですよ。

久保田　そうですね。そういう点を考えると、また文学史の問題に引き戻すことになりますが、時代だけではなくてやはりジャンルの枠も取り外さないといけないと思います。特に和歌と物語というのは、物語をやっている人は物語だけを考えていらっしゃるとは思いませんが、私はどちらかというと歌屋のほうですから、歌屋からみると、歌屋は歌だけやっていれば良いのだという風潮は今でもあります。私はこれは非常に不満なんです。自分ではできないですけれど、しかし、やはり『新古今』を研究する人間はそれこそ『源氏』『狭衣』は経緯に覚えていなくてはいけないわけで、その辺のことがどうもこの頃は縦割りというか、蛸壺みたいになっていますが、これは研究状況としてはあまり芳しくないような気がします。

鈴木　そうですね。いつか、まだ若い頃、ご一緒に仕事した時に、ある日、久保田さんが「須磨の浦風」と「浦波」の問題を持ち出して『新古今』との関係を堂々と述べられてびっくり仰天して、いい考えだと思ったことがあります。のちに論文にもなりましたが、あれは見事でした。そういうふうに、最初から広い視野を持って勉強されていたのですね。

ジャンルの垣を越えよ

鈴木 今の話の中で、ジャンルの取り払いと言うことですが、現代の常識的な認識で「物語」だとか「日記」だとか割り切っていることが多いのですね。当時の人はそれほど、私は物語作者だとか、私は日記の作者だとか思っていたわけではないから、もっと両方を合わせて考える必要があると思います。「物語」は物語研究家が「日記」は日記研究家がというふうに、あまり別々の研究になるのは困るわけです。本来から言えば、「物語」から「日記」へ切り込むとか、「日記」から「物語」へ流れ込む、そんなものに注意したいですね。お互いの相互交流というものが、大きな興味だと思います。当然女流文学という共通の地盤があるわけですよ。

久保田 やはり「日記」と「物語」の研究者はかなり分かれていますか。

鈴木 まだまだあると思います。私なども「物語」なら「物語」の流れ、「日記」なら「日記」の共通基盤と縦割りに考える傾向があって反省しているのです。

同じ意味で『枕草子』の問題です。これは平安時代の女流文学、あるいは宮廷社会を論じる時には必須のものと考えられていますが、位置づけはまだまだでしょう。これがないと、『源氏物語』が生まれた土壌だって、実は『蜻蛉《かげろう》日記』から『源氏物語』へとすぐ行くものではないということです。

それからもう一つ、ジャンルを取り払って欲しいのは、和歌であり、歌人たちでしょう。久保田さんたちの和歌史研究会メンバーのお蔭で、いまや『私家集大成』があり、新しい『国歌大観』を持つに至ったのだから、もう少し「私家集」の類も女流文学を考える時に大きく取り込む必要があるでしょう。歌とか『枕草子』とか、物語とか、日記というような、ジャンルを取り払った女流の場が、正確に積み上げられてこないと本当の女流文学史が書けないような気がします。

久保田　『枕草子』『紫式部日記』『大斎《だいさい》院御集』などというのを並べて読む。皆さん当然やっておられるとは思いますが、それがもっと具体的な形で出てきてもいいのではないかと見ているんですが……。

鈴木　私も今、大学院で『大斎院前《さき》の御集』のほうから読み始めてみたんですが、私家集というのは、文学史上にもっとくいこんでくるために、ここまで基礎的な仕事が完成してきたのだから、そろそろもう作品理解としての研究が盛んになってもらいたいという気がします。

久保田　それは大賛成です。

鈴木　私家集なり私撰集なりをもっと踏まえて考えれば、私家集の中の女流文学なり、男性の文学なりの位置づけというものがはっきりしてくると思います。

久保田　和歌の研究者にその傾向が強いと思いますけれども、確かに本文研究はそれだけで一生の大仕事で、一生かかって決着が付くわけはない……。

鈴木　むかしは泥沼と言われた世界ですから。

久保田　それであるところまで行ったらもうどうにもしようがない、しかも終わりがないという仕事だと思いますし、それから伝記の研究にしても、これは果てしがないわけですが、それはもちろん今後とも精密にやらなくてはいけないことだろうと思いますけれど、これが一種の隠れ蓑になっていないかなという気もします。これは何しろ基礎的な本文研究を、みんなのためにやっているのだから、もう自分はそれだけで精一杯で、作品を文学として読まなくていいんだと、それから伝記研究はたいへんなんだから、そういう史的事実を押さえるのに一杯でそれ以上のことは議論はしない、だいたい空疎な議論などというのは五、六年すればすぐ古びてしまう。だけど、一つの、たとえば、いつ、どこで、誰が死んだかという事実を突き止めれば、これは正確にその手続きを踏んだうえで考証を積み上げていけば絶対不朽ですよね。

鈴木　その点はその通りです。

久保田　だから、それをやるのだというだけにとどまっていると、私はやはり学問が自閉状態になるんじゃないかと思います。若い院生などにはあえて〝本文屋や伝記屋になるな〟と憎まれ口を叩くんですが、これは〝本文研究をやるな、本文はいい加減でいいんだ、伝記はどうでもいいのだ〟という意味では決してないのです。それらをやるのは当然なので、しかし、それから先、もっと作品を読めと、これは実は自戒の言葉として言っているんですが……。昔はどうも注釈ということは軽視していたというか、注釈というのは職人仕事だというような風潮があったように年輩の方々から伺っているんですが、いかがですか。

鈴木　確かにそういう空気があったこともあると思います。けれども、従来の注釈は、どちらかというと、作品としての全的な理解よりも部分的な語句的な理解、それも考証的に解く面に非常に努力を費やされていた点もあると思います。ところが、さっきの『調度歌合』は不備な例かもしれないが、そういう考証面に精力を割いていた。その後を承けなければならない私たちは、内容把握を整備することが中心にならざるを得ないわけで、今度は注釈といっても、自分の、作品全体の理解というものが反映しない注釈はないという形になって来たと思います。ですから、注釈ができるということは、その作品に対して一つの全的把握を持っているということ、そういうものが現在では本格的な注釈と認められているような気がします。

久保田　そうなんです。やはりそうすると、研究史的にはそれこそやや進歩しているわけですね。

鈴木　そうだと思います。そういう意味でただどの歌でも理解できるような注解がついているのではなく、やはり作品理解と注釈というものが合致し、両面があるものでないと、これからが役立たないのではないか。その代わり、何人もが、それぞれの注釈を出していいのではないかと僕は思っているんです。一作品に対し、あの人が注釈を出したからもういらないというのではなくて……。

久保田　そうですね。

鈴木　買うほうは確かに大変かもしれないけれど、研究者それぞれ、自分の注釈というものがあってしかるべきだと思います。

久保田　やはり絶えず作品は読み改められていくのが宿命なんでしょうし、新しい読みを踏まえて、それこそ文学史が新しくなって行くんでしょうね。

近頃話題の「文学史」

鈴木　ちょっと話を変えますが、加藤周一氏の『日本文学史序説』（『日本文学史序説』上一九七五刊、下一九八〇刊　筑摩書房。のち筑摩学芸文庫　一九九九刊）とか、最近、小西甚一先生の『日本文芸史Ⅰ・Ⅱ』（『日本文芸史』Ⅰ・Ⅱ　一九八五刊　講談社。シリーズは全五巻別巻一）といった、一人で精力的に通史的に全部を把握していく文学史がありますが、これは誰にもできる仕事ではないと思いますが、太い支柱を設けて、大きく各時代を通してゆく文学史の方法です。また一方では（だいたい僕などがそうですが）、ある時代に限って見たり、しかもそれをある問題点ごとに専門的に部分部分を執筆する寄合書きみたいな文学史もあるわけです。双方にいろんな注意すべきところがあると思いますが、そんな面についてはどうでしょうか。

久保田　小西先生の大著は拝読しなければいけないと思いながらまだ取り掛かっていません。ただ、ずっと前に、その一番元の形かどうかわかりませんが、弘文堂の、本としては比較的薄い『日本文学史』というのを拝見して、実にすっきり見事に、確か、あれは「雅と俗の交代」ということで、日本文学史を上から下まで述べておられたと思いますが、その鮮やかさに感嘆した覚えがあります。

やはり、これはすべての人が可能ではないかと思いますが、最初に申しました「文学史は可能か」というような自問を常に突きつけながら、できることならば、本当はわれわれも一人一人が通史を書く努力を常にすべきではないかとは思うのですが、しかし、これは大変ですね。

鈴木　本当に大変です。

久保田　やはり楽なのはそれぞれの自分の持場を書くことなんで、時代なり、ジャンルなり、どうしてもそれでいよいよこれからそういう機会が増えるのではないかなとは思いますが、しかし一方であああいう通史を、書かないまでも、絶えず心の中に目標としておいておくということは必要ではないかと思います。

鈴木　小西先生には若い時からお教えをいただいていまして、その頃から圧倒され続けですから、とても私にはできないことをやっておられるのだという気がします。ご指摘の『日本文学史』という本は刊行が昭和二十八年ですから三十年以上前なんです。おっしゃる通り、小冊子ではあったけれど、目が覚めるような文学史であったわけです。それが三十年間の先生の蓄積でいよいよ膨らみ、いよいよ整理された形で刊行されているわけです。私も全部読み切っていないので何も言えないけれども、今、久保田さんも言われたように、自分一人で文芸史なら文芸史を全部つかんでみせるという、その気迫に圧倒されています。偉いと思います。

今、「雅と俗の交代」ということを言われましたが、今度の御本も大変明晰に大きな刀で鋭く切り込んでおられますが、通史の場合、全体を見通す目、切る太刀を見つけるだけでも大変だという気がします。

久保田　そうですね。それからやはり通史となると、捨てる勇気でしょうか。これを加藤さんの文学史には感じるんです。実に思い切りよく、ご自分でほとんど価値を認めないものは捨てて行くというか……。

鈴木　確かにそうですね。

久保田　一番自分に関心があり、同時に日本文学の根幹を成すと思うものだけを的確に押さえていく目というのも大事だろうと思いますけれど、これまた、いざとなると、あれも欲しい、これも欲しいと、こっちは意地汚くなってたぶんなかなか捨てられないのではないかなと思います。

鈴木　そうですね。こちらはなかなか捨てられない。むしろ一生懸命拾おうとします。ややさもしいのかな。

久保田　結構マイナー趣味もありまして、それからいくといよいよもって捨てにくいわけです。私も片々たる作品に案外時代精神が出ているんじゃないかということを言いたがるほうですから、なかなかそう捨てられないわけです。そういう点で加藤さんの文学史には非常に魅力を感じるんですが、やはり同時にそれがちょっと不満でもあるということも、正直言ってあります。一面的にしか見ておられないこともあるんじゃないかなどということが……。

　あえて異を唱えたところがあるんですが、たとえば、前に『古典を読む――山家集』（一九八三刊岩波書店）というのを書かされました時に、その中で加藤さんのあの文学史の揚げ足取りをしまして、加藤さんは結局、西行は貴族文学に屈伏したということを言っておられて、西行の目には花と言えば、貴族の文化の象徴である桜しか見えない、ほかの植物は問題にしないという意味のことを書いておられるんですが、そんなことはないだろうということを言ったんです。しかし、やはり文学史を述べるとなると、ある程度力わざというか、自分の目で相当強引に切り捨てることも必要なのかなという気が今でもしてはいます。

鈴木　加藤氏ももっともっと細かく大著の六冊くらいでやれればとも思いますし、小西先生の場合は相当細かいところにも立ち入ってやっておられるわけですから、細やかな文学史になると思いますが、今おっしゃった趣旨は小西先生の場合でも同じです。やはり随分細かいところまで立ち入っておられるけれど、捨てるものは捨てている。自分の価値ありと思うものを中心としてやっておられるようです。それは通史という形であれば当然なのかもしれません。

　一方、寄合書きというのは、部分部分の執筆でいくわけですから、何々編という編者の力量にもよると思いますが、一つ一つはいいんだけれど、なかなか間がすかすかしてあれも難しいですね。

詳述文学史への提言

久保田　だから、今度はまた思い切りある非常に限られた時期をできるだけ詳しく述べた文学史などというのも、一方で魅力あるんですね。これはむかし、斎藤清衛先生が中世でなさったと思いますが（『近古時代文芸思潮史　応永永享篇』一九三六刊　明治書院）、もしそういうことで、たとえば、私の一番関心のあるところは新古今時代ですが、「新古今時代史」みたいなものを詳述する形式の文学史が書ければいいなと、捨てるほうがどうも駄目だとしたらせめてそういうことができたらななどとも思いますが。たぶん、平安時代ですと、寛弘《かんこう》期の文学というのをできるだけ細大漏らさず書いていったら、これはちょっと、私達の研究者集団で時々いろんな人がやっておられる歌壇史のようなものとはまた違ったものが、人間関係だけではなくて、本当の意味の文学史で細かいのが書けたらなという気がします。

鈴木　そうなると、おのずから女流の場というものも浮かび上がってくるかもしれませんね。私はもう一つ、第二の黄金時代の永承天喜《えいしょうてんぎ》の文学をやってみたい気がします。寛弘期の文学と並ぶといろんな面でおもしろいのではないかな。

久保田　永承天喜というのはおもしろいんでしょうね。

鈴木　いろいろ問題はあると思うんです。何しろさきほどお話しの『狭衣物語』にせよ、『浜松中納言物語』にせよ、『夜の寝覚』にせよ、物語だけでいってもみんなその時期に集まってきているわけですから、外様《とざま》であったかもしれないけれど、『更級日記』の作者も範囲内にいるわけですし、そういう意味でいうと、非常におもしろい。さきほどからのジャンルにこだわらないという立場で言えば、和歌や歌合、あるいは『栄花物語』も加えていかなくてはいけないでしょうね。

久保田　やはり寛弘期と永承天喜のようなものに相当するのが、中世ですと、新古今時代とたぶん後嵯峨《ごさが》院時代だろうと思います。本当の意味では歴史は繰り返さないんでしょうけれど、似た形というものは繰り返すのかもしれませんですね。

鈴木　後嵯峨院というと『とはずがたり』の時代ですか。

久保田　『とはずがたり』の時代であり、『風葉和歌集』の時代であると思います。やはり一応前の時代の見直しのような形だけれど、またそれ自体ある独自の稔《みの》りももたらしているわけです。

鈴木　さきほどお話しの、前の時代を見直すという中で、新しいものを芽生えさせて行くということですが、平安時代の、古代の終りに、これは大隅《おおすみ》和雄さんがおっしゃっているけれども、いわば集成事業とでもいうことが盛んに行われた。そう言われてみると、『類聚歌合』もそうですし、『今昔物語集』だってそれは言えるし、勅撰集はもともと伝統のある集成事業であるわけで、やはり「これまで」と「これから」というものには非常に敏感なんですね。

久保田　そうですね。

鈴木　漢詩文のほうでもまとめが始まっているし……。ただし大隅さんの論をお借りすれば、体系化・実効化をまだ信じていた古代後期の初めに比べると、時代の終りではもう体系が立たないという面もあったんでしょうね。だから集成と言えるけれど体系が立っていない。ただ、前時代のものを、この時代の栄誉あるものとして集めておくんだという意識だったように、私も受け取っているんです。それは非常に意味のある世紀末の文化的な現象だと思いますが、それが中世でどのように生かされたのか、生かされていないのか、その点はいかがですか。

中世は中世人が中世人として自分でまとめ直すわけですね。その時にあの二十巻本歌合巻などは、考えられていたのか……。あまり利用されていないのじゃないか……。

久保田 中世は結局そういうまとめはあまりやらなかったのかもしれません。精々やって『物語二百番歌合』か、『風葉和歌集』ぐらいですか……。歌のほうはそういう大きな集成はないと思います。『夫木《ふぼく》和歌抄』のような類題和歌集の編纂という形になってしまって……。やはりこれは経済的な問題でできなかったのでしょうか。

鈴木 なるほど。ただ、勅撰集は強固な伝統だと思う。きちんと繋がって行くから、これは世紀末も何もないわけでしょう。そうでもないんでしょうか？

久保田 でも、確かにその後随分権威は落ちて行くように思いますけれど……。『新古今集』の後落ちていくんじゃないでしょうか。落ちては行っても、やはり勅撰集という名前は依然として権威ではありますね。

鈴木 『今昔物語集』なども確かに千いくつも話があって、いわば宝庫ですけれど、『今昔』そのものが十全に利用されたとは言い難い面もあるんでしょうか。

久保田 どうもあまり読まれなかったみたいですね。

鈴木 むしろあそこから引き出して、王朝的な言葉に直したりしたもののほうが世の中で読まれているようですね。

久保田 『今昔物語集』にはまったく疎いんですが、何かずうっと読まれないで後々まで放置されているみたいです。確かに今言われた『類聚歌合』の類なんかもあのままの形では恐らく享受されなかったのではないでしょうか。

鈴木　四十巻も未定稿のような形で京都大学に委託されていたところを見るとずっと長い間あまり利用されてはいなかったのでしょうね。

中世における王朝物語の受容

久保田　やはり物語だけですかね。『明月記』を読むと、物語は定家が……、後堀河院の周辺で、後堀河院と藻壁門院《そうへきもん》、あの辺の要請で物語の月次絵を作る手伝いをしたりしている。それから日記類からも絵になりそうな名場面を選定してやったりしていますが、どうもそういう定家の最晩年の試みが、今申しました後嵯峨院時代に続いているのだと思います。

鈴木　なるほど、『二百番歌合』の時代がね。

久保田　後堀河・四条の二代で、後高倉院の系統は絶えてしまいますけれど、土御門《つちみかど》院の皇子の後嵯峨天皇がひょんなことで即位します。けれど、摂関家や西園寺《さいおんじ》家の血統はこの後嵯峨院の皇統にずっとまた流れて行きますから、それであの王朝の遺産は受け継がれていくわけですね。物語、日記のほうはかなりスムーズに受け継がれたように思います。

鈴木　今のお話で非常にお教えを受けたのは、やはり物語を物語として集めるのではないけれど、歌という形で、歌に集中して、『風葉和歌集』なり、また批評書としての『無名草子《むみょうぞうし》』なり、ああいうものが出たということが、物語にとっては、一つの大きいまとめの時期と見ていいわけですね。

久保田　そうですね。

鈴木　私は物語自体にもそういう意識があると考えていたんです。『狭衣物語』があまりにも『源氏物語』なり『枕草子』なり、いろんなものを集大成的に取り入れているでしょう。

久保田　本当にあれ、名前が出てくるだけでもいくつですか、作り物語の名前が実に多いんですね。

鈴木　二十近くもあります。

久保田　やはりあれも一種の本歌《ほんかど》取りですね。

鈴木　そう、「物語取り」という本歌取りです。

久保田　そういう点、『狭衣物語』はまさに『新古今集』です。

鈴木　そういった面から見ると、『狭衣物語』自体が、ある時代末的な、集大成的な傾向を持っているのではないかと思っていたんですが、それだけではなく、もっと客観的な目で、時代を一つまとめる意識が『二百番歌合』とか、『無名草子』もそうだと思いますが、『風葉和歌集』とかにあるということは、あの資料にいつも恩恵をうけながら、それだけにしているわけで、この際やはり価値づけを考える必要がありますね。

久保田　『無名草子』という作品はあんな小さな作品ですけれど、実に大事なものですね。さきほどの話に戻りますが、あれ自体物語評論の書などと言われて、確かに大部分が『源氏物語』論で、それから他の作り物語論が少々ですけれど、しかしやはりあの中に歌集論も少しではありますがありますし、それから作家論もあるわけで、だから、あの作者は俊成卿女《しゅんぜいきょうのむすめ》だか誰だか本当のところはまだわからないと思いますが、あの時代の人にはそんなに強固なジャンル意識などというのは存在しなかったのではないでしょうか。

鈴木　そうですね。ただ、『源氏物語』を絶対視していますから、それと事実を書いたという見方で『伊勢物語』『大和物語』は別にしているという、それだけですよ。あとはほとんど垣根なしでやっていると思います。

特に、優れた女性という面は、どんな音楽にしても、芸術の面でも出して来ているでしょう。そういう面でいうと、確かにそうジャンル意識というのは今日ほど神経質ではない。いずれにしても、『枕草子』がすぐに『徒然草』を連想させてしまうというのは、文学史の上でもう少し考えなければいけないと思います。両方を比べることは中世から見て大事ですけれど、もっと女流文学全般の中で『枕草子』をもう少ししっかりと位置づけないといけないのではないかと思います。

久保田　そうでしょうね。

鈴木　ちょっと継子《ままこ》的なところあって。

久保田　まず随筆と言ってしまって。

鈴木　今のところ特別扱いせざるを得ないんですけれど、それを何とか女流全体の場で見てみたいなという気がしています。

『無名草子』とか、『風葉和歌集』というのは、その意味では古代と中世を繋ぐ繋ぎ手になりますね。

久保田　なると思います。

鈴木　もう少し価値をおいて見ていいのではないかという気は前からしているのですが、なかなか、あの作品は一言で言い難いですね。

久保田　これも去年あたり悩まされていて、結局、実に不本意な形で終ってしまったのですが、『とはずがたり』なども日記文学という系列で、『蜻蛉日記』と比べたりなどということは誰しもすぐするわけです。それはそれで当然だと思いますが、やはりそれとともに時代的には、これは後嵯峨院時代のいわば延長ですから、『風葉和歌集』が一方で編まれている場に生まれ育った女性が書いたのだという視点で考えるべきかななどということを、考えている人も多いと思いますが。実際問題として、『風葉和歌集』を撰ばせたのは後嵯峨院の后の大宮院《おおみや》なので、その大宮院の周辺で彼女も生まれ育って、現に大宮院にも出仕しているわけですから、やはり風葉和歌集的な世界にどっぷり漬かっているわけで、その風葉和歌集的な世界というのは、いわば前代の『源氏物語』『狭衣物語』その他諸々の作り物語を全部集めてそのエッセンスをまた楽しむというような世界ですが、その中で生まれ育っている人間なんですから、もう自分自身が物語的に演技して生活して、それをまた回想録に書くのは当然なわけです。そういうことから行くと、もっとあの作品の理解も深まってくるのかなと、これ、気がついたのが遅いんですけれど……。

鈴木　いや、私なんかも今伺って、なるほど大変裾野が広いんだということがわかりました。何か宮廷社会という狭いところだけでわずかに王朝が残っているような読み方ばかりしていたものだから。

久保田　確かに実際に『とはずがたり』前半の世界は宮廷なんですけれども、その宮廷というものが、だから、中世の、……確かに中世は現実的には随分貧弱だろうと思うんですが、それこそ一条朝などに比べたら、現実はともあれ、過去の遺産はもうすっかり背負っているわけで、その遺産が多いという点では寛弘期よりは遥かに多いわけです。あの時代には『源氏物語』が出来る前はそれ以前の物語がどのくらいあったか、たくさんあったでしょうけれど、後嵯峨院時代は『源氏物語』以後の後期物語も全部出来ているわけですから、その辺を考えると、中世の宮廷の実態というものも、私には何もわからないんですけれど、もう少し考え直してもいいかなという気だけはします。

鈴木　そうですね。『とはずがたり』などは、もう少しそういう意味で底のほうからつかみ取れると、もっともっと生き生きしてくるのではないかという気がしますね。

女房文学の失速――王朝文学の終焉

久保田　また、文学史の問題ですと、だいたい私が前から考えているのは、一体、王朝の終りというのは、どこなんだろうかということなんですが、先生、どうお考えになりますか。

鈴木　私はだいたい狭く物語史で考えて来たものだから、『源氏物語』を基準にすると、『源氏物語』というものに対して第一読者でなくなった時期と考えているんです。第一読者がないということは注釈書が現れてきた時期、作中人物の系図というものが出てきたり、梗概《こうがい》書はもっと後かもしれませんけれども、そういった素朴ながらも研究態度というものが出て来た時（だいたい院政期頃だと思いますが）、そのあたりが第一読者から第二読者へ切り換わる時期ではないか。第一読者、第二読者と言いますが、第二読者の先端は、たとえば、定家たちは第一読者よりも見えているかもしれない。その第二読者の末端が僕らだと僕は思っているんです。第一読者というのは同時代文学として読める時代だと思います。第二読者というのは、『源氏物語』を古典文学として読む時代の読者でしょう。『源氏物語』の場合だと、影響の問題やいろいろありますけれど、だいたい『浜松中納言物語』の作者も、『狭衣物語』の作者も『源氏物語』の第一読者で、もう身についてしまっているんです。そういう人が作っている時代、これはやはり物語時代という意味での王朝でしょう。具体的に言えば、女房文学が失速していく、それと同時進行になっていくわけです。物語のほうからいくとそのように考えています。具体的な年月というのはなかなかわからないのですけれど、私は後期院政期が境目のような気がします。

久保田　本当に時代区分の問題というのは、これまた永遠の問題で、ずっと前、中世文学会で

「中世はいつから始まるか」というシンポジウムをやった時には、小西先生は『古今集』から中世と言われるんです。渥美かをるさんは『将門《しょうもん》記』はすでに中世文学なんだと言われました。だから、いろんな切り方が試論としてあってていいと思いますが、今おっしゃったような視点は全然考えておりませんでした。王朝的なものの終焉ということは、ずっと下げて考えたいような気がしておりまして……。初めはやはり、中世の連中がすぐ言うのは、保元の乱以後は乱世ですから、そうすると、院政期の終り、保元の乱以後が中世というのは普通の見方で、これは一番説得力があるとは思うのですが、だけど、その一方で王朝的なものがずっと下がっていって、初めは『新古今集』までかなと思っていたのですが、それがさきほど申しました後嵯峨院ぐらいまで下げてもいいだろうなどと、もっともっと考えていくと、応仁の乱まで王朝的なものはやはりまだ残っているんじゃないかなどということまで思うのですけれど、これは乱暴ですか。

鈴木　王朝の延長というものは長くどこまでも残っていくものだろうと考えられます。ただ、王朝的なものを継承する場そのものはやはり公武の衝突などもありますから、随分異質なものにはなっていっただろうと思いますが、おそらく今お話頂いた『風葉和歌集』とか、そういう王朝的なものがすっぽりと入る世界がずっと残されていったと思います。だから、それは連続として考えていっていいと思います。ただ、第二読者の時代なのに第一読者の意識に生きるのが「王朝的なもの」と思いますので、その見方から言うと、いくらかずつ王朝的なるものが変化してくると思うんです。極端に言うと、『源氏物語』というものを本文で読むよりは絵巻にして見るとか、少し乱暴な考え方ですけれど、物語は自然なり、心理なりの描写というものから、また筋書に戻ったような感じがするんです。そういう絵巻の形で読むとか、また、きれいな西本願寺本の『三十六人家集』とか、そういういろいろな総合芸術の形で読むようになっていったのではないか。同時にさきほど申し上げた源氏学者が現れてくるというのは、第一読者の時代から離れていったのではないかなどと考えています。

久保田　そうですね。これはもう歌でもそうですね。ちょうど院政期ですね、『教長注《のりながちゅう》古今集』が出てくるのが、今のところ初めてですから。

鈴木　と言って、こんな一面観だけでは、一筋縄にはいきませんね。政治史は政治史という面で見るし、経済史からも見なければいけないでしょうし……。

それからもう一つ、第一読者の時代というのは、作者と読者の距離が親しく近いということです。作者になったり、読者になったりし得る。お互いにそれだけの水準を保ち得た（どこまで言えるかわからないが）。読み手も、非常に優れていた時代だと思います。注釈書が出てくることで、わかってくるわけですが、作者と読者の近さというものがだんだんと離れてくる。だから、もう一つ考えると、後期物語が一様に蒙《こうむ》っている『源氏物語』の影響とかいうものも近頃はだいぶんいろいろと同情論も出て来ているんですが、『源氏物語』のほうが特別で、『狭衣物語』や『夜の寝覚』のほうが物語らしいという考えもないわけではないが、並べてみると、今日の目から見れば、模倣しているかたちです。けれども、この模倣とか真似とかいう問題も、やはり私は作者と読者の非常に親しい、お互いの立場になり代わり得る近さの、女房社会の場にあったと言いたいんです。そういう女房社会の文学的慣行と結びつけて考えていいんじゃないかという気がしています。しかし、これもまだとても実証はできませんけれど。

久保田　私もまったく無責任な感想だけですが、狭衣《さごろも》大将《だいしょう》というのはわからない人間です。わかったようなわからないような、ある意味ではめちゃくちゃだと思うんです。まあ『源氏物語』第三部の薫《かおる》的な人間と匂宮《におうみや》的タイプと分ければ薫的なのでしょうが、やっていることは相当いい加減なんで、匂宮的でもあるわけです。踏ん切りが悪いところは薫的なんだけれども、一方では好色な行動をしていて、言ってみれば両面を持っているということでしょうか。でも、本当の人間というものはそういうものではないかとも思うわけです。そんな点を考えると、あいうヘンテコな、しかし現実にはむしろリアリティを持っているような人間を創出したのは意図的だったのか、ただ『源氏物語』の影響を受けているうちに、受けながらも新しいところを出そうとしてそうなってしまったのか、偶然の結果なのかはわからないのですけれど、おもしろいと思うんです。だから、やはり『源氏物語』一辺倒ではこれからの研究はいかないのではないかとは思います。

鈴木　やはり『源氏物語』を真似しているうちに自然にああなったということではないと思う。僕は第一読者の時代の『狭衣物語』の作者とか、『夜の寝覚』の作者という人たちはやはり『源氏物語』を自分なりに解釈していると思います。自分流にそれぞれ独自に理解しているわけです。

久保田　で、自分だったらここはこう行動させる、ああは書かない、むしろこのように書くという……。

鈴木　そうなんです。「私の源氏物語」「現在の源氏物語」という意識が一方であるわけです。ですからやはり光源氏に比べれば、狭衣大将という人はどうしても薫的や匂宮的になってしまいます。光源氏の後に薫、匂宮をおいて、その次に狭衣を出してくると、ある意味で主人公の自然な推移があるわけです。確かに好色であるけれど、意識の上では薫的で、しかも絶えず後悔ばかりしている、そういうのが理想像であえた時代というものを考えなければいけないのではないかと思っています。

そういう面も確かにおもしろいし、あれはやはり一つの平安時代後期の物語の代表であり、典型だと思います。

久保田 歌などもそうだと思うんです。もう俊成、定家なんか文句なしに『古今集』が良いと言っているんですが、彼らは確かに自分達の歌は『古今集』には及ばないと思っていると思うんです。じゃあ、本当に及ばないのか。確かに『古今集』はどう見たってそれを越えられないものが自ずと備わっているような気もするんですけれど、じゃあ後のは苦労に苦労をして本歌取りとか、本説を持って来たり、漢詩文を借りたりなどして苦心惨憺《くしんさんたん》してやっているが、それでもやはりあるところまでいくと『古今集』を越えられないのかとは思わないんです。これはまたこれで別の作品なんで、そうなると、だいたい文学史において、発展とか、かつてよく〝ここまでは到達したけれど、ここにこの作者の限界があった〟といったような言い方がずいぶんはやったことがありますけれど、芸術の歴史でそんなことが本当に言えるのだろうかなどと思います。絵にしたって何にしたって、いいものは初めからいいわけです。確かに、後の連中はそれを模写して越そうとしながら越せない面が一方ではあると思いますが、たとえば、ルネサンスばかりがよくてロココや世紀末が駄目だということは言えないと思います。そういうことを考えると、やはり文学史の叙述というのは面倒ですね。

鈴木　そうですね。確かに先行の作品という重い荷物を背負いながら、自ずからか、意識してか、そこが難しいところですけれど、新領域を絶えずまさぐっているものですね。そこいらを正しくつかみ、同情していかないと文学史も成り立たないような気がします。

魅力ある時期はいつか

久保田　通史を書くとなると、どこに焦点を置いて、どこをもっとも評価し、どこを切るかということを迫られるとは思いますが……。

鈴木　私はもし望み得べくんば、さきほど久保田さんがおっしゃったような永承天喜の文学とか、寛弘期の文学とかをできるだけ細やかにやってみたいという方向に行ってしまいますね。

久保田　研究者としてはどうもその方向に行きがちなようですね。

鈴木　そうでないとどうも気持ちが安んじない。やはりズバリ切ってみて「あれを切り落としたのがまずかった」というような悔恨の情に苛《さいな》まれる結果に終ってしまうだけのように、私は思います。けれど、それだけに一貫した通史を完成させて時代の輝かしい業績として、この人のこういう文学史があったと評価されることは望ましいし、ぜひあって欲しいとは思っていますが、私はその任でないと思います。

久保田　もう、一人で通史を書ける学者はいなくなったということは、かなり前から聞いていますけれど、だんだんそういう感がありますね。

鈴木　やはり研究が細部にわたり、その意味で文献が非常に整備されてきていますから、読む量も増え、それを全時代通して、というところまでは、なかなか普通の人には難しいと思います。だから、ある時代に限って詳しくというのも一つの行き方ですし、ジャンルを立てないのなら立てないで、すべて取り込んだジャンル抜きのある時期のまとめを、というのが一番おもしろいのではないかと思います。

久保田　本当に横に見たいという気持ちが一方では強くありまして、これは年表を見ればすぐわかることなんですけれど、やはりあるところまで突っ込んでいかないと実感としてはわかりません。ですけれど、明白なことで、新古今時代には『新古今』の歌がどんどん読まれ、『新古今』に取り込まれていく新しい歌が詠まれていく時期に、歌を詠んでいた鴨長明がにわかに世を逃れて『方丈記』を書き、『発心集』なんかをしこしこ編集するわけです。そうかと思うとまた、法然や親鸞などが新しい信仰を鼓吹《こすい》してそれが法語文学として今では受け取られている。それから『平家物語』の萌芽みたいなものが生まれてきているという、こういった現象がみんな同時進行しているわけです。そういう同時進行している時期を細大漏らさず叙述していったら、それは本当におもしろいものになるはずだと思いますが……。

鈴木　書き方としては、同時進行のものを全面を尽くしていくというと、やはり『源氏物語』で言えば、紅葉賀《もみじのが》、末摘花《すえつむはな》、若紫をうまく配分したり、『狭衣物語』でいうと場面転換を実に見事にする、あのやり方しかないでしょうね。

結局、「文学史の記述は可能か」というのに対して、可能にしている偉い方もいるし、また私などにも可能な道も工夫によっては有り得るのではないかという線までは来たようです。一番最初手がけた『堤中納言物語』の時に非常に引け目を感じたのは、『堤中納言物語』の一編の量が少ないということです。『源氏物語』の研究家があんなに長いものを二〜三百枚の論文でやっているのに、一編が原稿用紙十二〜三枚というものをやっていて卒論になるのかとか思ってはいたけれど、こんな小さい作品集が残っていて、平安時代の物語世界のどんなところに位置するのだろうという疑問は、ずっと持ち続けていたんです(未だに疑問は残りますが)。物語としての定位を求めて研究を進めている、とでも言いましょうか。

久保田　不思議な作品ですね。

鈴木　軽く見れば軽いし、重く見れば重く見られる。平安時代の後期の作品を、『源氏』以後の亜流だと決めつける考え方は、研究の層も出てきた関係で、いくらかずつ変わりつつあるのではないかと思います。少し話が戻りますが、文学史を寄合書きで執筆者に依頼して書く時に、それぞれが素晴らしいことを書いてくれているわけですが、その執筆者の問題ではなく、研究が十分に進んでいる作品の世界を扱う場合と、これからというところの場合の違いをどうするかということで、精粗にこの違いが出てくる場合がありますね。その分野の研究の厚薄をどうするか難しいですね。これもバランスを欠くことが非常に多いので、そんな点が気になりました。

今までまだ資料的な段階だなと思っていたのが、こっちが怠けている間に深く文学史の世界にくいこんで来たりして……。説話の世界など、それにあたるのではないかと思いますが……。

新しい研究領域を

久保田　今度この特集「古代・中世文学史を問い直す」で見ますと、これは本当にいいところを狙っていると思います。「注釈書と学林」という項目が中世文学史の部門にありますが、この注釈書の研究が格段に進んできましたね。これは国文学研究史のほうの問題ですけれど。これは作品自体の注釈ではなくて、注釈書をどう読むかで、それをやっているうちに中世文学の基盤みたいなものが、いろいろと浮かび上がってきて、……たとえば、「太子信仰《たいし》」とか、いろんなものが出てくるんです。これは「解釈と鑑賞」で実にいいところを立てていると思います。

鈴木　そうですね。『古今集』も『源氏物語』も今までは『河海抄《かかい》』に出ていたとか、『顕註密勘《けんちゆうみつかん》』の顕注にこうあったとかいうだけだけれど、『古今集』なり、『源氏物語』なりの注釈書そのものが問題になるわけですね。

久保田　その注釈書の中にまた今消えてしまった物語などが取り込まれていることもあるみたいですね。

鈴木　これは私の分野ではありませんが、お能の詞章を一生懸命勉強している人がいて、その素材、原型を『古今集』の注釈書に求めているんです。近頃そういう研究が目立ちますね。あるいは説話の中に求めるとか、あまり『源氏物語』とお能だけではなくなってきた。

久保田　「古今注」「朗詠注」の研究というのは本当に盛んですね。あれもやはりちょっと横を見たことによって新しい視野が開けてきた例だと思います。

鈴木　その時代その時の注釈書には、その時代としての新見があり発見があるわけですし、やはり注釈書によく目を通して、中世が『源氏物語』に何を加えたか、近世では何を発見したかを把握することは大切ですね。本居宣長の『玉の小櫛《おぐし》』などは有名ですけれど……。私は原本を求める伝本研究も遡上《そじよう》的研究として貴重だけれども、各時代の「読み」の積み上げを把握していく加上的研究も大事だと思っています。『源氏物語』は「読み」の蓄積の中で本質も明らかになっていくと思うのです。

この特集項目の中でいうと、「漢文日記から日記文学へ」という論文もあるし、それも背景として非常に大事だと思います。また私などはむしろ『伊勢集』とか『多武峯少将物語《とうのみねしょうしょう》』とか、仮名の私家集、まだ日記文学とは言えない、その芽生えみたいなものから、私家集の中での日記というものから日記文学が独立して行き、一方では物語的に、一方では日記的にある程度分かれながら、相互に連関して行ったというあたりに興味があります。

また、この特集で採りあげている「古筆切《こひつぎれ》」が、いまだいぶん問題にされてきていますね。近頃主な手鑑《てかがみ》が刊行され、われわれでも容易に見られるようになってきたし……。

久保田　あれを見ると、本当におびただしいものがなくなっていることが、逆に想像できるわけで、手鑑の世界はさながら考古学みたいなので大変ですね。

鈴木　一時代前までの古筆研究はむしろ書美というもの、あるいは美術価値というもので珍重されていたのですが、やはり伊藤寿一先生、堀部正二先生、萩谷朴《はぎたにぼく》先生のあたりから非常に学問的になって、まず「歌合」の集成で結実した。とにかく材料集めが大変な仕事で、断簡を発見したり拝見したりというのは苦労が要るようですね。それをよくやっておられると思いますが、近頃ではやはり私家集の研究の中でも一分野を占め得るところまで来ているので感心しています。僕らの頃には、こういうものがあると言われれば、そうですかと鄭重に拝見して、紫式部の時代はこんな字を書いたのか、永承天喜の頃はこういう字だったのかとそんなかたちで習っていましたが、今は直接資料にできる時代がきたのですね。偉いと思います。

久保田　何とも検討のつかない「物語切」も結構あるんでしょうね。

鈴木　去年の熊本大学での中古文学会の全国大会で、田中（登）さんという方が『夜の寝覚』の絵巻の詞書の部分を七行出しておられましたが、これは確かに料紙から言っても、学から言っても本物でした。どこから出てきたのかは教えていただけなかったですが……。

久保田　古いものなんですか。

鈴木　大和文華館（奈良市）にある国宝のつれです。今あるところに七行増えたんです。その出てきた七行の本文からできる限り（末巻の散逸部分を）復元しようという御説でした。確かにそういう資料が出てくると強いことが言えるものですね。

久保田　高田信敬君なんかも『竹取物語』の切を紹介しましたね。

鈴木　あの方とか、名古屋の藤井隆さんとかは物語切を注意しておられますね。

久保田　それに田中登さん。

鈴木　その二人が御本を出すという話です（『国文学古筆切入門』全三冊　一九八五〜一九九二刊　和泉書院）。

久保田　これは本当に根気が要りますね。

いま要望される研究は

鈴木　私家集の研究の世界の中で十分に整理していただければ有り難いことです。ただ私家集の研究はこれからはもう一歩内容研究に入っていただきたい……。

久保田　私家集ももう資料整備はかなり進んだんですから、いくつかの私家集については詳しい注釈的な研究もあるわけですけれど、やはりもっともっと作品を読んで欲しいと思います。読んだ結果を提供していただきたいと思っています。

鈴木　私も大学院の講座の中で毎年何か一つは私家集を読むことを心掛けることにしました。やはり何とかして歌が読めるようになりたいです。

久保田　また、和歌のことについてですと、これはやはり文学史の問題になるし、和歌史の問題になると思いますが、和歌というのは形態はずっと同じ短詩形なんですが、いわゆる王朝和歌と中世和歌ははっきり違うと思います。ただ、その違いというのの説明は非常にしにくく、とうてい私にはできないのですが、誰でも言うことは、要するに、歌の詠み方が変わってきているわけで、ほとんど題詠ばかりになってしまう。この題詠の歌の読み方というのは、これはまた平安私家集の歌の読み方とは違うと思います。その題詠の歌の読み方、題詠の歌からどこまで読めるか、それをどういうふうに読めるかということについて、やはりこれはまた反省の意味で言うんですが、中世文学の研究者はまだ怠惰なのではないかと思います。やはり平安的な私家集のほうがどちらかというと読みやすいと思います。これは現実的な手掛りがある、それに対して題詠歌は手掛りがないわけです。しかしそれでもそれを読んでいかないといけないのではないかと思うので。ただ、北海道の人たちが定家の百首歌などでいくつか、そういう輪読の試みをしてその成果が出ているわけですけれど（近藤潤一他『初学百首』一九七八刊、佐々木多恵子他『二見浦百首』一九八一刊、共に桜楓社）、ああいうような試みをもっといろんなところで、いろんな歌人についてやってもいいのではないかとは思っています。

鈴木　そうですね。どんどん成果を発表されるとうれしいですね。王朝和歌と中世和歌の違いがはっきりしてくると、王朝研究にも中世研究にも役立ちます。

久保田　非常に現実的な基盤は乏しいとは思いますが、しかも絶えず中世歌人はその前の時代を見ているわけですから、その点から言っても、中世和歌の題詠だけの、詞書も何もない歌を読む人は、それこそ、『源氏物語』や『枕草子』を読まないといけないと思います。

鈴木　なるほど。やはりある意味では内的な手掛りの一つになるということでしょうね。

久保田　そう思います。

鈴木　詞書はあるし、確かに私家集の場合、読みやすいのかもしれませんが、私が『大斎院御集』を読んでも、難しいものですね。いくらかの私家集を眺めても、詞書と歌とがピンと来ないのが多いですよ。

久保田　そこのところはまだ別の問題、あるいは別の難しさがありますね。恐らくピンと来ないでしょう。

鈴木　その当時の生活自体がよくわからないのです。今日のわれわれとしては……。

久保田　だから書いている連中にはピンときたのが、わからないということはありますでしょうね。

鈴木　物語の場合には、わりにわかる気持ちになるのですが……。

久保田　そうでしょうね。やはり物語の中の歌というのは、要するに、一人の作者が書くのだから、その辺はスムーズでしょうけれど。

鈴木　歌がたとえわからなくても、前後の文章で理解できる面があります。

久保田　だいたいはまるように書いているわけですから。ところが現実の私家集はそうじゃないですからね。

鈴木　そこが難しいのと、それにましてや、その詞書もないとなると題だけでその意味というものを理解しなければいけないということになってくるわけですね。やはりそれぞれ難しいものがあるんですね。

近頃の文学史では本文中には盛り切れないから、囲み欄などで、当時の政治、庶民生活、宮廷における紫式部、清少納言の立場はどうであったかというエピソードを添えておくといったやり方が多くて、今のところそういう工夫でやっていく以外はない。スペースもそれほどない。歴史的事実と本文の中での状況が同じかどうかということも問題であるのに、いきなり歴史的状況をすぐに頭から被せるわけにいかない。

久保田　やはり政治史と文学史はなかなかうまく照応しないんです。政治社会が中世的な現実を早くも示しているけれど、文学の面ではまだずっと王朝的であったり、また逆のジャンルもあるし、それがまたおもしろいんですが……。私のやっている時代には、政治史と文学者の動向とが烈しく切り結ぶ時期（承久の乱）がある。それは難しい時期です。藤原定家が承久三年五月に『後撰和歌集』を写しているんですが、その奥書というのは有名で「紅旗征戎《こうきせいじゅう》吾が事に非ず」という『明月記』の名文句と共通な語句が出て来るんです。定家は『古今集』『後撰集』『拾遺集』などの「三代集」とか物語類を集成しているわけですが、一般に奥書の中でさほど感想的な文句、世相に対する感慨を述べたりはしないんですが、これはまさに「承久の乱」直前のことで、自分は蟄居《ちっきょ》の身の時代でもあったので、異例な感慨の表出を試みています。ところがこの奥書は古い写本にはなく、江戸の最末期嘉永《かえい》に出版されたちゃちな版本にだけ付いているんです。ですから奥書そのものを贋物ではないかという疑いも出されています。承久三年五月に写したということだけを書いた奥書はいろんな本にあるんです。しかし私は感想部分を含めて、この奥書を疑う必要はないと思っています。その後に、「この本で後撰和歌集をそれから四回写して、一本はどこへ与えた、一本はどこへ進上した」と書いている部分がありますが、その読み方が問題で、承久三年以前か、以後かという二つの解釈が一応可能ではあります。平安の研究者はみな以前だと言うが、多年定家を研究しておられる石田吉貞先生は以後と解しておられる。平安の研究者にとっては定家が『後撰集』を写したかどうかという事実が問題で、書写の際に働いた定家の意識にまで立ち入ろうとしない、定家研究がどこまで問題にするかということはあまり考慮しない。石田先生は詳しい年譜で何の論証もしておられないのですが、承久三年以後と解釈しておられるわけです。これは考証していくと石田先生のような結論にならざるを得ない。こういうところにも中古と中世の断絶がある。同じようなことは南北朝にもあるだろうし、平家の時代もあるだろうと思いますが、王朝は泰平ですからあまりそういうことはないでしょう。

鈴木　歴史上の大事件といった問題と深く関るということはあまりないようですね。ただし、細かい面ではやはり作品解釈と史実との重ね合わせは考証上大切な問題です。たとえば『源氏物語』の背後の政治的状況だとか、『大鏡』や『栄花物語』の記述と歴史的記録類との照合あるいは解釈とか……。

久保田　たとえば、『平家物語』の「忠度《ただのり》都落ち」で、歌を俊成に託し、のちに『千載集』に詠み人知らずとして載ったという有名な話は、当時の和歌史の説明をする時に非常に大事な話で、これは『千載集』の成立に関ってくるわけです。すでに谷山茂先生その他の方々がみな調べ上げていることですが、あれに類する話はたぶん他にもあって、薩摩守忠度だけではなかっただろうということです。平家の人々の歌は詠み人知らずという形で四、五首入っていますが、たまたま忠度の話だけが有名になった。だから『平家物語』に語られていることに嘘はないのでしょうが、特例ではなくてあのような状況であったということは、戦争の最中でもやはり平家の公達は一首でも自分の歌を後世に残したいと思っていたということでしょうね。『平家物語』がその典型としての忠度を捉えているのだと思います。

鈴木　やはり勅撰集というものの重さ、尊さというものと、歌に執するということがよく出ていると思います。

久保田　似た話はあると思いますが……。古注釈にはとんでもないことが書いてあります。題知らず、詠み人知らずは誰のものでどうだというまことしやかな物語が出来ています。そういうような享受というのは『古今集』の読み方としては外れているわけですが、そういう読み方もわれわれとしては無視はできないと思います。『古今集』なら『古今集』というものがそういう意味も持っていたのではないか。

『源氏物語』にしてもわれわれのような見方だけではなくて、あれから女の生き方を学ぶ人もいるだろうし、恋愛の仕方を学ぶ人もいるんじゃないですか。

鈴木　そうだと思います。「女によって女のために書かれた女の物語」という見方もありますよ。

久保田　たとえば、堀河朝に「艶書合《えんしょあわせ》」というのがありますが、これは堀河天皇が男性貴族と女房を集めて恋の歌の贈答をさせたもので、これはただの恋の歌会と考えればいいわけですが、これが江戸時代になると恋文の文例になる。確かに享受の後を辿るということも大事なんだろうとは思います。それだけではもちろん文学史は書けないんですが……。

鈴木　やはり加上的研究が大切ですね。何が加えられていったのか。その時代時代の「読み」の問題でしょう。それが作品の内にこめられているどんな大切な性質を照らし出しているか、問題ですね。

久保田　やはり『源氏物語』であれ、『古今集』

であれ、注釈書に目を向けてきて、そういうものを取り込んだ広い視野に立って改めて文学全体を考えるというのは結構だと思いますが、それで本家本筋がお留守になっては困ると思います。

鈴木 どこまでも本位をつきつめる目が要りますね。さっきは気軽に後期物語と『源氏物語』の間を行ったり来たりしないと、どちらもわからないという言い方をしたんですが、ともすれば、わかるのは後期の物語のほうであって、偉大なだけに『源氏物語』のわかり方が遅れるわけです。そうすると後期物語だけの問題になってしまったり、『源氏物語』はそれだけ読んでいれば、ほかのものと何も比べる必要はないからという『源氏物語』だけでどんどん先に進んで行くということもできるわけです。そうでなくて、やはり平安時代という一つの時代が確実に実在した独自の世界を見極める意味で、『源氏物語』が生まれ、ちょっと遅れて『源氏物語』の後を継ぐ作品がたくさん出てきたという文学現象を、ある意味で公平に見て、それぞれの関連の中から総体の文学的状況をつかみたいですね。

久保田 それぞれがそれ自体の必然性で、まずベースキャンプを定めたらそこは固めなくてはいけないと思います。その点で、あくまでも専門分化してもいいとは思いますが、ただ、そこから出ないというのは困るので、自分のところを固めた上で、それから周辺を見なければいけないんでしょうね。

鈴木 さらに固める意味でも広く見なくてはいけないということでしょう。それは重々わかっているのですが、いよいよとなるとわからないことが多いですね。でも、自戒をこめて努めたいものです。

久保田 いつのまにか、本家がお留守になって足下を掬われるかもしれませんから。

鈴木　文学の歴史というものは政治史そのものではない。さきほどの話にもあったように政治体制のほうはとっくに瓦解《がかい》してしまっているのに、王朝的なるものはずっと延長して、それどころか今日まで残っている面があるかもしれない。そういう面から言っても文学自体の追求が第一になります。

久保田　日記文学なんかでも、具体的な問題でいうと、たとえば、モデル論とか、史実とかいろいろあると思います。その良い例は『とはずがたり』、明らかにモデルがあるわけですが、モデルが誰かということで、その実生活を洗い出しても『とはずがたり』がわかったことにはならない。たぶん王朝の日記でも、説話にしても似たことはあると思います。

鈴木　日記を材料にして史実をわからせるのか、史実を材料にして日記文学をわからせるのかということでしょうか。

久保田　日記を材料にして史実をわからせるのは歴史家のほうの仕事です。

鈴木　史実がわかったからと言って日記作品がわかったことにはならない。そこには自分と日記との対話なり、火花を散らす葛藤がなければいけないわけだから、自分と日記との問題になるわけです。

久保田　結局は自分の文学に対する考え方が問題なんでしょうね。

鈴木　何だか結局落着くところに落着いたようです。どうも私自身視野が狭くて、大局に立って見通す目がはなはだ不十分ですが、久保田さんのお話を伺って、広く勉強しなければという気持ちにかられました。もっと伺いたいところですが、そろそろ時間が来たようです。今日のところはこのあたりで……。

（了）

日本人の美意識——和歌を通して

〈インタビュー〉

〈インタビュー・構成〉
宮本明浩（みやもと　あきひろ）
「ロゴスドン」（ヌース出版）編集長。「ロゴスドン」は、哲学が諸学問の総称であることを前提に、過去・現在の様々な哲学を参考にしながら混迷の時代を賢明に生き抜くための雑誌。平成６年３月創刊（隔月刊〜季刊）。平成21年６月（第78号）で休刊、同年９月１日よりヌース出版のホームページ上でウェブ雑誌として再スタートしている。

いにしえよりわれわれ日本人は、美しいものを美しいと感じ、その感動を短い文章で表現した文芸を愛し続けてきた。その一方で、人間関係においても自然環境においても、美しいものは日に日に失われていることを意識している。ところが、殺伐とした時代精神の中を生きるわれわれは、日本の伝統である美しいものを追い求め、愛惜する歌心を見失いつつある。

そこで今回は、歌文を通して自然の言葉、自然や風景の意味を考えることを提唱されている、文学研究者の久保田淳先生にお話をいただいた。

――まずは、和歌文学についての学問的な概要あたりからお話しいただけますか。

和歌は本当に長い歴史を持っています。和歌という言葉で近・現代の短歌も包括することができると思います。今の歌人たちは「和歌」という言葉をあまりお使いにならず、ご自分たちの作っておられるのを「短歌」と呼んでおられると思います。ですから、雑誌にしても「短歌」とか「短歌研究」とかという雑誌はありますが、「和歌」とうたっているものはありません。

和歌となると短歌以前の、明治以前、江戸末期までの和歌をさし、明治以降、正岡子規や与謝野鉄幹などが革新したものからは短歌であるというのが、ごく一般的には常識になっていると思います。しかし、文学としての形態を主にしてもっと広く考えると、和歌は近代短歌・現代短歌を含めて考えるべきだと思います。

そうなりますと、日本の文学が始まってからずっと現代まで続いているということで、非常に長い歴史を持った文学であるわけです。日本文学を代表するものと言っても言い過ぎではないと思います。

近代・現代の短歌を含めた和歌ということで考えると、古い和歌を研究している人と現代短歌を創作している歌人たちとの間には、意外に交流がないのです。『万葉集』から江戸の末までの和歌については特に「古典和歌」という言い方をすることもありますけれど、古典和歌を研究する人と現代短歌を作っている人、さらには近・現代の短歌を研究している人たちとの間は、交流が意外なほどに少ない。本来は包括して考えるべきだと思いますが、断絶がある。お互いにあまり知りません。古典和歌を研究している人は、なかなか現代の短歌について発言しようとしない、また発言しにくい、できないのかもしれません。一方、現代短歌を作っている人たち、歌人たちも、あまり古典和歌に関心がない。

わずかに、歌人であり同時に古典に通じている人も少しは存在する。また、研究者のほうでも古典和歌の研究をしながら現代短歌について発言している人も少しはいますが、それは本当にまれです。もっとお互いの交流を盛んにして、昔から今まで続いているものとしての和歌と短歌共通の問題について考えるべきではないかと、私はひそかに思っているわけです。

どこの世界でも同じですが、古典和歌の研究の分野でもだんだん研究が細分化していく傾向が非常に強いので、これからますます和歌と短歌との間の断絶が広がっていくのではないかという気がするのです。それは本当に望ましくないことで、もっとお互いに関心を持つべきだと考えています。

そうなりますと、文学史のうちの和歌史を昔から今に至るまで一貫して述べなければならないのではないかということも考えています。もっとも、そういうことを考えだしたのは比較的最近で、私も若い頃は古典和歌の中の非常に限られた分野である中世の和歌の研究から始めたので、その時はとても近代短歌・現代短歌にまで考えが及びませんでした。読むこともあまりなかったのです。現在においても、決してたくさん読んでいるということは言えませんから、口幅ったいことは言えませんが、しかし、志としては昔から今に至るまでの日本の詩歌の代表としての和歌文学の特質というものを考え、一貫した和歌史を日本文学史の根幹となるものとして叙述していくべきではないかと思っているわけです。そんな考えもあって、近代短歌も含めて、今「和歌文学大系」という叢書《そうしょ》を編集刊行中です（全八〇巻別巻一　一九九七〜明治書院）。

――日本人の風雅の心というのは今でもなお感じられるとは思われますが、そういうものが日本人に芽生えたのはいつ頃からになりますか。

『万葉集』のころからすでにそれは認められると思うのですが、ただ『万葉集』といってもかなり長い時代にわたっての歌を含んでいますから、「万葉歌人」のごく初めのころ、「初期万葉」などと研究者は言っていますが、その頃は、風雅と言える美意識はまだあまり発達はしていませんでした。

普通、万葉の研究者は『万葉集』の歌を一期・二期・三期・四期という四つに分けて考えています。後に風雅と呼ばれるような心が顕著になってくるのは、第三期の歌人、歌人で言うと山部赤人とか大伴旅人あたりからではないかと思います。第四期が『万葉集』の一番おしまいの時期で、その代表的な歌人は旅人の子どもの大伴家持です。そのへんになると、非常にそういう意識がはっきりしてくると思います。赤人や家持などのあるものは、その後の時代、平安時代の美意識を先取りしたような歌が出てきていると言ってよいでしょう。たとえば、山部赤人の

春の野にすみれ摘みにと来し我そ野をなつかしみ一夜寝にける

という歌などがその例です。

それ以前ですと、風雅と言うには少しためらいがあります。『万葉集』の代表的な歌人で、日本の国民的な歌人と言ってもいいくらいに有名な人は柿本人麻呂ですが、人麻呂の歌は風雅と言うことはためらわれる。やはり、もう少し後からではないかと思います。実際に残っている作品から考えますと、そのようなことになるのではないかと思います。

――赤人や家持などの影響で、一般の日本人の意識に風雅の心が入り込んでいったということになりますか。

そう一度にはいかないと思います。大体、歌を作る人は昔は限られているわけで、今でも限られているかもしれませんが、だれしもが作るというものではありません。たしかに『万葉集』には非常に幅広い階層の歌人が含まれてはいます。帝王から遊女のような存在の女性まで、様々です。防人の歌とか一般庶民の歌もあるのですが、やはりそれは全体から見るとごくわずかなものです。『万葉集』もやはり貴族文学なのです。それ以後の、平安以降の和歌は、いよいよ貴族化していくわけです。その段階では一般庶民には風雅の美意識はあまり関係がないと思います。庶民層は歌を作る余裕などほとんどなかったと思います。

ですから、もし現代の日本人が風雅の心をまだ大事にしているとすれば、『万葉』の山部赤人、大伴家持のような美意識を受け継いで、それをさらに極度に発展させた平安時代の貴族たちの美意識を受け継いでいるということになると思います。特に、歌集で言いますと『古今和歌集』です。『古今和歌集』の打ち立てた美意識というものが、日本人全体の美意識に決定的な意味を持っているであろうという気がします。

――では、『古今和歌集』の時代が、日本人の風雅の芽生えと考えていいわけですね。

「風雅」の心の芽生えは万葉時代でいいと思います。時代で言うと奈良時代かもう少し前ぐらい、藤原時代から奈良時代だと思います。それがはっきりしたかたちになって現れるのは平安時代だと思います。

平安時代の文学というと、だれもが『源氏物語』を挙げます。それは当然ですが、またよく言われることは『源氏物語』を貫いている美意識は、それ以前に出来ている『古今和歌集』の美意識だということです。『古今和歌集』なくして、『源氏物語』は生まれなかったでしょう。だから『源氏物語』を本当に理解するためには『古今和歌集』を読まなくてはいけないわけです。

しかし、『古今和歌集』は明治になりますと正岡子規によって痛烈に批判されるわけです。有名な『歌よみに与ふる書』という子規の評論で、「貫之は下手な歌よみにて古今集はくだらぬ集にこれあり候《そうろう》」ということを言っています。「古今集の四人の撰者の代表である紀貫之は下手な歌詠みである。そして古今集はつまらない歌集だ」、ということを言ってのけるのです。

正岡子規は『万葉集』の率直な歌風に立ち戻って、『万葉集』から学んで新たな歌を起こそうとしていた、しかし世間の大勢はまだ『古今集』の歌風をよしとする香川景樹《かげき》の桂園派の歌が支配的だから、いわば戦略として、あえてそういうことを言ったわけですが、しかしそれは決して正しい意見ではないと思います。『古今和歌集』なくしては、それ以後の日本の文学は発展しなかったと思います。

――『古今和歌集』の見方といいますか、視点というものはどのあたりにありますか。

それを突き詰めていくといろいろあります

が、まず「みやび」ということです。漢字で言うと風雅の「雅」です。「みやび」は「ひなび」に対するもので、これは貴族的な美意識です。「雅」は「俗」に対するわけです。「あはれ」ということを言っていいかもしれません。それが「もののあはれ」になっていきます。

『古今和歌集』が推し進めた美意識は、明らかに貴族的なものです。さきほども申しましたように、貴族的な美意識は、当時の日本人の庶民層には無縁だったと思います。庶民層は生きていくのに精一杯で、そのような悠長なことは言っていられなかった。だから、貴族的な美意識が現在もずっと繋がっていると思います。貴族的なものが時代とともにだんだんに一般的になってきているのでしょう。

――では、もともとは、庶民層の「俗」などには美意識はなかったわけですね。

「雅」とは対立的な「ひなび」とか「俗」も、一つの美意識だと思います。「俗」の美意識も和歌の批評の過程で出てくると思います。人間はいくら風流であっても、かすみを食って生きているわけではないので、現実にものを食べなくてはいけない。異性間の愛情もきれいごとだけではないわけで、本能的な面があります。そういうものが「雅」に対する「俗」です。そういうものをも上代の歌は含んでいたと思います。

大体、和歌の前身は歌謡です。『古事記』や『日本書紀』にはたくさんの歌謡があります。歌謡の中には、戦いの歌とか宴会の歌があります。酒宴の際に謡う歌とか。「嬥歌《かがい》」というのは女性に男性がプロポーズする場です。そういう時は歌を謡います。それは、相手の女性の心を引き付けるためにいろいろなことを謡うわけです。そういう歌というのは、決して後の時代のような上品な貴族的な歌とは言えません。

そういう歌がそもそもあって、それからだんだん和歌が出てくる。和歌になるとそういうものがかなり少なくなってはきますが、『万葉集』の中にもいくらかあります。非常に滑稽諧謔《こっけいかいぎゃく》を主とする歌、人を冷やかす歌、あるいはあざける歌とか、戯笑の歌とか嗤笑《ししょう》の歌と言っていますが、そういった種類の歌がごく一部にあります。たとえば、よく夏の土用になると鰻屋さんの宣伝に使われる、大伴家持の、

　石麻呂に我物申す夏痩せに良しといふもの
そ鰻《むなぎ》捕り召せ

などがその例です。

平安時代の『古今和歌集』の時代になると、歌人はいよいよ貴族化してくるのでそういうものが一方に押しやられてしまうわけです。押しやられてしまうけれど、それは決してなくならない。『古今和歌集』においては、それが「誹諧《はいかい》歌」という呼び名でごく一部に残っています。この誹諧歌というものが近世の俳諧、俳句の文芸の淵源《えんげん》になるわけです。一度に誹諧歌から俳句に行くのではなく、誹諧歌から連歌《れんが》が生まれ、連歌から近世の俳諧になるというプロセスをたどります。

そこで求められる美意識は、むしろ「俗」です。「俗」の美意識というものがあって、それに対するものとして「雅」の美意識がある。それがお互いに交渉し合いながら、現在の日本人の美意識につながっていると思います。

ですから、和歌文学のことを申しましたが、本当は和歌だけではなくて、さらに和歌から派生した連歌それから俳諧、現代では「俳諧」とは言わずに「俳句」ですが、現代の俳句の母体である俳諧、和歌の分家のような形で派生し、やがて一つのジャンルとして独立した連歌、その連歌から派生し、これまた一つのジャンルを確立した俳諧、これらを含めて考えなくてはいけないと思います。

これも大変なことで、和歌の研究者は和歌のことだけで精一杯で、俳諧のことには口を出せません。俳諧の人たちも、なかなか和歌についてまで論を及ぼすことはほとんどないと思います。しかし、これをもっとこれからやるべきではないかという気がします。現代の実作者で言うと、歌人ももっと現代俳句を読むべきであろうし、俳人も現代の歌人の作品に関心を持っていいのではないかと思います。「雅」と「俗」という美意識が対立するものですから、そういう対立するものがあるということは、重要なことではないかという気がします。

――和歌の「雅」と、俳諧の「俗」が対立しているというのはおもしろいですね。

ただ、「俗」の中でも「雅」を求めるというところが、特に芭蕉などにはあると思います。芭蕉の俳諧はもちろん和歌とは違います。貴族的な和歌でないのはもちろんのこと、連歌とも違う。俳諧は庶民の詩であるわけです。では、庶民の詩ならば、どこまでも徹底的に庶民の好むところだけでいいかというと、それでは芸術にならないと、少なくとも芭蕉は思っているのでしょう。「俗」の中で「雅」を求めているのだろうと思います。

「ひなび」は「みやび」に対するものですから、地方的なもの、土俗的なものです。それは生の、人間の生きることとの根幹に繋がっていると思います。それを無視することはできないと思います。

――日本人の中には、そういう多様な美意識というものがあるのですね。

あるのだろうと思います。別の言葉で言い換えると、「あはれ」に対して、平安時代では「をかし」です。「あはれ」と「をかし」が対立していて、「あはれ」というのは和歌的な美意識で、「をかし」がのちの連歌や俳諧の美意識になっていくのだろうと思います。

たとえば、大阪という土地で重んじられる美意識は「をかし」でしょうね。しかし、その「をかし」を基調にしていながら、その中にも「あはれ」があるのではないかと思います。また、「あはれ」の中にも「をかし」を見いだすということも昔の日本人はしているのではないかと思います。たとえば、歌舞伎芝居や人形浄瑠璃などは非常に悲劇的なものが多いです。

例を挙げますと、『菅原伝授手習鑑《すがわらでんじゅてならいかがみ》』という、初めは浄瑠璃として書かれた有名な芝居がありますが、この『菅原伝授手習鑑』の中の「寺子屋」という一幕は、恩義を受けた主君の子どもを助けるために他人の子を犠牲にするという、ヒューマニズムから言えばとんでもないような話ですが、何しろ大変な悲劇です。いわゆる身代わりによって忠義を全うしようとするストーリーですが、その場面でも、一番悲劇のクライマックスになる前に滑稽な場面が入っています。

これは武部源蔵《たけべげんぞう》という人物が寺子屋をやっていて、自分の子どもというかたちで菅原道真の子息、菅秀才《かんしゅうさい》をかくまっています。それが敵方である藤原時平《ときひら》の側に知られて、菅秀才の首を討てということを命じられる。もちろん、何としても昔、恩義を受けた道真の子息の菅秀才は助けたい。けれども、自分自身には子どもがいないので、寺子、今で言うと学習塾の教え子のうちの一人を身代わりに殺してしまうわけです。その前に、子どもたちの親が自分の子どもが殺されては大変だというので、迎えに来るという場面があります。その中に「ヨダレクリ」という大きなガキ大将がおじいさんに迎えられて帰っていくという場面が非常に滑稽で、人を笑わせます。そういう笑わせる場面があって、その後に悲劇が展開する。こういう工夫を日本の演劇はよくやっていると思います。

最も深刻な悲劇の直前に笑いを設ける、そういう工夫がある。だから逆もあると思います。非常に、全体的にはおもしろいのだけれど、おもしろく笑わせながら涙を誘う。今はうまい例が浮かびませんが、上質の落語や人情噺《にんじょうばなし》などというのはそういう面もあると思います。笑わせながらほろりとさせる。ということで、「あはれ」と「をかし」は対立する美意識だけれども、場合によっては補い合うという関係もあると思います。

――そういった日本の文学の中には、人を感動させるための巧みな工夫がされていたのですね。

それは随分していたと思います。もっとも、これは日本だけのものではないかもしれません。世界の文学・芸術にも、そういうものは当然あると思います。

それから、狂言のことは世阿弥の時代は「をかし」と言っていますが、その世阿弥が、「狂言は人を笑わせるものだからおかしと言う。だけど、狂言であっても、ただ人を笑わせようということだけを考えていてはいけない。狂言の中でも笑わせるだけではなく、人を感動させるようなことがなくてはいけない」と言っています。これがさきほどの芝居の逆です。笑いの中にペーソスを盛ったり、まじめな内容を入れる。お笑い一辺倒ではないです。

――対立する美意識がうまく混じり合えば、非常に効果的だということが言えますね。

そうです。それは一種のスパイスのようなもので、非常にそれが効くわけです。そういうテクニックに昔の人はたけていたと思います。現在の芸能は、そういう点があまり配慮されていないのではないかという気もします。それに、非常に極端に走る傾向があるようにも思います。

――現在の芸能が人を笑わせようとしているのに、見ている側としては笑えないというのは、そのあたりに原因があったのですね。芸能といえば言葉も巧みですが、心が伴わないと、やはり白々しく感じられることもありますし、和歌の世界では、心と言葉の問題というのはどのように扱われていますか。

和歌に関する評論は「歌論」と言っていますが、歌論で一番重要な問題は結局、心と詞《ことば》（「言葉」）です。和歌で言う心というのは、意味・内容です。平たく言えば意味・内容、あるいは着想・発想などです。詞というのは文字通り表現です。使う言葉です。当然、和歌を作る時には、感動がなくてはいけない。その感動も心であるわけです。その感動を歌おうという思い付きが心であり、歌われる内容も結局心です。心というのは非常に広い意味を持っているわけです。

それはともかく、歌う内容をいかなる言葉に託して表現するかということが問題になるので、常にこれが議論されます。

そのことについて一番意識的であったのは、中世の歌人の藤原定家という人です。藤原定家が、自分自身それが難しいということを告白しているわけです。心に重点を置こうとすると詞がおろそかになる。うまい詞を使おうと、詞ばかり工夫を凝らすと心がいいかげんになる。結局、結論は平凡で、「心と詞のバランスがとれている、心と詞がうまくバランスを保っているものがいい歌であろう」と言うのです。心と詞がちょうど釣り合っているものが最も良い歌なのであろうと。

それは、鳥の二つの翼のようなものであるといいます。「所詮、心と詞とを兼ねたらんをよき歌と申すべし、心詞の二つはただ鳥の左右の翼のごとくなるべきにこそ」と『毎月抄』という歌論書で言っています。歌にとって心と詞は鳥の二つの翼のようなもので、両方がバランスを保っているのが一番いいであろうということになります。だから、極めて常識論のように聞こえますが、結局はそういうところに落ち着くのです。

藤原定家という人は非常に表現技巧にたけた歌人なので、もっぱら言葉だけを操っていた歌人のように思われなくもないのですが、そのようなことはなく、やはり心というものを大事にしているわけです。「心ある歌」というものを理想的な歌としている。「心が有る」と書いて「有《う》心《しん》」と言いますが、「有心」が定家の理想的な一つの美的理念であったということが言えるわけです。

定家のお父さんは藤原俊成《しゅんぜい》ですが、俊成が特に強調したのは「艶《えん》」という美的理念です。それからしばしば「幽玄《ゆうげん》」を説いています。「艶」と「幽玄」、この二つが藤原俊成の理想とした美です。俊成の後を受け継いだ定家は「艶」や「幽玄」ももちろん大事にするわけですが、それだけではなくて、「有心」ということを強調している。ですから、俊成や定家の歌がたくさん選ばれているのは『新古今和歌集』ですが、『新古今集』での美意識の代表は何かということになると、「艶」・「幽玄」・「有心」を挙げるべきでしょう。

——「艶」とか「幽玄」とは、どういうことを言っているのですか。

「艶」というのは一口に言えば上品な美しさです。上品な美しさですから、貴族的な美です。「艶」という字からわれわれは色っぽいとか、つやっぽいなどといった美を思い浮かべがちで、江戸時代の庶民が好んだいささかセクシャルな魅力というかエロティックな要素を含んだものを連想する人がいるかもしれませんが、そうではありません。和歌でいう「艶」は品の良い美しさ、貴族的な美です。

「幽玄」は説明しにくいのですが、奥深い、はっきりとはわからないけれど、何か奥に素晴らしいものがあると感じさせる美です。そういうものなので、これこそはいわく言い難い美です。「幽玄」は、時代によりまた歌人や芸術家により意味がだんだん変わってきていますが、まず言えることは、「幽玄」というのは不透明である、不明瞭であるということです。はっきりはしないけれど、奥に何か素晴らしいものがあると感じさせるようなもの、それが「幽玄」です。

ですから、これは日本語のあいまいさとか、日本人がものごとを断定的に言わないとかいうことと結局は重なってくると思います。

俊成より少し後の人で、藤原定家とほぼ同時代の文学者に鴨長明がいます。『方丈記』を書いた鴨長明ですが、この長明が『無名抄《むみょうしょう》』という歌論書を書いていまして、『無名抄』の中で「幽玄」というものを長々と論じています。そこで、長明はやはり自分もよくはわからないけれど、「幽玄」というものは「詞に現れぬ余情、姿に見えぬ景気」であろう、「言葉で言い表すことのできない、また肉眼ではっきりと捉え難い一種の雰囲気といったようなものであろう」と言っています。

例えのほうがわかりやすいと思いますが、「幽玄」というのは、「全山真っ赤に紅葉した紅葉の山を霧の絶え間からちらっと見たようなものだ」、と言うのです。霧が立ちこめていて、そこが少し切れてちらりと一部見えた、それは素晴らしい紅葉だったので、この霧が晴れたならばこの山全体が真っ赤に紅葉していて、さぞ美しいだろうと推し量る、想像する、そういうようなものが「幽玄」だと言っています。

だから、「幽玄」というのは目に見えるものではなくて、自分で心を働かせて、想像力を働かせて推察・想像して生まれる美です。そういうものを俊成は重んじているわけです。後の人もそれを受け継いでいきます。「幽玄」という言葉は現在でも「京都に行って幽玄の世界に浸ろう」とか「能を観て幽玄の境地を味わった」など、ずいぶんよくキャッチフレーズなどで使われますが、本当はなかなか説明しにくいものです。ただ一貫していることは、要するに目で見てすぐわかる美ではない。心を働かせないと感じられない美、これが「幽玄」です。そういうものを中世の人たち、歌人でも世阿弥などでも重んじていたわけです。

だからこの「幽玄」こそは、現代では非常にわかりにくい、現代人の求める価値観とは反対のものだと思います。現在は何でもわからなくてはいけないという時代です。あいまいであってはいけない。ものごとははっきり言わなくてはいけない。断定しなくてはいけない。言語は明瞭に相手に伝えなくてはいけない。そういう時代には「幽玄」は非常にわかりにくい、価値のないものと考えられがちな美だと思います。

けれども、大体、世の中のことを考えますと、すべてがそれほどわかり得るものなのか。わからないことはいくらでもあるわけです。わからないからといってそれを放棄してしまうのではなくて、わからないことをわからせようと努力するのが人間だと思います。現実にわからないことはたくさんあるわけです。わからないことをわかったつもりでいるほうが、もっと問題ではないかと思います。私は「幽玄」というのは極めて非現代的な美意識だけれども、現代の日本人は過去の日本人が重んじてきたこの美意識にもっと理解を持つべきだと思います。そのようなものは嫌だと否定する人が多いかもしれませんが、やはり日本人である以上「幽玄」の美意識から、実は完全に抜け出せてはいないのではないかとも思います。

あるいは「余情」という言い方もします。「幽玄」を説明するうえで、鴨長明も言っていますが、「幽玄」を置き換えて「余情」、何でも余韻が残るわけです。その余韻が大事なのだと言うのです。

――はっきり言いすぎたり、あまり言葉数が多いのも、当時では良くなかったのですね。

むしろ言葉は極度に制限する。「言葉少な」という言い方があります。「言葉少な」が、歌の世界では大事になるのです。「言葉少なに」ということは、和歌は三十一字ですから、それほどたくさんの言葉は使えないわけです。そういう制限があるのだから、そういう中でさらに冗長な表現を控えて、わずかな言葉に心を込める。わずかな言葉に深い心を込めるのがいい歌だというようになってくるのです。その後の、定家の「有心」などでも同じだと思います。

それから、すっかり表現しつくしてしまうこと、言い切ることを嫌います。これは芭蕉の言葉で、ですから和歌ではなくて俳諧のほうですが、「言ひおほせて何かある」ということを言っています。「言いおおせる、すっかり言ってしまって、それがどうした、すっかり言ってしまわないところがいいのだ」と言うのです。「言ひおほせて何かある」、これは『去来抄』に見える芭蕉の有名な言葉ですが、歌での考え方と完全に繋がると思います。

――「有心」というものは「幽玄」を発展させたものだと考えていいのでしょうか。

一応そう言ってもいいでしょう。「幽玄」の発展と捉えていいと思います。定家自身「幽玄」を決して否定しているわけではありませんから。幽玄の美的内容を「有心」と言い換えたと言ってよいかもしれません。

『新古今和歌集』が、大体転換期の歌集です。平安時代の最末期から鎌倉時代の初めが大きな転換期です。源平の動乱があって、大変な内戦の時期を迎えたわけです。ですから、この時代の人たちは非常に大変な経験をしたわけです。

ただ、『新古今和歌集』にはそれはあまり反映していない、ほとんど反映していないと言っていいでしょう。それは、やはり『新古今和歌集』が貴族の文学として、宮廷の文学として後鳥羽院の命令によって編纂《へんさん》されたからです。ですから、『新古今和歌集』から時代の嵐みたいなものを感じることは非常に難しいです。不可能ではないのですけれども非常に難しいです。

では、歌人たちはそういう時代について何も証言をしていないのかというと、している人もいるわけです。それが西行です。西行はこの転換期の時代、社会というものを凝視して歌っている。それは彼の歌集に載っているんです。ただ、そういうものは貴族文学である『新古今和歌集』には撰ばれない。ですから、そういう歌を見るためには西行自身の歌集を見なくてはいけないのです。

具体的に言いますと、日本が内乱期に突入するのは保元の乱からだと考えられています。これは、慈円が『愚管《ぐかん》抄』で保元の時代から「武者の世」になったということを言っています。この保元の乱の際にも西行は歌っています。ほかの人は内乱など歌おうとはしません。しかし、西行は保元の乱に破れて敵方の監視下に置かれている崇徳院のところに駆けつけて、嘆きの歌を寄せています。それから、讃岐に流された崇徳院に慰めの歌を贈ったりしています。その後、平治の乱があり、源平の動乱があるのですが、源平の動乱の際にも木曾義仲の死とか、宇治川の戦いについて歌っています。これは非常に珍しい例です。ほかの貴族的な歌人は一切そういうことは歌っていません。

貴族たちには和歌は「みやび」の文学である、宮廷の文学であるという意識が強いから、そういう戦乱についてはあえて歌おうとしなかった。西行は、出身は宮廷に仕える武士だったわけですけれども、出家したのちは宮廷とは関係ない自由な身の上ですから、平気でそういうのを歌っているんです。そういう西行の和歌に顕著に見られるのが、「雅」に対する「俗」の意識だと思います。「俗」の意識に立っている西行の歌は、天皇ないしは上皇の命令によって撰ばれる勅撰集には入らないのです。

――戦争や内乱というものを歌うと、人間の醜い面が出てくるからということでしょうか。

貴族社会というのはお上品なんです。お上品だから、人間のあさましさ、醜さなどを排除するんです。これは和歌だけではなくて、ごく一般的な物の考え方や生活様式として、「褻《け》」と「晴《はれ》」という観念があります。「褻」というのは日常的なことです。「晴」というのは、今で言う「晴れの席」とか「晴れ着」とかいう「晴」で、これは非日常的、改まった公的なことです。「褻」と「晴」という観念が、ちょうど「俗」と「雅」みたいなもので対立する関係にあるわけです。

勅撰集というのは集によって違う場合もありますけれども、ほとんど「晴」の歌ばかり集めています。公的な折り目正しい歌ばかりを集めている。実際にはそれ以外の、もっとくだけた歌も歌われるわけです。それこそ「俗」の意識によってです。西行はその両方を歌っています。けっこう「褻」の歌が多いのです。「褻」の歌では戦争も歌うし、それから場合によっては食べ物の歌というのもあります。

『勅撰和歌集』にはほとんどお酒の歌というのは出て来ません。『万葉集』には大伴旅人の讃酒歌という有名な作品群がありますけれど、勅撰集になると酒を飲むとか飯を食うということはほとんど歌われません。ものを食うとか酒を飲むというのは「褻」の世界です。そういうものは歌わない。歌ってもそういう歌は入れない。それは一貫していまして、そこだけ言うと王朝の和歌文学、古典の和歌というのはかなり狭い器です。だからこそ、それだけではつまらなくなって連歌が生まれ、連歌もしばらくやっているとだんだん上品になってしまうので、連歌から俳諧の連歌というものが分かれて、それから俳諧が出てくるわけです。

実際は、貴族たちだって時には滑稽な歌を歌うのです。それが誹諧歌であったり狂歌であったりするのです。そういうものは歌集の世界では重要視されないのです。

――この頃の転換期の日本人の意識とか精神的な面というのは、西行によってかなり見えてくるところはありますね。

もちろん和歌ではなくて、むしろそういうことを考える時には『平家物語』を見たほうがずっと早いわけですけれど、詩歌の世界でも西行は歌っています。非常に独特な歌ですけれど、坊さんですから戦いを浅ましいものという立場で歌っているんです。

戦いというものは罪深い所業だという観点で歌っています。この世の地獄として歌っている。西行にはそのほかに地獄を詠んだ有名な歌がありまして、「地獄絵」というのがこの時代の絵画にありました。地獄の有様をありありと描いている絵です。その「地獄絵」を見て西行が詠んだ連作の歌という有名なものがありまして、これなどは西行でないと歌えないという歌です。しかし、そういうものもやはり勅撰集には入りません。

――その「地獄絵」を見て西行が詠んだ歌というのは、たとえばどんなものがありますか。

地獄の歌は、

　なべてなき黒きほむらの苦しみは夜の思ひ
　　の報いなるべし

があります。男と女が邪淫《じゃいん》の戒を犯した報いで地獄で燃えているところです。「黒きほむらの中に、男女燃えけるところを」という詞書があって、「なべてなき黒きほむらの苦しみは夜の思ひの報いなるべし」です。他には、

　たらちをの行方をわれも知らぬかな同じほ
　　のほにむせぶらめども

があります。自分も地獄に落ちている。「たらちを」というのは親です。親もきっと前世に犯した罪の報いで火に焼かれているのだろう、でも親がどこで焼かれているのかわからない、自分も今焼かれているのでというような歌です。そんな歌があります。こういう歌は貴族は作れないんです。

　それから、戦いの歌は木曾義仲が死んだということを聞いて詠んだ歌というので、

　木曾人は海のいかりをしづめかねて死出の
　　山にも入りにけるかな

というのです。「いかり」というのは船の「錨」に「怒る」という動詞を掛けています。

　これは実はよくわからない歌です。「いかり」というのは、船の錨に人間の怒りの感情を掛けているのですが、だれの怒りなのか、自分自身の怒りなのか、それとも他の人の怒りなのか、はっきりしませんが、木曾義仲は怒りを鎮めることができないで、とうとう無謀な戦いを起こして死んでしまったという、「木曾と申す武者、死にはべりにけりな」と詞書《ことばがき》があって、この歌があります。義仲の死を突っぱねているような歌です。

――地獄や戦いの歌は駄目でも、男女の関りの歌は良かったのでしょうか。

　昔はそれこそ貴族の社会では、男女交際に和

歌は絶対に必要だったのです。まず普通、男から女に歌を贈る。女性のほうがその男に関心があれば歌を返します。歌のやり取りを何度かしているうちに、初めて会って一緒になるというのが普通です。だから、歌は恋愛には絶対必要なわけです。歌ができない場合には代作してもらうのです。歌人というのはそういう代作をよくしました。和泉式部などは本当によく代作をしています。和泉式部自身、恋多き女なんだけれども、自分の恋愛だけではなくて、自分と付き合っている男がほかの女性に歌を贈りたいという時に代作してやっているくらいです。だから、歌は絶対必要です。

しかし、そこで詠《うた》われる歌というのはお上品な歌です。恋愛や結婚というのは、男女の肉体的な交渉を普通伴うはずですけれども、肉体的・身体的な表現というものはまず避けるという習慣があるのです。これがまた、「褻」・「晴」の観念と関ってくるのです。肉体的な問題というのは「褻」です。「褻」であり「俗」です。だから詠わないのです。

大体貴族的な和歌、古典和歌では体の部分というのはほとんど詠いません。せいぜい髪です。黒髪というのは歌には詠われる。けれども、特に鼻とか口とか耳は詠わないのです。体の部分は詠いません。それを詠うと和歌ではなくなって、誹諧歌になるのです。正統的な和歌ではなくなるわけです。だから、誹諧歌ではよく耳や口や鼻というのは詠います。だけど、それはオーソドックスなものではないという考えがありますから、男女の恋愛の歌、恋の歌、『万葉集』で言うと相聞《そうもん》、平安以降の恋の歌はもっぱらそういう上品な、両方が会いたいとか忘れられないとか、そういうような心の問題ばかり詠うのです。

ただ、「寝る」という動詞は使います。「寝る」

は文法で言うと終止形は「寝《ぬ》」だけど、「寝る」という言葉は使います。けれど、それはそんなにいやらしい意味で使っているのではないのです。普通に恋の歌にも出てくるのです。しかし、具体的な性行為は絶対詠わないのです。

――当時の「寝る」の意味は、具体的にはどういう内容を言っていたのでしょうか。

それは言ってみれば共寝をすることです。共寝もあるし一人寝もあるけれど、何しろ体を横たえることとです。それは恋の歌にはいくらでも出てきます。恋の歌以外にだって、もちろん「寝る」は出てくるので、ただリアルな行為の描写というものはないのです。

そういう点でも、王朝の和歌、古典の和歌というのはある意味では狭い器です。だから、そういうことを表現しようとすると、江戸時代の狂歌になったり、それから、川柳の中でも特にかなり性的な表現の多いものがありますが、そういうものになってしまうのです。

結局、これも「幽玄」の考え方と同じだと思うのです。それは想像するだけにとどめておくのです。かなり象徴的な表現をするわけです。袖と袖を重ねるとか、衣を重ねるという言い方をします。そういうことで表しているのです。ですから、一つ一つの言葉に対する感覚というものは、非常に磨かれていただろうと思います。ただそれも『新古今和歌集』あたりが頂点です。後はどうしてもマンネリになってきます。これはやむを得ないところでしょう。ですから、中世も半ばくらいになると歌では満足できないので、むしろ連歌が盛んになってくるわけです。中世、鎌倉、南北朝、室町時代ですけれども、南北朝くらいからは和歌よりはむしろ連歌のほうが、人々の心を託すのにふさわしい詩歌形態になってきます。そして近世の後、連歌からさらに派生した俳諧になってきます。

――現在の歌謡曲や演歌の恋の歌には、よく使われる言葉に、たとえば「港」があると思われますが、和歌にも同じように多く使われたのでしょうか。

港はそれほどでもないかもしれません。これは文学風土との関係があります。何しろ王朝和歌は京を中心に発展していくでしょう。京の都の近くには海はないですから、比喩的な港というのは出てきますけれど、また具体的な港も少しは詠われますが、そう多くはない。

むしろ現在の歌謡曲、演歌などに連なるものとしては「涙」でしょう。ずっと昔から、恋の歌や別れの歌、旅の歌は涙が多いのです。私が知っている人でブルガリアの女性ですけれども、日本文学を、特に古典文学を研究している人がおられて、和歌に表れた涙について、「袖の涙」というテーマで研究して博士号を取得された人がいます。西欧でも東欧でも、欧米の人たちには奇異に感じられるらしいのです。どうして、和歌にはこんなに涙が多いのかと。

歌だけではありません。『源氏物語』を見ても男も女もすぐ泣くんです。涙というものが非常に日本の文学には出てくるので、そういう伝統は現在の歌謡曲にもたぶん受け継がれているのではないでしょうか。涙がそんなに多いというのは、やはり日本人が感傷的なんでしょうね。特に、和歌はそういう感傷性の強いものでしょうから。和歌的抒情というのがひと時言われて、否定的な意味でずいぶん使われましたけれども、本当に涙は多いんです。

港が歌でよく歌われるのは、港町というのが形成されて、近代の外国との交流が盛んになってからかもしれません。昔から港はあることはあるんですけれども、そんなに港は多いとは言えないと思います。

――日本の文化は恥の文化であるということがよく言われますが、これまでのお話から、和歌の美意識と日本人の恥というものの意識に何か通ずるものがあるような気がいたしますけれども。

和歌は長いこと貴族文学として発展してきたわけです。だから、貴族文学というのは、悪く言えば体裁を大事にして、実質はどうであれ、表面は繕うというところがあります。表面的な「雅」を重んじ「みやび」を重んじるので、そういうかたちで「恥」を隠蔽《いんぺい》しようとするのです。「みやび」や「雅」、「晴」を求める姿勢というのは、「恥」から遠ざかろうというものになると思うのです。だから、恥ずかしいものを暴露するのではなくて隠蔽しようとする。現実は、本当は人間はずいぶん恥ずかしい行いをお互いみんなしているのでしょうけれども、それを表現しない。それで、もっぱらきれいな美しいものばかりを求めている。そういうかたちで「恥」というものを意識しているのではないでしょうか。

だけど、現代は何でもあるがままを映すのがいいということで、みっともないならみっともないものを、むしろ露《あらわ》にしたほうがいいのではないかという考え方がむしろ一般的なわけです。現実暴露の文学がむしろ主流とされます。日本の古典文学の多くはそういうものとは正反対なわけです。和歌にしても、『源氏物語』のような物語文学、散文にしても現実暴露の反対で、現実を美化していくのです。それによって、恥ずかしい部分を覆い隠そうとする。

でも、古典においても説話文学というのは必ずしもそうではないので、現実を暴露しようという試みもやっているのです。具体的に言えば、『今昔物語集』とか『宇治拾遺物語』が説話文学ですけれども、そういうところではいろいろと人間の醜い面、物欲とか性欲をあからさまに描き出している文学というものも一方で認められます。江戸時代になると、それがまたかなり強くなってくると思います。

恥というのは、おそらく日本の信仰で言うと神道に関係するのでしょう。神というのはけがれを忌みます。恥もけがれのように考えるのではないでしょうか。恥の意識というのがあるから、ある程度日本人の良さというのが保たれてきたということがあるでしょうが、この頃はずいぶん変わってきているでしょう。恋愛に対する考え方もはっきり違っています。古典の世界だと、特に平安時代ですけれども、恋愛が始まるとそれを隠そうとする。人に知られたくない。恋愛というのは自分と相手だけのことだから、他人に知られたくない。他人に知られると恋愛が妨害される、成就しないのではないかというようなことも懸念するのです。

だから、恋の歌には「二人の関係を決して人に言うな」と恋人に訴えかける歌がたくさんあります。決して私たちの関係を人に言ってはいけない、私も言わないから、あなたも言わないでくれと相手に求める歌が、『万葉』の頃から平安時代までたくさんあります。

今は大っぴらでしょう。衆人環視の中でキスしたり抱き合ったりというのも珍しくありません。そういうことは王朝時代には思いもよらないことです。恋は秘めた恋、忍ぶ恋が一番だというのがこの時代の人々の考え方です。知られるのはやはり恥と考えた。まず、他人に知られると壊れてしまうという懸念もあったと思うのですが、ともかく二人だけの間のものという考え方が強かった。それが現在では違ってきています。そのへんが昔の日本人と今の日本人の大きな違いでしょうね。

それから、人間である以上、ものを食ったり飲んだりということは絶対必要ですけれども、そういう行為は「褻」な行為であるから、なるべく人に知られないように、人に大っぴらに見られては恥ずかしいという観念があったわけです。今、そんなことはないでしょう。道を歩きながらアイスクリームを食べても平気なわけで、そういう昔と今の違いはすごくあると思うのです。

『伊勢物語』に二人妻の話があります。「筒井筒」の話です。始めは幼なじみ同士が結婚して仲良くやっていたのだけれども、そのうちに女の実家のほうが貧乏になってくると、男は別の所に愛人を作ってそこに通うようになった。けれども、その新しい愛人というか新しい妻は、初めのうちは奥ゆかしくふるまっていたけれども、馴れてくると自身でご飯をよそった男はそれを見て嫌になって、通っていかなくなってしまったという話があります。

だから、あるところまで来ると、ある身分の女性になるとご飯も自分でよそってはいけないので、使用人からよそってもらうのを食べなくてはいけない。自身でよそって食べるのははしたない行為で、それだけで愛想を尽かしてしまうというくらいです。飲食ということを非常に卑しいことのように考えるのです。おかしいと思いますけれど、そういうことから言ったら現代は正反対でしょう。

また、ものの話し方にしても、まず貴族社会の話し方だと大声を上げるということは絶対ないわけです。だから、ものの話し方、聞き方にしても、たとえば今、携帯電話で歩きながら一人で大声でしゃべっているなどというのとは全然違うわけです。いろいろな点で昔の日本人の生活態度からすると、今は雲泥の差があるのではないでしょうか。

何も昔がすべて良かったとも思わないのですけれども、ただ、携帯電話で大声でしゃべっているのが他人に何の不快感も与えないのならいいし、衆人環視の中で若い男女がいちゃついているのが、「あれは好ましいのだ」となればまた別ですけれども、自然な人間の感情ではそうではないでしょう。「あれは何だ」ということになります。これも国によって風俗習慣の違いにともなって、人々のものの感じ方も違うでしょうけれども、たとえば外国だとキスしているのをおおらかに認めるかもしれないけれども、まだわれわれの中には満員電車の中で二人だけがいちゃついていると不快感を覚えます。携帯電話で大声でしゃべっていると嫌だと思います。だから、昔からの日本人の感じ方というのは残っているのではないでしょうか。

――それでは最後に、日本における和歌文学の社会的意義と二十一世紀の課題についてお話しいただけますか。

結局、文学というのは、これがなかったら生きていけないというものではないのです。それこそ、食べ物や飲み物のような生命の維持に不可欠なものではないのだけれども、やはり人間が人間らしく生きるためには、歌心というものは失いたくないという気がするのです。

これからいよいよ環境破壊が進むでしょうけれども、それに対する一つの防衛策として、もっと自然に対して関心を持たざるを得ないだろうと思うのです。自然に対する関心を呼び覚ますものとしては、短歌に限らない、俳句でも同じだと思うのですけれども、短詩形文学というものが意味を持ってくるのではないでしょうか。

考えてみると確かに不思議です。ずいぶん以前、加藤周一さんが「日本人の七不思議」ということを新聞に書いておられて、その一つに、

「何で日本人は昔から今まで、短歌とか俳句みたいな短詩形の文芸を愛し続けてきたのだろう」という疑問を投げ掛けられたことがあります。

確かに本当にこの疑問に対してうまく説明できないのですけれども、日本人の自然に対する愛情というのが、一つにはこういう短歌や俳句を持続させてきた原因の中にあると思うのです。ですから、これからいよいよ貴重な自然を大事に使っていかなくてはいけない時代だから、短歌でも俳句でもいいと思うのですけれども、そういうものに対する愛情をずっと持ち続ける必要があるのではないでしょうか。万事機能主義、経済効果一点張りだと、それこそ人間がロボットみたいになってしまうので、人間が人間らしい生活をするためには、こういう短詩形文学を愛する心は持ち続けたいと思います。

（了）

対談・座談おぼえがき

初出一覧

〈対談者〉	〈テーマ〉	〈掲載誌紙〉	〈発表年月日〉
藤平春男・佐藤謙三・丸谷才一・岡野弘彦	『新古今和歌集』―時代と文学	國學院雑誌	昭和45年1月
佐佐木幸綱	気分は『新古今』	國文學 解釈と教材の研究	平成2年12月
川村晃生・兼築信行・河添房江	八代集の伝統と創意	国文学 解釈と鑑賞	昭和60年1月
岩佐美代子・浅田徹・佐々木孝浩	十三代集を読もう	リポート笠間	平成7年10月
西本晃二・戸倉英美	日記・東と西	國文學 解釈と教材の研究	平成5年2月
鈴木一雄	文学史と文学研究史	國文學 解釈と教材の研究	昭和61年6月
〈インタビュー〉	日本人の美意識―和歌を通して	LOGOS DON	平成12年5月

藤平春男・佐藤謙三・丸谷才一・岡野弘彦(司会)「『新古今和歌集』―時代と文学」

一九六九年(昭和四四)十月二十三日(木)、渋谷の「羽沢ガーデン」で行われた座談会。この年は前年からの大学紛争が激化した年である。四月から東京女子大学に非常勤講師として出講するようになったが、ここも六月に入ると全学ストに突入して、以後ずっと授業できない状態が続いた。十月二十日のメモに「東女大に行くも授業なし」とある。ただ本務校の白百合女子大学は全くといってよい無風状態であった。そんな物情騒然とした季節に行われた座談会である。國學院大學は、中学・高校の六年間のうち、五年にわたって国語を教えて頂いた橘誠先生が卒業された大学である。その大学の雑誌の座談会ということもあって、かなり緊張していたと思う。もしかしたらこの種の席でしゃべるのは初めての体験であったかもしれない。その頃は和歌史研究会で月に一回はお会いしていた藤平春男さんの他は、おそらくお三方とも初めてお目にかかったのであろう。この頃の私は新古今集にばかりこだわっていて、現代短歌のことも俳文学についてもほとんど何も考えていなかった。岡野さんや丸谷さんの御発言を読み返して、恥じ入る思いである。そんなことを反省しながら、目下近世文学研究者の長島弘明氏と和歌・短歌・俳諧・俳句を鑑賞する本を作っている。

佐佐木幸綱「気分は『新古今』」

一九九〇年（平成二）八月十四日（火）、新宿、「カデット山田屋」で行われた対談。雑誌「國文學」十二月特集号「新古今集を読むための研究事典―中世和歌史のなかで―」の一環として行われたものである。『心あひの風』には金子兜太・佐佐木幸綱両氏との座談「日本の恋歌を語る」を収めたが、この対談は右の座談会より六年前のことになる。佐佐木さんとはこれ以前、『日本名歌集成』（一九八八年一一月刊、學燈社）の編集の仕事で御一緒したし、対談の最初でもしゃべっているように、一ヵ月ほど前には「佐佐木幸綱を囲み、語り、飲む会」にも参上し、司会者にいわれて佐佐木さんについて何か話をした。対談の日は第六歌集『金色の獅子』を読みかえしてから、新宿の会場に行った。だからこの歌集のカツライスの歌から話が始まっている。座談会をおえたあと、その頃時折行っていた新宿区役所通りのバー「泰山木」で、もっとくつろいでお話の続きをうかがいたかったのに、あいにくこの日はそこが休んでいて果たせなかった。そのことが残念でならない。

川村晃生・兼築信行・河添房江「八代集の伝統と創意」

一九八四年（昭和五九）八月四日（土）、新宿、「中村屋」で行われた座談会。雑誌「国文学解釈と鑑賞」昭和六十年一月号「特集・花鳥風月の世界—古今集から新古今集まで—」のためのものである。最初に私は、狂言廻しのつもりで出て来たといって、「お三人の気鋭の研究者に縦横に論じていただきたい」と注文している。御参考までに、雑誌に掲載された時のお三方の肩書は、川村氏が慶應義塾大学助教授、兼築氏が早稲田大学助手、河添さんが東京大学大学院学生とある。川村氏とは、九年前慶應の大学院に非常勤講師として出講するようになってからの、よく知った間柄であった。兼築氏のことは、和歌史研究会の藤平春男さんや井上宗雄さんからしばしば話を聞いていた。河添さんは、この年の春に定年退官された秋山虔先生の薫陶を受けた、文字通り気鋭の物語研究者なので、和歌文学研究を客観的に見る側の人として、加わって頂いたのだった。この時から三十年近くたった現在でのお三方のそれぞれの分野でのご活躍ぶりは、改めて記すまでもないであろう。

岩佐美代子・浅田徹・佐々木孝浩「十三代集を読もう」

一九九五年（平成七）七月二十八日（金）、神田神保町、「花家」で行われた座談会。一月に阪神大震災、三月にオウム真理教による地下鉄サリン事件と、大事件が続いた年の夏に行われたものである。おそらく岩佐さんの大著『玉葉和歌集全注釈』の校正も進んでいたのであろう。私の編集・解説による「吉田兼右筆十三代集」の影印本シリーズの刊行も始まろうとしていた。それらの前宣伝を兼ねて笠間書院が企画したものである。この日は藤平春男さんの告別式の当日であったと記憶している。私はある市民セミナーの出講日だったので参列できなかった。宗尊親王と飛鳥井雅有の話をすませたあと、神保町にまわった。浅田氏は恩師をお見送りしてからまわって来られたのだと思う。佐々木氏は私が慶應に非常勤で出講していた頃からの知り合いである。座談会のあとは、お若い浅田・佐々木の両氏、それに笠間書院の橋本孝・大久保康雄両氏と、日本橋蛎殻町のロイヤルパークホテルのバー・オルフェイスでおしゃべりして、中央線の最終電車で帰った。この少し前、きれぎれの隅田川が見おろせるこのバーを知って、今でも時たま行ってみたくなる場所となっている。

西本晃二・戸倉英美「日記・東と西」

一九九二年（平成四）十一月十日（火）、新宿、「中村屋」で行われた座談会。「國文學」翌年二月号の特集「日記の謎―古代から中世・近世まで」のためのもの。この号では自身は「古典の日記綜覧」という、小辞典ふうなものを書いている。雑誌の本体は日本の古典文学に終始しているのに座談会は外国文学にまで拡げたのは、私の思いつきだったのかそれとも同誌編集部の考えたことだったのか、今ではよく覚えていないが、おそらく前者であろう。中国文学の戸倉さんに加わって頂いたのは西本さんの提案であった。手帳を見ると、直前になって日記関係の本を買い込んだり、図書館から借り出して読んだりしている。当日は非常勤校に出講する日だったので、午前は東京女子大学で演習一コマをすませ、歩いて成蹊大学へ移動、ここでの授業の前後、図書館に入って少しばかり心の準備をしてから新宿へ出向いた。西本さんとは一九九四年春、一緒に定年で東京大学文学部づとめをやめた。でもその後も新宿の雑沓の中でひょっこりと出会ったりすることがあって、嬉しくなる。最近出された編訳書『南欧怪談三題』（二〇一一年一〇月刊、未来社）も、楽しい本である。

鈴木一雄「文学史と文学研究史」

一九八六年（昭和六一）三月三日（月）、新宿、「中村屋」において行われた対談。鈴木さんは私より十一歳年上でいらっしゃった。平安文学の研究者として、そのお名前は早くから存じ上げていたが、所属する学会も異なるので、お目にかかる機会はほとんどなかった。その鈴木さんを最年長として、計六名が一つのグループとなって、岩波書店の『広辞苑』第二版の原稿点検をするという仕事をしたことがある。一九六〇年代の後半、私は東京大学の助手から白百合女子大学の助教授となった頃のことである。ただこの仕事は、各自が時間の都合をつけて、随時仕事場に出向いて作業するというやり方だったので、そこでしばしばご一緒したという記憶はない。ただ何かの折、あるいは仕事場でご一緒に食事をしていた時でもあったろうか、雑談の中で、鈴木さんが万年筆ではなくつけペンを愛用しているといわれたのをうかがって、大いに共鳴したことがある。「先が太くなったのを取り替える時が、またいいんだよね」とおっしゃっていた。それから二十年ほど後、対談の相手に私を選んで下さったのである。ＪＲ埼京線が新宿まで乗り入れてきた、その日だった。埼玉の三郷市にお住まいだった鈴木さんは早速武蔵野線、この線と乗り継いで新宿まで来られたらしい。便利になったと喜んでおられた。なくなられた二年後にまとめられた追悼文集『夢のうきはし』（二〇〇四年五月刊、十文字学園女子大学）に私も「鈴木さんの思い出」と題する小文を書かせて頂いたが、そこではつけペンの話を書き落としていた。

日本人の美意識―和歌を通して―

二〇〇〇年（平成一二）四月四日（火）、本郷、「学士会分館」で受けたインタビュー。それまで「ロゴスドン」という雑誌の存在は知らなかった。電話でインタビューを申し込まれた時、どういう雑誌ですかと聞いたような気がする。ある種の宗教の機関誌のような性格の雑誌だったら応じないつもりだった。こちらが無知だったので、毎号森羅万象を哲学的観点から考え直そうという特集を組んでいるまじめな雑誌である。よく知っている人も何人かすでにインタビューに応じている。それで承諾した。この日は半蔵門から千鳥ヶ淵まで、四、五分咲きの桜を見て歩いたのち、本郷へ向かい、角川書店に仕事の宿題を届けて、そことは隣といえるほど近い学士会分館に赴いた。インタビューアーはこの雑誌を出しているヌース出版の宮本明浩氏だった。もちろん初対面であった。小さな部屋で一時間半以上続いた。手帳の当日の欄に「殆ど下準備なしにしゃべる」と書いている。東京大学構内の再開発に伴って、この建物、学士会分館も今はない。十年経つと人も物もずいぶん変わるものである。

あとがき

当初から対談・座談集を三冊にまとめるということで、その第一冊、『心あひの風』が刊行されたのは、二〇〇四年二月であった。それから余りにも時が経ってしまったが、古証文にも似た続きの二冊がようやくまとめられようとしている。その間、お話相手になって下さった何人かの方々は冥明境を異にして、もはやお目にかけることができない。そのことを思うと申し訳なさで一杯である。どうしてこうも間延びしてしまったのか、詳しいことは知らない。ただ、そのうち動き出すだろうと呑気に構えて、その時その時の仕事に気を取られ、編集部任せにしておいたのは私の怠慢である。おしゃべりにお付き合い下さり、快く収録をお許し下さった方々、またその御家族の方々に、この場を借りて深くおわび申し上げる。

対談・座談集をまとめるに至ったいきさつは『心あひの風』の「あとがき」で述べたので、ここには繰り返さないわがままをお許し頂きたい。

この数年の間、日本文学研究の世界にもかなりな変化があった。それは必ずしも明るい将来を思わせるものではない。ここに収めた対談・座談の多くの場となった雑誌「國文學 解釈と教材の研究」(學燈社)は先年休刊した。同誌と張り合っていた雑誌「国文学解釈と鑑賞」(至文堂)も、今年の秋をもって突如休刊という事態となった。大学では日本文学研究の場を狭めかねない文学部の改編や解体が依然として進んでいるのであろう。そのような研究者にとっての冬の季節に、このような本は白鳥の歌ならぬ黒鳥の歌に類する代物かもしれない。ただ私自身は今なお、日本の古いことばの響きやしらべに触れることに喜びを感じ、できることならば、そのような喜びを解する人と語り合いたいと思っている。そんな気持ちで古証文を厳しい世の中に送り出すのである。

今回の二冊のために、昔からの親しい知り合いで、長いこと古典に関わる仕事を共にしてきた久保井妙子さんが、日本の美しい自然を収めた写真を提供して下さった。思いもかけなかったことで、本当にありがたく、嬉しく、一冊目からの長い時の経過も全く無駄でもなかったと慰められている。

二〇一一年師走

久保田　淳

久保田淳座談集《くぼたじゅんざだんしゅう》　暁《あかつき》の明星《みょうじょう》　歌の流れ、歌のひろがり

2012年2月20日　初版第1刷発行

著　者　久保田 淳 他

装　幀　笠間書院装幀室

発行者　池田つや子

発行所　有限会社　笠間書院

東京都千代田区猿楽町2-2-3［〒101-0064］

電話　03-3295-1331　Fax　03-3294-0996

NDC：904

ISBN978-4-305-60030-1

印刷・製本　藤原印刷

（本文用紙：中性紙使用）

乱丁・落丁本はお取り替えいたします。

出版目録は上記住所または下記まで。

http://kasamashoin.jp

久保田淳座談集

全三巻
完結（分売可）

国文学者の久保田淳と歌人の俵万智との対談（久保田淳座談集『心あひの風』所収、笠間書院）を読んでいて、なるほどやっぱりそうか——と思ったことがあります。詩歌というものは暗記すべきものだ、ということです。俵万智は師である佐佐木幸綱から、人の歌を批評するときは「ぴたっと頭から最後まで」きちんと引用しなくてはいけない、うろ覚えで言ってはいけないと教えられたそうです。久保田淳も、「（歌は）からだで覚えなくてはいけないと思います」と語っていました。

（山村修『〈狐〉が選んだ入門書』ちくま新書　二〇〇六より）

心あひの風　いま、古典を読む

本体二三〇〇円
四六判・二七二頁

秋山虔◎古典と私の人生
ドナルド・キーン◎日本文化と古典文学
俵万智◎百人一首——言葉に出会う楽しみ
金子兜太＋佐佐木幸綱◎日本の恋歌を語る
丸谷才一◎宮のうた、里のうた
竹西寛子◎王朝和歌——心、そして物
田辺聖子＋冷泉貴実子◎藤原定家の千年
岡井隆◎〈うた〉、そのレトリックを考える

空ゆく雲　王朝から中世へ――本体二二〇〇円
四六判・二六〇頁

馬場あき子◎業平と小町――文化現象として
瀬戸内寂聴◎物書く女たち――和泉式部的なものをめぐって
前登志夫◎西行　その風土、時間、そして歌
木俣修＋大岡信◎定家
松岡心平◎藤原定家の世界
川平ひとし＋佐佐木幸綱＋俵万智◎源実朝の歌と人物
水上勉◎中世の風　一休、そして蓮如

暁の明星　歌の流れ、歌のひろがり――本体二二〇〇円
四六判・三〇四頁

藤平春男＋佐藤謙三＋丸谷才一＋岡野弘彦◎『新古今和歌集』――時代と文学
佐佐木幸綱◎気分は『新古今』
川村晃生＋兼築信行＋河添房江◎八代集の伝統と創意
岩佐美代子＋浅田徹＋佐々木孝浩◎十三代集を読もう
西本晃二＋戸倉英美◎日記・東と西
鈴木一雄◎文学史と文学研究史
〈インタビュー〉◎日本人の美意識――和歌を通して